Paulina D. Luna
Der Pferde Ripper von Krähenbühl

Paulina D. Luna

Der Pferde Ripper von Krähenbühl

Ein Reiter Krimi

Impressum

Bibliografische Information der Deutschen Nationalbibliothek: Die Deutsche Nationalbibliothek verzeichnet diese Publikation in der Deutschen Nationalbibliografie; detaillierte bibliografische Daten sind im Internet über http://dnb.dnb.de abrufbar.

Verlag: BoD · Books on Demand GmbH, Überseering 33, 22297 Hamburg, bod@bod.de

Druck: Libri Plureos GmbH, Friedensallee 273, 22763 Hamburg

ISBN: 978-3-7693-3988-8

„*Wer Tiere quält, ist unbeseelt und Gottes guter Geist ihm fehlt, mag noch so vornehm drein er schauen, man sollte niemals ihm vertrauen.*"

(Johann Wolfgang von Goethe)

Prolog
Mittwoch 31. Juli
Dunkle Geheimnisse

Die Nacht legte sich über Gut Krähenbühl, während die Pferde im Stall ruhten und die sanften Geräusche der Natur die Luft erfüllten. Ab und zu scharrte eines der Reitpferde mit den Hufen und manchmal war das entspannte Schnauben der Vierbeiner zu hören. Gelegentlich betätigte eines der Tiere den automatischen Wasserspender, welcher in jeder Pferdebox angebracht war, und das Rauschen des Wassers unterbrach die Ruhe im nächtlichen Stall. Doch unter der scheinbaren Idylle brodelte es, ein Geheimnis lag in der Luft, dicht und undurchdringlich wie die Nacht selbst.

Frank, der Reitlehrer, war nicht der Einzige, der an diesem Abend etwas zu verbergen hatte. In einem der Stalltrakte, in dem die Westernpferde untergebracht waren, spielten sich andere Szenen ab. Die Hitze der Nacht schürte nicht nur die Begierde, sondern die dunklen Gelüste, die im Verborgenen lauerten.

Es war ein metallisches Klirren zu hören, das sich mit dem Stöhnen einer Frau vermischte, zeitgleich war das Rascheln des Strohs zu hören. "Nimm mir endlich die Handschellen ab, du Arschloch", flüsterte die Frau wütend, sie konnte ihren Ärger kaum unterdrücken. Ein derber

Fluch entfuhr den Lippen des Mannes, während ein Reißverschluss hochgezogen wurde und Stille einkehrte, die nur vom leisen Knistern des Strohs durchbrochen wurde.

Die drei anderen Stalltrakte von Gut Krähenbühl lagen friedlich am Waldrand. Wegen der unerträglichen Augusthitze zeigte, das große an der Wand angebrachte Thermometer in dieser Nacht immer noch 26 Grad an. Heuer war ein Jahrhundertsommer und diese Hitze war ein Zeichen des bereits eingesetzten Klimawandels. Diese Temperaturen waren für Mensch und Tier eine Tortur. Aus diesem Grunde waren alle großen Stalltüren weit geöffnet, um die stickige Luft zirkulieren zu lassen.

Draußen vor dem Stall kam eine leichte Brise auf und eines der Fenster in der Sattelkammer klapperte, da jemand vergessen hatte es festzustellen.

Aus heiterem Himmel unterbrach ein Schrei die Stille – es war der unheimliche Ruf eines Waldkauzes, der die Pferde aber nicht beunruhigte, da der Kauz ein bekannter Nachbar war. In der Ferne heulte ein Wolf. Die Nacht war dunkel, da sich der sichelförmige Neumond hinter Wolken versteckte. Einige Pferdebesitzer beschlossen, wegen der Hitze ihre Tiere nachts draußen auf den Koppeln zu lassen.

Doch etwas Unheimliches lag in der Luft. Eine bedrohliche Stille umgab die Reitanlage. Es schien, als ob die Natur den Atem anhielt und sich ein düsterer Schleier über das Anwesen legte.

Draußen auf den Pferdekoppeln herrschte zunehmend Unruhe. Die Pferde der dem Wald am nächsten gelegenen Koppel spürten instinktiv eine Anspannung in der Luft, ihr Schnauben wurde lauter und ihre Hufe scharrten nervös über den Boden. Wie aus dem Nichts ertönte ein dumpfes Klirren, gefolgt von einem markerschütternden Schrei. Die Stuten und Wallache auf der Koppel bäumten sich auf, ihre Augen weit aufgerissen vor Panik. Sie befanden sich im Fluchtmodus. Ein Schatten huschte durch die Dunkelheit, und dann war alles wieder still. Während die Pferde auf den anderen weitläufigen Koppeln grasten, witterten sie nicht, dass sie Zeugen eines düsteren Geheimnisses wurden, das sich im Schutze der Nacht verbarg.

Der Schatten war eine unheimliche, Angst hervorrufende Gestalt in dunkler Kleidung, Handschuhen, schwarzer Mütze und mit einer Stichwaffe in der Hand, die um die nächtliche Pferdekoppel schlich.

In dieser heißen Augustnacht umgab das Gestüt eine düstere Aura. Dort gab es Geheimnisse, die darauf warteten, ans Tageslicht zu gelangen.

Er saß auf dem alten braunen Chesterfield Ledersofa, trug graue Filz Pantoffeln und blätterte in einem Buch - es handelte von Pferden.

EINS

Rückkehr in die Vergangenheit

Donnerstag, 1. August

Anna steuerte ihren Wagen durch die schmalen Landstraßen, die sich umringt von grünen Feldern und dichten Wäldern schlängelten. Die Landschaft zwischen Nürnberg und Coburg um sie herum war ihr vertraut und doch fremd nach all den Jahren, die sie im Ausland verbracht hatte. Der Geruch von frischem Heu und Erde in dieser Gegend weckte Erinnerungen an ihre Großeltern und ihre Kindheit.

Die Sonne stieg langsam in Richtung Horizont, als Anna gut gelaunt das Gestüt Gut Krähenbühl erreichte. Die sanften fränkischen Hügel und grünen Weiden begrüßten sie mit ihrer vertrauten Pracht, und der Anblick der majestätischen Pferde, die auf den weitläufigen Koppeln weideten, weckte in ihr ein Gefühl der Verbundenheit und der Harmonie. Der dunkelgrüne Wald, die neongelben Rapsfelder und die üppigen goldenen Weizenfelder erfüllten sie mit tiefer Ruhe. Das Summen und Zirpen der zahlreichen Insekten und das Zwitschern der Vögel begleiteten sie auf ihrem Weg zum Gut. Anna war erst sechs Monate wieder in ihrer Heimatstadt. Die Erinnerungen an ihre neue

Heimat in den Vereinten Arabischen Emiraten und ihre Arbeit als Tierärztin kamen ihr in den Sinn. Sie hatte sich dort auf die Behandlung von Rennpferden spezialisiert. Sie arbeitete in der Pferdeklinik des Scheichs in Abu Dhabi. Ihr Aufgabenbereich war abwechslungsreich und erfüllte sie.

Die Erinnerung an ihr Leben in Abu Dhabi war noch frisch in ihrem Gedächtnis, doch die traurige Vergangenheit hatte sie eingeholt.

Das Erbe ihrer Eltern und die betrübliche Aufgabe, das Familienunternehmen aufzulösen und zu verkaufen, lastete bleischwer auf ihren Schultern. Die Entscheidung, unter diesen tragischen Umständen nach Deutschland zurückzukehren, war schwer gewesen. Doch jetzt war sie hier, bereit ihrer Schwester Bettina beizustehen, um die letzten Kapitel ihrer Familiengeschichte zu schreiben.

Anna arbeitete seit ihrer Heimkehr vorübergehend, als freiberufliche Medizinlektorin, derweil sie darauf hoffte, bald wieder in die Wärme und Vertrautheit Abu Dhabis zurückzukehren. Doch die Schatten der Vergangenheit hielten sie fest in ihrem Griff.

Seit ihrer Rückkehr nach Deutschland hatte Anna sich bemüht, sich in ihr altes Leben einzufügen. Der Verlust ihrer Eltern, die beide durch einen tragischen Autounfall verunglückt waren, hatte tiefe Wunden hinterlassen, aber sie war entschlossen, die Angelegenheiten ihrer

Familie zu regeln und gleichzeitig ihren eigenen zukünftigen Weg zu finden.

Das Gestüt Krähenbühl lag abgelegen, umgeben von hohen Bäumen und einer alten Sandsteinmauer, die typisch für die fränkische Gegend war. Als Anna den gepflegten Kiesweg entlangfuhr, sah sie das vertraute Bild des Gutshofs vor sich. Die ziegelrot gestrichenen Stallungen, das beige Haupthaus, das ebenfalls aus Sandstein erbaut war, mit seinem urigen fränkischen Fachwerk aus Holz. Und die endlosen saftigen Weiden, auf denen zahlreiche Pferde grasten.

Ihr Herz schlug schneller, als sie Starlight Preppy in der Ferne erblickte. Die elegante Quarter Horse Stute mit ihrer glänzenden Blue Roan Fellfarbe war ein wahrer Blickfang, und Anna konnte es immer kaum erwarten, den Sattel zu besteigen und mit ihr über die Wiesen zu reiten.

Die Anwesenheit von Starlight Preppy, der zehnjährigen Quarter Horse Stute, bedeutete für Anna emotional eine Menge. Sie war nicht nur eine Reitbeteiligung für die Stute, sondern der Umgang mit diesem wundervollen Pferd, repräsentierte für Anna Vertrautheit in einer Welt des Wandels. Anna nahm das Angebot, ihrer Schwester Bettina dankend an deren Warmblut Stute zu reiten und widmete sich mit Hingabe der Pflege und dem Training des Tieres. Pferde bedeuteten ihr nicht nur beruflich alles, sie waren obendrein ihre private Passion. Da sie ihren eigenen Araber Wallach Amir Khan in Abu Dhabi zurücklassen musste, hatte ihre Schwester Bettina ihr ans Herz gelegt, deren zehnjährige Quarter Horse Stute Starlight Preppy zu reiten. Obwohl sie in den Emiraten Endurance Rennen geritten war- und das auf einem Hauch von einem Rennsattel, bereitete es ihr keine Probleme, Starlight Preppy mit einem schweren Westernsattel zu bewegen.

Jedes Mal, wenn sie sich auf den Weg zum Stall aufmachte, empfand sie eine Mischung aus Aufregung und Wehmut. Abu Dhabi hatte sie ins Herz geschlossen und es war ihr neues Zuhause, aber Deutschland war ihre alte Heimat. Hier hatte sie ihre Wurzeln, ihre Familie und ihre Leidenschaft für Pferde entdeckt.

In Gedanken versunken, spielte sie abermals die geplante Übungseinheit mit Starlight Preppy in ihrem Kopf durch. Die Bodenarbeit nach den Prinzipien von Pat Parelli war für sie und das Pferd gleichermaßen eine Möglichkeit, eine nachhaltige Bindung aufzubauen und Vertrauen zueinander zu entwickeln.

Als sie das Gut erreichte, atmete sie tief durch und nahm die vertrauten Gerüche von Heu und den Ausdünstungen von Pferden wahr. Das Anwesen strahlte eine gewisse Ruhe und Gelassenheit aus und Anna fühlte sich in diesem Moment mehr denn je zu Hause.

Sie parkte ihr Auto, einen dunkelgrünen Mini Cooper, wie gewohnt auf dem gleichen Parkplatz und begab sich zu Fuß auf den Weg zum Stall, wo sie meistens von den neugierigen Augenpaaren einiger Pferde empfangen wurde. Fast immer konnte sie sofort Starlight Preppy erkennen, die sie mit einem sanften Wiehern begrüßte. Die warmen Augen der Tiere ruhten auf ihr und in diesen Momenten empfand sie sich eins mit ihnen, es war so, als könnten sie eine gemeinsame Sprache miteinander teilen, die nur sie beide verstanden. Anna fühlte die Verbindung zu den Pferden in jedem Schritt, den sie auf dem weichen Boden des Gestüts machte. Die Quarter Horse Stute Starlight Preppy war mehr als nur eine Reitbeteiligung für sie - sie war eine Vertraute, eine Freundin in einer Welt voller Geheimnisse und Gefahren.

Die Struktur des Guts wurde ihr wieder bewusst, derweil sie gedanklich durch die Stallungen wanderte. Auf dem Gutshof waren neunzig Pferde eingestellt. Es gab drei unterschiedliche Ställe. Jeder Stalltrakt hatte seine eigene Atmosphäre. In einem der Gebäude waren die Vollblüter und Warmblüter untergebracht. Diese wundervollen Tiere waren der Stolz des Gestüts. Ihre edlen Blutlinien und ihre Anmut prädestinierten sie zu begehrten Kandidaten für weltweite Rennen und Zuchtveranstaltungen.

Diese Stallung war das Herzstück der Reitanlage, der Ort an dem die Vielfalt und Schönheit der Welt der Pferde in ihrer ganzen Pracht und ihre eigenen Geschichten zusammenkamen. Die Warmblüter strahlten Eleganz und Grazie aus, während die Vollblüter Kraft und

Geschwindigkeit verkörperten. Und in der dritten – der gemischten Stallung herrschte eine lebendige Dynamik, die die Vielfalt und den Charme der Pferdewelt widerspiegelte.

Die unterschiedlichen Stallgebäude gaben die Fülle der Pferderassen wieder, von eleganten Warmblütern bis hin zu eindrucksvollen Quarter Horses und exotischen Mustangs.

Vicente Lopez, der gutaussehende spanische Geschäftsführer und Reitlehrer des Guts, begrüßte Anna wie immer mit einem herzlichen Lächeln. Seine dunklen Augen strahlten Entschlossenheit und Vertrauen aus und Anna fühlte sich gut in seiner Gegenwart. Gelegentlich warf sie einen Blick in den Western Riding Stall. Hier herrschte Franky, der selbsternannte Cowboy und Frauenflüsterer. Sein wildes, derbes Auftreten und seine unkonventionelle Art gefielen nicht allen. Für diejenigen, die ihn kannten, war er ein faszinierender Charakter mit einem unerschütterlichen Sinn für Abenteuer.

Auf Gut Krähenbühl herrschte reges Treiben, doch unter den Pferdepflegern und Reitlehrern stach Frank, genannt Franky, ein echter Cowboy mit Stetson, Cowboystiefeln und mit Sporen an den Stiefeln optisch heraus.

Er war ein Mann mit einem ungewöhnlichen Charisma und von einem Hauch Mystik umgeben. Franky verstand sich zeitweise als indianischer Schamane und behauptete, die Geheimnisse der Natur zu kennen. Im

Sommer kampierte er sogar in einem echten Wigwam hinter dem Stall und genoss seine Rituale mit Heilpflanzen und einem Hauch von Cannabis. Für Franky war Gendern undenkbar und er weigerte sich vehement, sein Zelt als Behausung der indigenen Bevölkerung zu bezeichnen. Kulturelle Aneignung hielt er für einen Schmarren.

Für die Frauen, die ihm unerklärlicherweise zu Füßen lagen, bot er Kurse und Workshops in schamanischer Meditation und Räuchern mit Kräutern an. Sein unkonventioneller Stil und seine geheimnisvolle Aura zogen viele an und er genoss seine Rolle als attraktiver Exzentriker.

Anna schmunzelte, als sie sich bildlich vorstellte, wie unterschiedlich die Persönlichkeiten auf Gut Krähenbühl waren. Aber alle trugen dazu bei mit ihrem individuellen Stil, diesen Ort zu einem Zuhause für Pferde und Menschen gleichermaßen zu machen.

Anna war sich dessen bewusst, dass sie, hier nicht nur mit Starlight Preppy zusammen sein würde, sondern ebenfalls mit den Leuten um sie herum, die ihre Leidenschaft für Pferde teilten und ihr Leben auf positive Weise bereicherten. Und inmitten all der Vielfalt und des Lebens auf Gut Krähenbühl war sie sicher, dass sie genau am richtigen Ort war, um ihre Träume zu auszuleben, solange sie in Deutschland blieb. Die Vielfalt auf Gut Krähenbühl war nicht zu übersehen. Zwischen den malerischen Stallungen und den weiten Koppeln tobte das pralle Leben in all seinen Facetten.

Auf dem Gutshof waren die Pferde mehr als nur Tiere - sie waren Familienmitglieder, Partner und Freunde. Ihre Anwesenheit belebte die über zweihundert Jahre alten Gemäuer und füllte die Luft mit der Energie und dem Geist der Vierbeiner. Und egal in welchem Stall sie untergebracht waren, eines war sicher: Sie waren alle geliebt und geschätzt, auf Gut Krähenbühl, dem Zuhause der Pferde.

Anna beobachtete gerne das bunte Treiben jedes Mal mit einem Lächeln, während sie sich wie immer zuerst auf den Weg zur Sattelkammer machte.

Der dritte Stall, der etwas weiter entfernt von den anderen Gebäuden lag, beherbergte eine zwanzigköpfige Herde. Von Ponys über Kaltblüter bis hin zu Freizeitpferden. Vom Fjordpferd bis zum Shetlandpony, hier waren alle Pferderassen vertreten.

Hier wurde das Konzept der Offenstallhaltung umgesetzt, dass sich inzwischen in Deutschland reger Nachfrage erfreute. Der Laufstall war ein Ort der Gemeinschaft, wo die Tiere unterschiedlichster Abstammungen und Hintergründe friedlich miteinander lebten. Auch Gnadenbrotpferde, Senioren und Asthmatiker fanden hier ein Zuhause, das ihren Bedürfnissen gerecht wurde. Diese Art der Pferdehaltung war nicht nur eine Frage der Artgerechtigkeit, sondern gleichermaßen auch der Wirtschaftlichkeit. Sie zog eine vielfältige Gruppe von

Pferdebesitzern an, aber auch diejenigen die finanziell nicht so gut gestellt war.

Anna liebte die Atmosphäre des dritten Stalls, die von Ruhe und Harmonie geprägt war. Hier fand sich Platz für jeden, unabhängig von den Rassen der Pferde, deren Alter oder Ausbildungen.

Die klassischen Dressurreiter trafen auf die kühnen Westernreiter, während die Freizeitreiter ihre Pferde durch die idyllischen Waldwege ritten.

Unter der scheinbaren Harmonie auf der Reitanlage brodelte es manchmal. Rivalisierende Interessen und Egos prallten gelegentlich aufeinander und nicht alle Beteiligten waren in der Lage sich mit dem Gedanken an einer friedlichen Koexistenz abzufinden. Das lag vor allem daran, dass 90% der Einsteller und Reiter weiblich waren. Da gab es naturgemäß einfach mehr Konflikte als bei Männern.

Anna beobachtete gerne die unterschiedlichen Reiterinnen und Reiter, von den ehrgeizigen Turnierreiterinnen bis zu den verspielten "Wendy"-Mädels", die ihre Pferde mit Liebe und Bling Bling verwöhnten. Als „Wendy Girls" werden in der Reiterszene junge Mädchen bezeichnet, die das Leben der Pferde durch Filme und Bücher romantisierten und vermenschlichten. Jeder hatte seine eigene Geschichte, seine eigenen

Träume und Ziele, und doch teilten sie alle die Leidenschaft für diese majestätischen Tiere.

Anna fiel auf, dass immer, wenn sie die Szenen betrachtete, sie eine beklommene Spannung in der Luft wahrnahm, als ob etwas Unausgesprochenes zwischen den Menschen und den Pferden lauerte. Es ist nicht auszuschließen, dass es sich nur um Einbildung handelte, aber es fiel ihr schwer, das Gefühl abzuschütteln, dass hinter den freundlichen Gesichtern und den glänzenden Pferdeaugen dunkle Geheimnisse verborgen waren und diese darauf warteten, ans Licht gebracht zu werden. Sie kannte dieses Gefühl aus den Ställen in den Vereinigten Arabischen Emiraten nicht. Vermutlich lag es daran, dass die Reiterszene dort aus 99% Männern bestand und es deshalb dort nicht annähernd so viel Zickenkrieg gab.

Wenn sie sich auf den Weg zu Starlight Preppy machte, war sich Anna noch nicht bewusst, dass sie sich mitten in einem Netz aus Intrigen und Emotionen befand, die sie jedoch nicht einmal zu erahnen vermochte. Auf Gut Krähenbühl war nichts, wie es auf den ersten Blick schien. Die Welt auf Gut Krähenbühl war ein Kaleidoskop verschiedener Persönlichkeiten und Geschichten. Zwischen den eleganten Pferden und den gepflegten Stallungen verbargen sich Geheimnisse und Intrigen, die tiefer reichten, als es auf den ersten Blick schien.

Der Unterschied von den Reitclubs in den Vereinigten Arabischen Emiraten und zu Gut Krähenbühl in Franken konnte nicht größer sein. Anna beobachtete gerne die Menschen um sich herum, während sie Starlight Preppy für ihre Übungseinheiten vorbereitete. Es gab Frauen und Mädchen auf der Reitanlage, die sich selbst als Pferde-Retterinnen bezeichneten, obwohl sie sich noch nie in einen Sattel gesetzt hatten. Und es gab die Hausfrauen, die den halben Tag im Stall mit Kaffeekränzchen und Prosecco verbrachten. Sie alle bildeten einen seltsamen Kontrast zu den ernsthaften Reiterinnen und den hart arbeitenden Pferdepflegern, Trainern, Tierärzten und Hufschmieden. Anna wunderte sich, denn sie kannte diese Art der Ausübung des Reitsports aus ihrer Wahlheimat Abu Dhabi nicht. Auf der Reitanlage arbeiteten sieben Tage in der Woche zwei festangestellte Pferdepfleger. Radu, ein 52-jähriger kleiner, stämmiger, muskelbepackter Rumäne mit blauschwarzen, lockigen Haaren und schmalen, tiefliegenden dunkelbraunen Augen. Seinen schwarzen Schnurrbart trug er wie Django. Ihm fehlte der obere, rechte Schneidezahn. Die restlichen Zähne im sichtbaren Bereich waren vom Rauchen total vergilbt. Er wirkte dadurch etwas unheimlich. Wenn er zum Sprechen den Mund öffnete, kam süßlicher, fauliger Mundgeruch heraus. Seine fettig, ölig glänzende olivbraune und großporige Haut war durch den langjährigen Tabakgenuss mit vielen großen schwarzen Mitessern übersät. Das war der erste optische Eindruck den Radu vermittelte.

Radu und Hamed, die beiden Pferdepfleger, waren eine eigene Geschichte für sich. Radu, der stämmige Rumäne mit seinem markanten Aussehen und seinem rauen Auftreten, wirkte auf den ersten Blick einschüchternd. Sein Deutsch war gebrochen, und seine ruppige Arte machte es den Leuten manchmal schwer, ihn akustisch wie auch inhaltlich zu verstehen. Doch hinter seiner harten Schale verbarg sich angeblich eine große Erfahrung im Umgang mit Pferden. Wenn er einen guten Tag hatte, konnte er auch freundlich und hilfsbereit sein. Es half auch, wenn man ihm ab und zu zur Motivation eine Flasche Bier oder eine Packung Zigaretten mitbrachte.

Hamed, das ist die Abkürzung für Mohammed, hingegen war ein Migrant aus Syrien, der sein Zuhause im Krieg verloren hatte und auf Gut Krähenbühl Zuflucht fand. Seine Geschichte war voller Tragik und Hoffnung, und sein Umgang mit den Pferden zeugte von einer tiefen Verbundenheit mit ihnen.

Doch Anna hatte die Erfahrung gemacht, dass in der Welt der Pferde vieles nicht so war, wie es schien. Die Märchen und Legenden, die sich um die Menschen und ihre Beziehungen zu den Pferden rankten, waren oft mit einer Prise Skepsis zu betrachten. Nicht alles, was erzählt wurde, entsprach der Realität, und nicht jeder, der sich als Experte ausgab, war einer.

Jedes Mal, wenn sie Starlight Preppy sorgfältig putzte, und auf die Übungseinheit vorbereitete, gewahrte Anna, wie sich die Spannung in der Luft verdichtete. Inmitten der verschiedenen Gruppen und Persönlichkeiten auf Gut Krähenbühl brodelte es, und sie fragte sich, was sich hinter den Kulissen abspielte.

Die Wahrheit lag verborgen zwischen den Hufen der Pferde und den Schatten der Stallungen und Anna wollte sie nicht unbedingt ans Licht zu bringen. Sie war zwar ein neugieriger Mensch und sie vermutete, dass auf Gut Krähenbühl die Geheimnisse genauso zahlreich wie die Sterne am Nachthimmel waren.

Es würde all ihr Einfühlungsvermögen erfordern, um die vielen Rätsel zu lösen, die diesen Ort umgaben. Die Welt auf Gut Krähenbühl war wie ein buntes Mosaik, das aus den verschiedensten Persönlichkeiten und Lebensgeschichten zusammengefügt war. Zwischen den majestätischen Pferden und den gepflegten Stallungen lebten und arbeiteten Menschen, die alle auf ihre eigene Art einen Teil des Ganzen ausmachten. Anna hatte sich vorgenommen, keine Rätsel zu lösen und sich in keine anderen Angelegenheiten einzumischen. Sie wollte nur in Ruhe und Frieden dem Reitsport nachgehen.

In spätestens 6 Monaten wäre sie sowieso nicht mehr hier. Also kein Stress! Nur positive Energien - das hatte sie sich vorgenommen. Sie wollte sich nur von den Psychos fernhalten und sich mit netten Menschen umgeben.

Der Pferdepfleger Hamed war einer dieser positiven Persönlichkeiten, ein Lichtstrahl inmitten der Dunkelheit. Seine freundliche Art und seine besonnene Ausstrahlung machten ihn zu einem beliebten Mitarbeiter auf dem Gestüt; ein Mensch mit positiver Energie. Im Gegensatz zu Radu, dessen raues Äußeres und barscher Umgangston manchen abschreckte, war Hamed ein Sonnenschein, der eine beruhigende Wirkung auf Mensch und Tier gleichermaßen hatte.

Die beiden Männer bewohnten jeder ein eigenes Apartment auf der Reitanlage und ihre enge Freundschaft war wahrnehmbar für alle, die sie kannten.

An den Wochenenden und Feiertagen wurden sie von Freunden und Bekannten unterstützt, die ihnen halfen, den Hof am Laufen zu halten.

Anna hingegen hatte weniger Kontakt zu den Pferdebesitzern und Reitbeteiligungen auf Gut Krähenbühl. Ihre Arbeitszeiten und Verpflichtungen ließen ihr nur begrenzte Zeit, um sich mit den anderen auszutauschen. Sie traf die anderen meistens montags und donnerstags im Stall, wenn sie Starlight Preppy ritt.

An diesen Tagen begegnete sie oft Petra, einer lebensfrohen Westernreiterin, die stets gute Laune verbreitete. Sie war eine Frau mit einer positiven Ausstrahlung, immer perfekt gepflegt und in bunten Farben gekleidet. Anna gefiel ihre lockere Art und ihre Hilfsbereitschaft, aber sie erkannte, dass Petra eine sensible Seite hatte, im Besonderen, wenn es um ihre Pferde Jacky und Diamond ging.

Für Petra waren ihre Pferde nicht nur Tiere, sondern ein Teil ihrer Familie und ihres Lebens. In ihnen fand sie Trost und Entspannung, eine Zuflucht vor den Herausforderungen des Alltags als Lehrerin. Ihre Liebe zu den Vierbeinern war spürbar, und Anna bewunderte die Harmonie, die sie in ihrem Alltag gefunden hatte.

Während sie mit Petra plauderte und ihr Pferd versorgte, erkannte Anna, dass sie sich langsam in das Geflecht aus Beziehungen und Geschichten auf Gut Krähenbühl einzufügen lernte. Inmitten der Idylle von Gut Krähenbühl verbargen sich dunkle Schatten und verborgene Konflikte, die wie giftige Ranken das friedliche Miteinander zu ersticken drohten. Anna hatte es gemerkt, seitdem sie auf dem Gestüt angekommen war – eine unheilvolle Spannung lag in der Luft, und sie war sich sicher, dass sie sich nicht irrte. Aber getreu ihrem Motto wollte sie nichts sehen, hören oder sich dazu äußern. Nur nicht nachbohren oder sich einmischen, daran erinnerte sie sich immer wieder.

Unter den Stallkolleginnen war eine Person besonders exponiert. Es handelte sich um Hildegard, die im Offenstall Bazi, den Haflinger, einquartiert hatte. Sie fiel durch ihr ungepflegtes Äußeres und gehässiges Verhalten auf. Sie war eine ständige Quelle der Unruhe und des Unbehagens. Anna konnte sich kaum vorstellen, dass jemand in ihrer Gegenwart ruhigen Gemüts sein konnte. Ihre Erscheinung und grantige Mimik allein waren Grund genug, um Ablehnung und Missfallen zu wecken. Hildegard fiel olfaktorisch auf, denn der penetrante Geruch von Zigarettenrauch, umgab sie wie ein unsichtbarer Nebel. Ihre raue, heisere Stimme vom Kettenrauchen jagte einem kalten Schauer über den Rücken.

Doch noch beunruhigender als ihr Äußeres waren ihre Handlungen und ihre verletzenden Worte. Hildegard mischte sich in alles ein, sie war davon überzeugt, sie habe ein unausgesprochenes Recht dazu. Sie verleumdete und diffamierte, sie spottete und verletzte, und keiner schien sicher vor ihrer Bosheit zu sein. Es gab ihr seltsamerweise niemand Kontra.

Besonders heimtückisch war ihr Verhalten gegenüber neuen Einstellern und den jungen Reiterinnen, die sie hinter deren Rücken verunglimpfte und lächerlich machte. Anna hatte es selbst beobachtet, wie sie ihr Gift versprühte wie eine dunkle Wolke.

Doch trotz all ihrer Bosheit und Grausamkeit trug Hildegard eine seltsame Last mit sich herum – die Bürde ihrer vermeintlichen guten

Taten als Tierretterin. Sie prahlte mit geretteten Hunden, Katzen und Kaninchen, als wären sie Trophäen, die ihr das Recht gaben, sich über andere zu erheben.

Anna spürte eine Mischung aus Abscheu und Mitleid, wenn sie an Hildegard dachte. Hier war eine Frau, die in der Dunkelheit ihrer Seele gefangen war und die sich nur durch das Zerstören anderer zu erhellen schien. Doch was trieb sie wirklich an? Was verbarg sich hinter dem Schleier ihres bösen Wesens?

Das Geheimnis von Gut Krähenbühl war komplexer, als Anna es sich je hätte vorstellen können. Hildegard war nur eine Facette in einem unheimlichen Puzzle, das darauf wartete, gelöst zu werden. Hinter den scheinbar harmlosen Reitkollegen und Pferdeliebhabern lauerten Abgründe.

Hildegard mit ihrem ungepflegten Äußeren und ihrer bösartigen Art war eine ständige Quelle der Unruhe und des Unbehagens. Ihre Einmischung in die Belange anderer, ihre undurchsichtigen Machenschaften und ihre rücksichtslose Art machten sie zu einer Gestalt, die niemand gerne in seiner Nähe haben wollte. Ihre Behauptungen, ihr Halbwissen und ihre Arroganz gingen Hand in Hand und ließen eine düstere Aura um sie herum entstehen.

Anna konnte nicht anders, als sich von Hildegard fernzuhalten, soweit es ihr möglich war. Wie ein Mantra hielt sie sich vor: nicht einmischen, nichts sagen, nichts weiter tratschen! Doch an einem Ort wie Gut Krähenbühl, wo die Wege kurz und die Wände dünn waren, war es nahezu unmöglich, sich vollständig vor ihrer Einflussnahme zu schützen. Hildegard beobachtete alles und jeden, sie kannte die Geheimnisse und die Schwächen der Menschen um sie herum, und sie schien Vergnügen daran zu haben, sie gegen sie zu verwenden.

Doch sie war nicht allein. Neben Hildegard gab es Irina, eine Frau, die durch äußere Schönheit und Reichtum zu glänzen schien, aber unter der Oberfläche verbarg sich eine düstere Realität. Ihr Streben nach Perfektion und einem Leben in Luxus und Überfluss, hatte sie zu einer Gestalt werden lassen, die mehr auf Schein aufgebaut war. Ihre Ehe, ihre Pferde, ihre ganze Existenz schienen auf einem fragilen Fundament zu ruhen, das jederzeit einstürzen konnte. Irina, mit ihrer auffälligen Erscheinung und ihrem Hang zur Extravaganz, war eine Figur, die auf Gut Krähenbühl niemandem entging. Als gebürtige Russin strahlte sie eine Aura von Exotik und Raffinesse aus, doch hinter der glänzenden Fassade verbarg sich mehr, als es den Anschein hatte.

Völlig in ihren Gedanken versunken sah Anna schon von Weitem, dass heute Morgen auf Gut Krähenbühl etwas Schreckliches geschehen sein musste.

Anna konnte spüren, wie sich ihr Magen zusammenzog, als sie die Szene vor sich sah. Die Präsenz mehrerer Autos, eines Feuerwehrautos und mehrerer Polizei- und Sanitätsautos und eines schwarzen Vans mit der Aufschrift "Kriminaltechnik" verhieß nichts Gutes. Ihr Herz begann schneller zu schlagen, als sie eilig aus ihrem Auto sprang und auf den Ort des Geschehens zusteuerte. Die mit dem rot-weißen Flatterband der Polizei abgesperrte Wiese verstärkte das mulmige Gefühl in ihrer Magengegend.

Als Anna sich einer Gruppe von Einstellern näherte, konnte sie die gespannte Atmosphäre förmlich spüren.

Diese Gruppe, aufgeregte junge Mädchen bekannt als die „Wendy Girls", sowie Frank, der Cowboy des Gestüts, standen dicht gedrängt im Kreis beisammen.

Die pinkfarbenen T-Shirts mit glitzernd gedruckten Pferdenamen wirkten in diesem düsteren Moment wie ein fehlplatziertes Farbenspiel.

Anna spürte die Anspannung in der Luft, die Traurigkeit und Verzweiflung, die unter den Anwesenden herrschte. Zwei der Mädchen weinten und Frank, normalerweise ein Bild der Selbstsicherheit, wirkte blass und erschöpft, während er die Fragen eines Polizeibeamten beantwortete und dabei tiefe Lungenzüge mit seiner Zigarette machte.

Annas Puls rauschte laut in ihren Ohren, als sie sich der Gruppe näherte, bereit, die Wahrheit über das Geschehene zu erfahren. Sie ahnte, dass hinter diesem Vorfall mehr steckte, als es den Anschein hatte, und dass Gut Krähenbühl nicht länger ein Ort der Ruhe und Sicherheit war.

Die Szene auf der Wiese war gespenstisch und die Anspannung in der Luft war förmlich greifbar. Hildegard, in ihrer gewohnt ungepflegten und mürrischen Art, schoss ungeniert Fotos von den angetrockneten Blutflecken auf der Wiese, als handle es sich um ein seltenes Naturphänomen. Ihre Gleichgültigkeit gegenüber der schrecklichen Tat verstärkte nur das Unbehagen, das die anderen spürten.

Vicente, der spanische Reitlehrer, der gleichzeitig als Betriebsleiter fungierte, stand neben Claudia, einer Pferdebesitzerin, und beide wirkten erkennbar geschockt von dem, was sich hier abgespielt hatte. Die Pferdepfleger Radu und Hamed zogen hektisch an ihren Zigaretten, ihre Gesichter von Sorge und Unruhe gezeichnet.

Anna gesellte sich zu Vicente und fragte, was geschehen sei. Claudia, eine geschmackvolle Erscheinung in eleganter Reitkleidung der neuesten Kollektion von Cavallo gestylt, wirkte besorgt und nervös. Mit verwischtem Augen-Make-up flüsterte sie Anna entsetzt die Details der grausamen Tat zu.

Sie erzählte Anna leise, dass ein Pferderipper, eine perverse Person, die Pferde aufschlitzte, Jacky erwischt habe. Vicente und Claudia wirkten gleichermaßen geschockt und verunsichert. Die Nachricht von Jackys furchtbarem Schicksal verbreitete sich wie ein Lauffeuer unter den Anwesenden. Die Angst davor, dass ihre eigenen Pferde in Gefahr sein könnten, war allgegenwärtig.

Die Information traf Anna wie ein Schlag. Sie konnte die Furcht und Besorgnis in Claudias Stimme hören. Die Vorstellung, dass auch ihre eigene Stute Starlight Preppy in Gefahr sein könnte, ließ sie erschaudern.

Vicente versuchte Claudia zu beruhigen, legte schützend seinen Arm um sie und versicherte ihr, dass alles wieder gut werden würde. Doch die Bedrohung, die von diesem Pferderipper ausging, hing wie ein düsterer Schleier über Gut Krähenbühl, und die Gewissheit, dass kein Pferd mehr sicher war, hallte in den Worten von Claudia wider.

Auf der Reitanlage war die Atmosphäre zum Zerreißen gespannt, während sich die Beteiligten gegenseitig trösteten und versuchten, die Situation zu begreifen. Inmitten all der Verwirrung und des Schmerzes stand Anna mit hängenden Armen da, unfähig die Worte zu finden, die den Schrecken dieser Nacht angemessen ausdrücken konnten.

Die Jagd nach dem Pferderipper hatte begonnen, und die dunklen Schatten der Angst und des Misstrauens hingen schwer über Gut Krähenbühl.

Während ein Großaufgebot der Polizeikräfte vor Ort war, erschienen auf der Anlage zahlreiche Nachbarn und befreundete Landwirte, der Förster und einige Jäger, um ihre Hilfe anzubieten.

Die Nachricht von dem grausamen Verbrechen verbreitete sich rasch unter den Pferdebesitzern und Reitern. Sie tauschten sich in Windeseile über verschiedene Kommunikationskanäle wie die Whats App-Gruppe des Stalles, SMS und Telefonate aus, Die Gemüter schwankten zwischen Sensationslust, Betroffenheit, Neugierde, Unbehagen, Entsetzen, Wut, Panik und Angst um ihre geliebten Tiere.

Inmitten dieses Geschehens befanden die sogenannten „Wendy-Girls." Manche von ihnen standen weinend beisammen, während andere Reitergruppen sich mit der Situation auseinandersetzten. Es gab sogar unvernünftige Personen, die sich vor dem abgesperrten Gelände positionierten und Selfies schossen, die sie sofort in den sozialen Medien teilten.

Vor Ort waren zusätzlich Polizisten zweier Streifenwagen sowie vier Mitarbeiter der Spurensicherung dabei, die Wiesenkoppeln und Paddocks akribisch abzusuchen. Sie sammelten Spuren und mögliche Anhaftungen mit Klebestreifen an den Zäunen und Metallgittern zu sichern. Bald traf eine schwarze 5er BMW-Limousine ein, aus der zwei Männer in Zivil ausstiegen – es handelte sich um den 45-jährigen Hauptkommissar Roland Wagner und seinen 37 Jahre alten Kollegen Bernd Bayer, die für diesen Fall zuständig waren.

Die beiden Kriminalbeamten beschlossen, die Befragungen der Anwesenden im gemütlichen Reiterstübchen durchzuführen. Der Raum war für etwa 45 Personen eingerichtet, hatte eine moderne Einbauküche, einen großen Kühlschrank, einen Geschirrspüler und eine Theke mit Zapfhahn. Rustikale Eckbänke, bequeme Stühle und Tische aus Holz gaben dem Stüberl eine behagliche Atmosphäre. Der Aufenthaltsraum wurde oft für Veranstaltungen genutzt. Zusätzlich konnte man sich nach dem Reiten einen Kaffee zubereiten oder ein kühles Getränk genehmigen.

Die Beamten hatten vom Betriebsleiter inzwischen eine Liste der Einsteller und ihrer Pferde erhalten und machten sich daran, diese sorgfältig abzuarbeiten. Sie stellten den Anwesenden Fragen zu verdächtigen Aktivitäten oder neuen Gesichtern auf dem Gestüt. Anna, eine der Befragten, war zu ihrer Enttäuschung nicht in der Lage etwas

Wesentliches zu den Geschehnissen beizutragen. Sie erhielt eine Visitenkarte von Hauptkommissar Wagner mit der Bitte, sich zu melden, falls ihr später irgendetwas einfallen sollte. Zu diesem Zeitpunkt ahnte sie nicht, dass sie den Kommissar öfter treffen würde.

Er fühlte sich einsam und verloren. Sein Leben glich einer Endlosschlaufe. Immer der gleiche Ablauf, das gleiche Ritual. Alles wurde von ihr geplant und exakt ausgeführt. Nur keine Abweichungen. Sie gab strenge Regeln vor, die es einzuhalten galt. Schuhe ausziehen, wenn er das Haus betritt. Sofort die Alltagsberufskleidung wechseln, und seinen Jogginganzug anziehen- wegen der Bakterien. Sie bat ihn immer wie einen kleinen Jungen, sich vor dem Abendessen die Hände zu waschen. Zum Abendessen gab es grundsätzlich kalte Speisen. Dazu gehörten verschiedene Brotsorten, Käse, Wurst, Pastete, gekochte Eier, Butter, Stadtwurst mit Musik und Russische Eier. Als Getränk wurde eine Apfelsaftschorle, aber nur naturtrüb bitte schön, gereicht. Alkohol war tabu. Alkohol galt als böse und war nur etwas für schwache Menschen. Danach folgte das allabendliche TV-Ritual. Erst kamen die Nachrichten im ersten Programm und danach bestimmte sie, was sie sehen wollte.

ZWEI

Die Tragödie
Freitag, 2. August

Petra kauerte schon seit Stunden im grauen Jogginganzug und gelben
Flip-Flops, etwas anderes hatte sie in der Eile nicht gefunden, auf einem
unbequemen orangefarbenen Plastikstuhl in einem kleinen
Wartezimmer der Pferdeklinik. Jetzt war es längst elf Uhr vormittags
und ihre verletzte Stute Jacky wurde immer noch von Dr. Müller und
seinem Veterinär - Team operiert. Zwischendrin war Petra öfters
ungeduldig und voller Angst nach vorne zur Rezeption gegangen und
hatte versucht, von den tierärztlichen Mitarbeiterinnen Neuigkeiten
über den Stand der Operation zu erfahren. Doch die Assistentinnen
waren standhaft geblieben und hatten sie immer wieder sanft, aber
bestimmt in den Warteraum zurückbegleitet. Ihre Gedanken wirbelten
in ihrem Kopf, während sie auf Informationen über Jackys Zustand
wartete. Die Zeit verstrich quälend langsam, und jede Minute fühlte sich
wie eine Ewigkeit an. Die Ungewissheit war kaum zu ertragen. Ihr
Handy, das sie auf stumm geschaltet hatte, vibrierte unaufhörlich.
Nachrichten, Anrufe, all das konnte sie jetzt nicht gebrauchen. Alles

drehte sich um Jacky, um die Frage, ob ihre geliebte Stute überleben würde.

Ein Druck lastete auf Petra. Ihr Magen krampfte sich zusammen und ihr Herz schien in ihrer Brust zu hämmern. Die Angst, Jacky zu verlieren, war unerträglich. Sie konnte sich nicht einmal vorstellen, wie ihr Leben ohne ihre treue Begleiterin aussehen würde. Die Gedanken an das Schlimmste drängten sich in ihr Bewusstsein, aber sie zwang sich, sie zu vertreiben. Sie durfte nicht zulassen, dass die Angst sie überwältigte. Sie musste stark bleiben, Jacky zuliebe und für sich selbst.

Jede Minute fühlte sich an wie eine Stunde und jede Stunde wie eine Ewigkeit. Das Warten schien kein Ende zu nehmen, und Petra fühlte sich, als würde sie langsam einen Herzinfarkt bekommen. Gleichzeitig wurden die Panikgefühle von einer unheimlichen Wut und von Hass überlagert. „Welches perverse Schwein macht denn so etwas? Wie irre und krank sind manche Männer?" Aus den Medien wusste sie, dass Pferde-Ripper fast immer männlich waren.

Als Petra sich zum wiederholten Mal einen Pappbecher mit Wasser aus dem blau-weißen Getränkewasserspender einfüllte, öffnete sich langsam die Tür zum Wartezimmer und Dr. Müller trat ein. Sein ernster Blick und die Anspannung in seinen Augen ließen Petra erahnen, dass es schlechte Nachrichten gab.

Ihr Herz begann schneller zu schlagen und eine eisige Kälte kroch ihr den Rücken hinunter. Sie konnte die Worte, die gleich über seine Lippen kommen würden, förmlich spüren. Ihre Kehle war wie zugeschnürt, und sie rang nach Luft, während sie auf seine Worte wartete.

Dr. Thomas Müller, ein blauäugiger blonder Hüne in ihrem Alter, den sie schon seit über dreißig Jahren kannte und dem sie vertraute, trat mit hochrotem Kopf ein und strich sich das verschwitzte Haar aus der Stirn. Dr. Müller kam langsam näher und Petra konnte sehen, wie seine Stirn vor Anstrengung und Sorge gefurcht war. Ihr Magen krampfte sich vor Angst zusammen, und sie spürte, wie ihre Hände zu zittern begannen.

„Petra", sagte er und nahm sie in die Arme. Seine Stimme klang ernst, aber auch tröstlich. „Es gibt eine gute und eine schlechte Nachricht."

Petras Herzschlag wurde lauter, als sie darauf wartete, dass er fortfuhr. Sie fühlte sich, als ob sie in einem Meer aus Sorgen und Ängsten ertrank. Petra hielt den Atem an, als sie auf seine Worte wartete. Die Spannung in ihr war greifbar, und sie zwang sich, ruhig zu bleiben, obwohl ihre Gedanken wild umherwirbelten. Sie spürte, wie ihr Herz einen Schlag aussetzte, als er zu sprechen begann und sie atmete tief ein, um sich auf das vorzubereiten, was kommen würde.

„Die erfreuliche Botschaft ist, dass Jacky lebt", fuhr Dr. Müller fort, und ein Hauch von Hoffnung durchströmte Petra. „Und wenn keine Infektion auftritt, wird sie überleben!"

Ein unbeschreibliches Gefühl der Erleichterung überkam Petra, als sie die Worte des Arztes hörte. Sie fühlte, wie eine Last von ihren Schultern fiel, und Tränen der Dankbarkeit stiegen ihr in die Augen. Es war, als ob ein Licht in der Dunkelheit aufleuchtete, und sie erkannte, dass es Hoffnung gab, dass Jacky wieder gesund werden könnte.

„Die schlechte Nachricht ist", begann Dr. Müller mit gedämpfter Stimme, "dass wir während der Operation festgestellt haben, dass Jacky schon seit längerer Zeit zuvor missbraucht wurde."

Petras Atem stockte und ihr Magen verkrampfte sich bei den schockierenden Worten des Arztes. Missbraucht? Die Vorstellung, dass jemand ihre geliebte Stute auf so grausame Art und Weise verletzt hatte, schnürte ihr die Kehle zu.

Die Ausführungen des Veterinärs trafen Petra wie ein Schlag. Die erdrückende Last der Ungewissheit wurde durch eine neue Welle der Verzweiflung ersetzt. Ihr Herz schien in ihrer Brust zu zerspringen, und ein tiefes Gefühl der Ohnmacht überkam sie.

„Sie wurde penetriert", fuhr Dr. Müller fort, und Petra fühlte, wie ihr die Tränen in die Augen stiegen. "Aber nicht von einem Hengst, genauer gesagt, von einem Wallach von der benachbarten Weide. Sie wurde mit unterschiedlichen Gegenständen penetriert, und diese Wunden sind innerlich und entzündet. Andere Verletzungen sind inzwischen schon vernarbt."

Ein Schauder lief Petra über den Rücken, als sie sich anschaulich vorstellte, was Jacky durchlitten hatte. Die Vorstellung, dass ihr geliebtes Pferd, solch unsäglichem Leid ausgesetzt war, war kaum zu ertragen.

"Wir haben alle tiefen Schnitte innerlich und ebenso äußerlich genäht", fuhr Dr. Müller fort, aber es ist zwingend erforderlich, dass sie noch einige Tage zur Beobachtung hierbleibt. Wir haben ihr wegen des hohen Blutverlusts mehrere Infusionen gegeben. Deshalb bleibt sie leicht sediert und soll sich nicht bewegen, damit die Nähte nicht aufgehen, und hat Boxenruhe. Sie bekommt außerdem eine Antibiotikatherapie, um eine Infektion zu vermeiden, denn das wäre fatal."

Petra hörte die Worte des Arztes, aber sie schienen in weiter Ferne zu sein. Ihr Geist war von einer Mischung aus Schock, Trauer und Wut überflutet. Wie konnte irgendjemand so grausam sein? Wie konnte jemand Jacky so etwas antun?

"Gerne kannst du Jacky jeden Tag besuchen", sagte Dr. Müller mitfühlend, es wäre gut, wenn sie ein vertrautes Gesicht um sich hätte."

Petra konnte sich nicht mehr beherrschen. Die Tränen flossen unaufhaltsam über ihre Wangen, und sie wünschte sich, sie könnte das Grauen, das Jacky erfahren hatte, ungeschehen machen.

„Tom", schluchzte Petra mit zitternder Stimme und leerem Blick. „Wer macht denn so etwas? Sag doch mal, was sind das für Ungeheuer? Ich dachte, Pferderipper sind mehr in Norddeutschland unterwegs. Stuten und Wallache zu missbrauchen, das ist einfach total krank."

Dr. Müller seufzte schwer, als er Petras verzweifelte Worte hörte. Sein Blick verriet eine Mischung aus Entsetzen und resignierter Traurigkeit.

„Weißt du, Petra", sagte bedächtig, "Du kannst dir nicht vorstellen, was ich alles für Gemeinheiten und Perversitäten im Laufe meiner Tierarztpraxis gesehen habe. Deshalb kann mich fast nichts mehr erschüttern. Aber das, was deiner Jacky angetan wurde, schockt mich schon, zumal ich deine Stute bereits als 2-jähriges Fohlen untersucht und geimpft habe."

Petras Augen füllten sich erneut mit Tränen, als sie die Verzweiflung im Blick des Arztes sah. Sie konnte spüren, wie tief sein Mitgefühl für Jacky und sie selbst ging.

„In der Mehrzahl der Fälle steckt ein sexuelles Motiv hinter solchen abscheulichen Verbrechen", fuhr Dr. Müller fort, seine Stimme schwer von der Last der Wahrheit. „Seltsamerweise werden oft erwachsene

Pferde attackiert. Man sollte doch meinen, dass die Täter eher Angst vor stattlichen Tieren hätten. Aber der Reiz des Pferderippers ist es, besonders große und schöne Pferde zu verletzen oder zu töten. Das hängt damit zusammen, dass diese Pferde für den Kriminellen eine starke Sexualität ausdrücken". Petras Hand ballte sich zu einer Faust, als sie die widerlichen Motive hinter diesen grausamen Taten erahnte. Sie konnte kaum fassen, dass jemand zu solchen abartigen Handlungen fähig war.

„Das heißt, die Täter verspüren den Drang, dieses Pferd zu penetrieren", fuhr Dr. Müller fort, seine Stimme, kaum mehr als ein Flüstern. „Dabei sind die Werkzeuge vielfältig - vom Besenstiel über eine Mistgabel bis hin zu selbst hergestellten Waffen wie Lanzen oder Messern. Diese Typen sind Fälle für die Psychiatrie".

Petra schluckte schwer, als die Worte des Arztes wie ein eiskalter Schauer über sie hinwegfegten. Sie konnte die Wut in sich aufsteigen spüren, gemischt mit einem Gefühl der Ohnmacht angesichts solcher Ungeheuerlichkeit.

„Letztes Jahr sollen in Deutschland über 900 Pferde angegriffen worden sein", fuhr Dr. Müller fort, seine Stimme fest und entschlossen. „Das sind aber nur die Taten, die gemeldet wurden. Die Dunkelziffer ist wesentlich höher. Petra, du musst unbedingt eine Strafanzeige bei der

Polizei erstatten. Und nun kümmere dich um Jacky - sie braucht jetzt deine Präsenz, und das gilt auch für die Zukunft, denn du wirst nun ein traumatisiertes Pferd haben".

Mit diesen Worten begleitete Dr. Tom Müller Petra zu den Stallungen, in denen die operierten Vierbeiner untergebracht waren. Ein Hauch von Entschlossenheit lag in der Luft, derweil sie sich darauf einstellten mit dieser Tragödie, um Jacky fertig zu werden.

Sie hatte ihm heute wieder beim Frühstück gezeigt, dass er nicht vollkommen ist. Ihr kalter Blick, die Nase etwas arrogant angehoben und die Augenbrauen ironisch in die Höhe gezogen. Den Mund süffisant verzogen, so servierte sie das Frühstück. Immer das gleiche Einerlei. Kaffee, viel zu dünn, 2 aufgebackene Brötchen von gestern, auch Schrippen genannt. Der Butter war in kleine Portionen Eiswürfelform abgepackt und eingefroren. Man muss ja sparen, nichts darf verkommen. Es gab wie jeden Morgen, 365 Tage des Jahres nur Honig. Natürlich nur Imkerhonig musste es sein, mit einem Honigdreher – aus Holz- igitt! Ihn gruselte es, wenn er auf einem Holzbrettchen schneiden, musste oder gar einen Holzlöffel in den Mund nehmen musste. Aber sie kannte kein Pardon, es musste ein Holzdreher für den Honig sein, weil das immer so gemacht wurde. Als wenn dies ein Argument wäre.

DREI

Die Vergiftung
Montag, 5. August

Die folgenden Tage verliefen auf Gut Krähenbühl im gewohnten Rhythmus: am Morgen das Füttern der Pensionspferde, das Training der einzelnen Pferde und die gebuchten Reitstunden. Es kamen Hufschmiede, teilweise mit ihren Praktikanten, die ihre vereinbarten Termine absolvierten. Die verschiedenen Tierärzte besuchten ihre Pferdepatienten für Untersuchungen, Blutabnahmen und Impfungen.

Irina hatte einen Sattler bestellt, denn sie hatte geplant, für ihren Wallach Iwan einen neuen Maßsattel in schwarz-goldenem Leder mit echten Swarovski Steinen anpassen zu lassen.

Irina war gebürtige Russin, wie der Name vermuten lässt. Irina sah umwerfend aus und war der Traum vieler Männer und sie war sichtbar getunt.

Die Stall Mädels bezeichneten sie boshaft hinter ihrem Rücken, als eine lebende Barbie auf zwei Beinen. Die 32 - jährige, langbeinige Blondine hatte auffallend goldfarben Strähnen und passenden Extensions, die ihr dünnes Haar auffüllten.

Irina war eine von den Frauen, die sich mit eiserner Disziplin bei einer Körpergröße von 177 cm auf Konfektionsgröße 34 – XS herunter hungerte. Um die Falten im Gesicht, welche durch den Zahn der Zeit und wegen des fehlenden Unterhautfettgewebes auftraten zu mindern, war sie auffallend mit Botox unterfüttert. Ebenfalls durften die im Trend liegenden „russischen" Lippen nicht fehlen, die sich wie bei einem Karpfen vorwitzig nach vorne stülpten. Die Augenbrauen waren dick und klotzig mit Permanent Make - Up betont, die ursprünglich einmal tiefschwarz gewesen waren. Jetzt schimmerten sie grünlichgrau und verlangten, demnächst nachgebessert zu werden.

Sie trug immer glänzendes Make-up, welches eine Nuance zu dunkel für ihren hellen Hautton war. Die Augen sahen wegen der geklebten langen geklebten - Wimpern aus wie bei Bambi. Die Nägel waren sorgfältig mit French Maniküre modelliert, nur jeweils am kleinen Finger war mit Goldfarbe ein Pferdekopf gezeichnet.

Auf den zusätzlich mit Dunkelrotem, mit permanent Make-up umrahmten und mit Botox aufgespritzten Russian Lips trug sie ein nudefarbenes-Lipgloss, das die Lippen feucht schimmern ließ. Blöderweise blieben aber jetzt im Sommer die winzigen Fliegen an ihren Lippen kleben, was von den anderen Reiterinnen gehässig kommentiert wurde. In der Umgebung von Pferden gab es in der Hitze viele der lästigen Griebel - Mücken!

Ohne die zahlreichen Eingriffe wäre sie nicht so attraktiv. Fränkisch trocken gesagt: „Der Lack war schon ab!"

Ihr extremes Äußeres, ihre Arroganz und mangelnde soziale Kompetenz den weiblichen Reiterinnen gegenüber, machten sie auf der Reitanlage zur Außenseiterin und zur Zielscheibe von Spott und Gehässigkeiten.

Irina hatte insgesamt vier Warmblüter auf Gut Krähenbühl eingestellt. Es handelte sich um beachtenswert edle und teure Tiere, die allesamt von einem berühmten Wunderhengst abstammten, wie sie bei jeder Gelegenheit erzählte.

Irina arbeitete nicht. Die Pferde und Shopping waren ihre ganzen Beschäftigungen. Sie kam täglich zum Stall außer am Sonntag, denn da hatte sie keine andere Wahl und begleitete notgedrungen ihren Ehemann zum Golfplatz, aber einen Tod musste man ja sterben.

Sie war eine Frau, die sich hinauf geheiratet hatte, so wie man im Volksmund zu sagten, pflegte.

In ihrer Heimat arbeitete Irina in einer Mc – Donalds Filiale in Moskau. Im Zuge eines Ärztekongresses, der in Moskau stattfand, lernte sie ihren zukünftigen Ehemann kennen. Nach einer feuchtfröhlichen Runde im Hotel trieb der Heißhunger die Männer, allesamt Zahnärzte in den nächstgelegene Mc - Donalds-Laden.

Irena arbeitete dort in der Nachtschicht und bediente die Herren. Um den Mediziner war es sofort geschehen. Statt auf Hamburger hatte er Lust auf Irena. Und sie hatte keinen Bock mehr auf Hamburger und Burger, stattdessen auf einen gut situierten Mann aus dem Mercedes Land.

Der Herr Doktor setzte alles daran, um seine exotische Freundin nach Deutschland zu holen. Da seine vierte Ehe lange, schon in Auflösung begriffen war, hatte er seine neue Eroberung zu seiner zukünftigen Gattin auserkoren.

Jetzt lebte Irina in einem großen Landhaus. Sie fuhr ein bordeaux rotes Jaguar X Type Cabriolet. Sie hatte eine Köchin, eine Anzahl von Putzfrauen, einen Gärtner sowie eine persönliche Stylistin.

Sie reiste mit ihrem Ehemann nach Hawaii, New York, Mykonos, St.Tropez, St. Moritz, Ibiza und seit neuestem nach Dubai.

Da ihr Gatte ein Workaholic war und wenig Zeit für sie hatte, kaufte er ihr vier Pferde, um sie zu beschäftigen. Sie hatte 3x die Woche Reitunterricht bei Vicente, der sich redlich mit ihr abmühte. Außer einem A Dressur Turnier hatte sie bis nichts geschafft. Vicente stellte deshalb ihre vier Pferde regelmäßig bei M Turnieren für sie vor.

Irina begleitete meistens den Reitlehrer zu diesen Veranstaltungen und war immer aus dem Häuschen, wenn Vicente mit einem ihrer Pferde eine erfreuliche Platzierung erreicht hatte.

Es waren zwei Reporterinnen von hiesigen Klatschzeitungen auf dem Gut. Nachdem Frank und Vicente jegliche Auskünfte verweigerten, drängte sich Hildegard auf und textete die Zeitungsleute zu. Sie streute wilde Vermutungen.

Leider wollten die Reporter kein Pressefoto von der liebreizenden Hildegard, was diese mit einem grimmigen Gesicht quittierte.

Stattdessen wurde für den Artikel ein Foto von der sehenswerten Irina inmitten ihrer vier Pferde, Iwan, Tolstoi, Juri und Katharina geschossen.

Irina posierte wie verrückt, als wäre sie beim Casting für GNTM und ihre prallen Schlauchboot - Lippen glänzten in grellem Pink.

Die Reporter waren begeistert und somit zierte der aufreißerische Artikel über den Pferderipper von Krähenbühl am nächsten Tag ein großes Foto von Irina.

Trotz der Geschäftigkeit auf dem Pferdehof lag eine eigentümliche Stimmung über dem Gestüt.

Die Menschen waren ruhiger und verhaltener. Es lag eine Spannung in der Luft und sogar das Geplapper und das Gekicher der „Wendy Girls" war vorübergehend verstummt.

Frank und Vicente überlegten, ob sie auf den Außenkoppeln Bewegungsmelder und Kameras anbringen sollten. Das erforderte aber zuerst eine Klärung mit den Besitzern der Reitanlage. Mit dieser Erbengemeinschaft musste geklärt werden, ob diese mit der finanziellen Investition einverstanden wären. Hauptkommissar Wagner hatte diese Maßnahmen dringend empfohlen. Er bot an, einen Spezialisten des Einbruchsdezernats auf Gut Krähenbühl kommen zu lassen, um eine fundierte Beratung durchführen zu lassen.

Es war weiterhin unerträglich heiß, tagsüber wurde sogar über 42 Grad im Schatten gemessen. Bei Nacht kühlte es ab, aber niemand traute sich seine Pferde mehr bei Dunkelheit auf den Wiesenkoppeln zu lassen.

Vicente und der Cowboy wechselnden sich nachts ab und gingen abwechselnd mit Patrouillengängen durch alle drei Stallungen.

Aus diesem Grund entdeckte glücklicherweise Frank, dass Claudias Stute Pretty Lady in Sägebock Stellung schweißglänzend in der Box stand.

Sie hatte eindeutig Bauchschmerzen! Es war 2 Uhr nachts und Claudia ging nicht ans Telefon. Deshalb rief er wie vereinbart im Einsteller - Vertrag geregelt, Dr. Tom Müller an.

Dieser war in zwanzig Minuten vor Ort und untersuchte die Stute. Er entschied, dass sie sofort in die Pferdeklinik transportiert werden musste.

Nachdem das Pferd verladen war, fuhr der Westerntrainer mit seinem BMW X3 hinterher und war vor Ort bei dem Tier in der Klinik. Hier wartete Stute Jacky von Petra auf ihre Genesung.

Frank bekam von der Veterinär Assistentin Sonja einen Pappbecher mit Kaffee aus der klinikeigenen Kaffeemaschine in die Hand gedrückt und ging zu seinem Auto. Er öffnete alle Fenster und zündete sich seine obligatorische Marlboro - Zigarette an. Er schob eine CD mit Western-Countrymusik in den CD-Player und wartete.

Zwei Stunden später erschien Sonja, die veterinärmedizinische Fachangestellte am Autofenster und bedeutete, ihm wieder in die Klinik zu kommen.

Dr. Tom Müller lehnte mit dem Rücken an der Rezeption und hatte eine Tasse Kaffee in der Hand.

Er sah etwas übernächtigt aus, dunkle Bartstoppeln hatten sich inzwischen gebildet und sein Haar war verstrubbelt.

„Frank, Mei des war echt knapp! Pretty Lady ist heute dem Tod von der Schippe gesprungen!

Sie hatte eine Vergiftung"!

Frank war im ersten Moment sprachlos. „Eine Vergiftung? Bei uns im Stall. Das kann doch nicht sein!"

„Bei uns gibt es auf dem ganzen Gelände keine einzige giftige Pflanze weder Kraut noch Baum. Und Claudia ist eine verantwortungsbewusste und erfahrene Reiterin. Sie würde im Gelände Pretty Lady niemals etwas Giftiges fressen lassen.

Und Pferde sind ja nicht blöd. Die fressen normalerweise keine Giftpflanzen."

„Jain!", antwortete Tom, der Tierarzt. „Aber wenn es in kleinen Dosen zerkleinert unter das Futter oder unter Leckerlis gemischt wird, dann ja."

Ich habe Pretty Lady stabilisiert, wir haben den Magen ausgepumpt, Infusionen gelegt und zusätzlich Blut und Urin abgenommen. Es wird etwas dauern, bis das Blutbild und die Ergebnisse der Urinprobe ausgewertet sind, dann werde ich genau sagen können, um welches Gift es sich handelt.

Ich werde Pretty Lady zwei weitere Tage in der Klinik behalten. Nur zur Sicherheit, ob die Nieren und die Leber das durchhalten.

Ich würde Claudia, der Besitzerin empfehlen, die Polizei einzuschalten, ich selbst werde den Vorfall dem Veterinäramt melden. Aber erst wenn ich den exakten Befund habe".

So, Frank, jetzt fahr schleunigst nach Hause, morgen früh ist die Nacht rum."

„Ach ja und Jacky gehts gut und sie kann in 2 Tagen abgeholt werden. Vielleicht wollt ihr beide Pferde gemeinsam nach Hause holen."

Inzwischen war es 5 Uhr morgens, Frank stieg in sein Auto und rief Vicente an, um ihn auf den neuesten Stand zu bringen. Er fuhr in Richtung Gut Krähenbühl den Sonnenaufgang entgegen.

Das Gleiche machte zu diesem Zeitpunkt Anna. Sie war extrem früh aufgestanden und war auch auf dem Weg nach Gut Krähenbühl. Die Ereignisse hatten sie schlecht schlafen lassen und sie sorgte sich sehr um Starlight Preppy. Deshalb hatte sie sich entschlossen, unbedingt vor Arbeitsbeginn, den sie selbst bestimmen konnte, im Stall vorbei zu schauen.

Sie besaß so eine ekelhafte passive Aggressivität. Dieses Schleimige, hintenherum ihm etwas Kritisches oder Negatives hinzufahren, hasste er abgrundtief. Aber sie landete jedes Mal einen Volltreffer. Er fühlt sich schuldig, hatte Gewissensbisse und fühlte sich als totaler Verlierer. Jetzt war es so weit. Heute würde er es machen. Die Zeit war reif. Er war am Limit.

VIER

Ein furchtbarer Verdacht
Mittwoch 7. August

Sie parkte ihren grünen Mini Cooper auf dem Reiterparkplatz und lief
zu dem Westernpferde - Stall, wo Preppy aufgestallt war. Vor der Türe
standen Franky und Vicente und rauchten.

„Guten Morgen!" Anna, du bist aber früh hier. Ist etwas passiert? fragte
Franky, der mit seinen stonewashed Jeans, dem blauen Jeanshemd und
seinen mit hellbraunen Western - Stiefeln, die mit türkisfarbenen
Schlangenledereinsätzen verziert waren, wieder wie einem Westernfilm
entsprungen aussah. Heute allerdings sah er total übernächtigt aus.
Seine Haarfrisur saß nicht mehr so akkurat wie sonst. Sein Haar war
strähnig und an den Ansätzen fettig.

„Ja und was ist mit euch beiden? „Habt Ihr schon Dienst? Und
außerdem warum schaut ihr so bedröppelt", fragte Anna.

„Na ja, du wirst es durch die Buschtrommeln sowieso bald hören. Pretty
Lady die Stute von Claudia, musste heute Nacht in die Pferdeklinik zu

Dr. Müller gebracht werden. Sie hatte eine Vergiftung, aber von was wissen wir noch nicht!"

In aller Ausführlichkeit erzählten abwechselnd Frank und Vicente, was sich zugetragen hatte.

Anna war geschockt.

„Das ist der zweite Zwischenfall in kurzer Zeit! Habt Ihr Feinde, die euch etwas Böses antun wollen. Beziehungsweise sind die Vorfälle gegen die Besitzer – der Erbengemeinschaft von Gut Krähenbühl gerichtet?

Könnten es private Ressentiments gegenüber den Besitzerinnen der Pferde Petra und Claudia sein?"

„Oder ist es einfach nur Zufall? "

„Anna mach dir keinen Kopf, wir werden das schon herausfinden. Sobald wir das Go der Erbengemeinschaft haben, werden hier Überwachungskameras installiert werden."

Geh zu deiner Starlight Preppy und entspanne dich."

Inzwischen war die Sonne aufgegangen und es versprach wieder ein strahlender Sommertag, aber zugleich heißer Augusttag zu werden.

Anna lief zuerst in das Reiterstübchen und bereitete sich mit der Kaffeemaschine einen Latte macchiato zu. Das wurde zwischenzeitlich zu ihrem morgendlichen Ritual.

Anschließend holte sie Starlight Preppy aus der Box, band sie am Putzplatz an und legte los sie zu striegeln, die Hufe auszukratzen und die Mähne zu bürsten.

Heute war Starlight Preppy unruhig. Sie tänzelte nervös hin und her und riss sich immer wieder vom Anbindestrick los. Anna redete beruhigend auf sie ein und streichelte sie. Sie überlegte, ob sie selbst ihre innere Anspannung auf Starlight Preppy übertrug. Pferde reagieren äußerst sensibel auf die Gemütsverfassungen der Menschen. Es ist nachgewiesen, dass diese Tiere die Stimmungen der Reiter und Reiterinnen spiegeln. Zum guten Schluss wollte sie die Schweifhaare bürsten und hob den Pferdeschweif etwas hoch. Sofort wich Starlight Preppy mit der Hinterhand auf die andere Seite aus und drehte sich weg. Sanft, aber bestimmt drückte sie die Stute wieder in die richtige Richtung. Das Bürsten des Schweifs muss seitwärts erfolgen, denn direkt hinter dem Pferd zu stehen kann gefährlich werden. Pferde besitzen durch die seitlich angesetzten Augen nahezu eine Rundumsicht, welche für ihre Veranlagung als Fluchttier wichtig ist. Aber sie haben rückseitig einen toten Winkel und wenn sie sich erschrecken, ist es möglich, dass sie austreten, das kann zu lebensgefährlichen Verletzungen führen. Anna drückte Starlight Preppy noch dreimal sanft zur Seite, bis es sich die Stute gefallen lies und ruhig stehen blieb.

Zuletzt hob sie den dichten Schweif hoch, damit sie den After mit einem weichen feuchten Babytuch reinigen konnte. Manchmal waren Reste vom Kot vorhanden und die mussten gründlich entfernt werden. Die Pferde ließen sich dies normalerweise anstandslos gefallen. Heute hob Starlight Preppy die linke Hinterhand. Sie drohte Anna.

„Rühr mich nicht an, sonst schlage ich aus!" Das hieß es übersetzt in der Pferdesprache!

Oh Schreck! Anna war irritiert. Das Verhalten kannte sie nicht von der braven Stute. Irgendetwas stimmte nicht.

Sie redete mit Preppy, streichelte sie, gab ihr Karotten und selbst gebackene Haferleckerlis und versuchte es weiter.

Endlich. Die Stute fasste Vertrauen zu Anna und ließ sich den Schweif hochheben.

Als sie vorsichtig mit dem feuchten Tuch den Schmutz wegwischte, sah sie an der Außenseite der Scheide kleine rostbraune Verkrustungen - geronnenes Blut und helles an das Fell getrocknetes Sekret.

Rätselhaft! Waren Mückenstiche oder Parasiten die Ursache? Eine Verletzung durch ein anderes Pferd? War ein heißer Wallach aus der gemischten Herde, in der Preppy stand, heimlich aufgesprungen und hatte versucht, die Stute zu penetrieren? Und das helle Sekret? Eine allergische Reaktion oder gar ein Ausfluss, der von einer Entzündung der Eierstöcke herrührte? Das typische Sekret, das während der Rosse auftrat, konnte es nicht sein, das sah anders aus.

Durch ihren Beruf als Pferde Tierärztin schossen ihr sofort eine Anzahl an möglichen Ursachen und Diagnosen durch den Kopf.

Sie reinigte die Stute gründlich und fotografierte aber vorher den Anblick, fertigte sorgfältig einen Abstrich an und beschloss, die Sache zu beobachten.

Am Abend hatte sie wie jeden Tag einen Zoom - Call mit ihrem Lebensfährten Nigel, der in Abu Dhabi die Pferdeklinik leitete. Sie würde sich mit ihm beraten.

Das Frühstück war eine Tortur. Wie immer. Die Tasse, der Teller, das Besteck, der Kaffeelöffel, das Messer waren akkurat ausbalanciert. Und die weiße Stoffserviette war wie immer fächerförmig gefaltet und rechts ausgerichtet. Es gab auch wie seit Jahren, das 3 - Minuten - Ei, das aus dem gleichen blauweißen Porzellan - Becher mit Füßchen und das mit einem Perlmuttlöffel gegessen werden musste. Er fühlte sich wie ein Regenwurm. Klein und verletzlich.

FÜNF

Lukrative Nebengeschäfte

Donnerstag 8. August

Es war ein ungewöhnlich heißer Sommer. Die Zeitungen schrieben von einem Jahrhundertsommer. Die Meldungen überschlugen sich, dass zukünftig Deutschland ein Mittelmeerklima bekäme, weil der Klimawandel jetzt im vollen Gange wäre. Es war von Ernteausfällen, Heuknappheit, Mückenplagen, steigenden Preisen und Wassermangel die Rede. Täglich gab es neue Hiobsbotschaften in den Medien. Die Pegelstände der Schifffahrtsstraßen und Seen waren niedrig, zeitweise war der Schiffsverkehr auf dem Rhein eingeschränkt. Sogar der Gardasee und der Fluss Po in Italien waren fast ausgetrocknet. Nach Mallorca auszuwandern hätte jetzt in Zukunft keinen Sinn mehr, orakelten die Medien.

Die Bundesregierung hielt sie Bevölkerung an, Wasser zu sparen. Auf Gut Krähenbühl war von diesen Nachrichten keine Spur zu bemerken. Alles ging seinen Gang. Die Heulager waren prall gefüllt, es war nicht erforderlich, Heu und Stroh dazu zu kaufen. Wassermangel gab es ebenfalls nicht, da das Gut über einen eigenen Brunnen verfügte. Die

Wiesen waren gelb verbrannt, was der Trockenheit geschuldet war. Der Reitplatz war staubtrocken und wurde von Radu und Hamed mit dem Wasserschlauch regelmäßig abgespritzt. Ebenso wurde der Hallenboden gleichmäßig mit der Beregnungsanlage angefeuchtet.

Die Reiter/innen und Einsteller/innen von Gut Krähenbühl kamen deshalb früh am Morgen oder abends ab 19 Uhr, um mit ihren Pferden etwas zu unternehmen.

Radu und Hamed saßen nach Feierabend, nachdem sie die Pferde gefüttert und versorgt hatten auf ihrer gemeinsamen Veranda, die zu ihren Wohnungen gehörte, rauchten, tranken Bier und zockten. Ab und zu bekamen sie Besuch von ihren Landsleuten, mit denen sie befreundet waren, und die Männer unterhielten sich auf der Terrasse in einem Kauderwelsch aus Deutsch sowie in ihren Landessprachen Rumänisch und Arabisch, dabei spielten sie Karten oder Backgammon. Es herrschte fast eine idyllische Urlaubs - Atmosphäre.

Heute Abend arbeitete Vicente im Büro und telefonierte, während Frank auf der Bierbank vor dem Reiterstübchen saß und ein Glas kühlen Weißwein trank. Annette, deren Pferd Ginger er seit sechs Monaten in Beritt hatte, leistete ihm dabei Gesellschaft.

Anette war eine sympathische und hübsche 38-jährige Sekretärin bei der hiesigen Mercedesniederlassung und war genau sein Typ. Die

Rothaarige, hatte eine glatte helle Haut und große, ausdrucksvolle graugrüne Augen. Sie tuschte ihre langen Wimpern mit einer Superlash - Mascara, die den Effekt hatte, als hätte sie Spinnenbeine um die Augen. Sie war sportlich, freundlich und ehrgeizig. Sie ritt Ginger, einen 14-jährigen ungarischen Fuchswallach, den sie vor acht Monaten von Frank für 10.000 Euro gekauft hatte.

Sie strebte an Turniere zu reiten und deshalb hatte sie den Wallach bei dem Western Trainer in Beritt und sie selbst hatte 2x in der Woche den Unterricht bei ihm.

Doch sie kam ihrem Ziel nicht näher, obwohl sie sich reichlich Mühe gab und hart trainierte. Es klappte mit der Turnierteilnahme einfach nicht. Frank riet ihr, immer wieder davon ab sich anzumelden. Er war der Meinung, sie und Ginger seien noch nicht so weit.

Außerdem baggerte er sie nicht zum ersten Mal an. Sie fand ihn schnuckelig aber zu aufdringlich.

Im Moment saßen sie in dieser drückend heißen Sommernacht auf der Bierbank vor dem Reiterstübchen. Frank hatte heute wieder sein übliches Cowboy Outfit an, aber der Hitze wegen trug er ein ärmelloses weißes Rippenunterhemd aus Baumwolle. Es brachte seine Muskeln und vielen Indianer - Tattoos positiv auffallend zur Geltung. Seine langen blonden Haare waren zu einem Zopf geflochten, um den er ein Haarband aus Federn trug. Er war schon etwas crazy.

Es war nach 21 Uhr und Annette war schon auf dem Sprung nach Hause. Da überredete Frank sie auf ein weiteres Glas Wein, das sie nicht abschlagen wollte, da die Nacht zu schön war.

Frank fing abermals an, mit ihr über den Ginger zu sprechen, dass er der Meinung war, sie solle sich von ihm trennen, da er ihre Turniererwartungen nicht erfüllen könne. Er bot ihr an, das Pferd wieder für sie zu verkaufen und ihr ein anderes passenderes zu besorgen, mit dem sie sofort turniermäßig loslegen könnte.

Dieses Gespräch wühlte sie auf, denn sie war verliebt in den schönen Wallach. Ginger war umgänglich und brav und sie würde ihn vermissen. Außerdem hätte sie zudem ein schlechtes Gewissen, wenn sie ihn kurzerhand wie ein Fahrrad umtauschen würde. Aber anderseits arbeitete sie hart daran, ihren Traum zu erleben - endlich an einem Turnier teilzunehmen.

Nachdem sie ihr Glas ausgetrunken hatte, verabschiedete sie sich von Frank und fuhr in Richtung nach Hause - morgen war ein neuer Tag.

Anna hielt sich ebenfalls zu dieser Zeit im Stall auf. Sie war erst kurz vor 19 Uhr eingetroffen. Sie war mit Alina, einer 16-jährigen Schülerin, die eine Reitbeteiligung an einem braunen Araber Wallach Namens Pasha hatte zu einem abendlichen Ausritt verabredet gewesen. Sie gehörte zu den „Wendy-Girls". Sie war blond und ähnlich sexy gestylt wie Melissa, wirkte aber reifer.

Nachdem sie die Pferde geputzt, aufgetrenst und gesattelt hatten, ritten sie im Schritt aus Gut Krähenbühl heraus und bogen gleich links in den Wald ab. Sie waren circa eine Stunde unterwegs und am Heimweg galoppierten sie auf den Feldwegen im Sonnenuntergang wie aus der ehemaligen Marlboro-Werbung wieder zurück zum Stall. Diese Eindrücke, die überwältigende Natur, die Farben, der Duft der Wiesen und dem Heu, das Abschnauben der Pferde und die Wärme des Sommers - das Alles war ihr großes Glück.

Nur Reiter/innen sind in der Lage, die diese Gefühle der Glückseligkeit nachzuvollziehen. Hierbei konnte man die Seele baumeln lassen.

Nach dem Anna und Alina wieder auf dem Hof zurückgekehrt waren, sattelten sie die Pferde ab und weil es immer noch warm war, duschten sie die Pferde und zogen danach das Fell mit dem Schweifmesser ab. Sie stellten Preppy und Pasha in die jeweilige Pferdebox, und fütterten ihnen einige Karotten.

Anna hängte das Equipment von Preppy an den mit dem Pferdenamen beschrifteten Platz in der Sattelkammer und war im Begriff nach zu Hause fahren, als sie an der Türe eines der „Wendy" Girls Melissa traf.

Die 17-jährige Melissa war heute besonders sexy gekleidet. Sie hatte sich in eine Jeans Shorts hinein gequetscht, deren Beine so kurz abgeschnitten waren, dass beide Pobacken zu sehen waren. Sie trug dazu eine weißes paillettenbesetztes, bauchfreies Tank Top und weiße Adidas-Turnschuhe mit drei goldenen Streifen. Die Haare hatte sie glatt nach hinten gegelt und zu einem strengen Knoten gesteckt. Das Make-up war aufwendig wie immer. Melissa sagte zu Anna „Hi! Du bist auch noch da! Du bist doch eigentlich Pferdetierärztin. Oder?

„Kann ich dich was fragen"? Anna antwortete: Ja klar"

„Kannst du bitte mal zu meinem Pferd an die Box kommen? Das ist aber total vertraulich!" Sie schlug kokett die Augen nieder.

Anna lächelte und sagte: „Aber klar doch".

Sie gingen zusammen in den Stall Nr. 1 und im mittleren Stalltrakt auf der rechten Seite blieb Melissa vor einer Box stehen und öffnete diese. Darin stand Chica, eine große sechsjährige spanische PRE - Pura Raza Española Apfelschimmelstute in changierenden Grautönen. Eine spanische Schönheit! Sie blickte neugierig mit großen braunen Augen auf die nächtlichen Besucher.

Melissa streichelte die Stute beruhigend über den Hals, positionierte sich seitlich an das Tier, nahm ihr iPhone und stellte die Taschenlampenfunktion ein.

Sie hob den prächtigen schwarzhaarigen Pferdeschweif an und leuchtete auf die Genitalien der Stute.

„Anna schau mal! Was siehst du da?"

Anna trat einen Schritt vor und sah genau wie bei ihrer Stute Preppy getrocknetes Blut und etwas weißes Sekret an der Haut.

Anna ahnte Furchtbares! Sie wollte es sich aber nicht anmerken lassen. „Melissa darf ich ein Foto machen?"

„Klar mach so viele du willst."

„Was meinst, du Anna was hat das zu bedeuten"? Fragte Melissa und Anna antwortete „Ich weiß es nicht, ich mache mich mal schlau".

Aber bitte desinfiziere erst einmal die Wunde mit Desinfektionslösung und trage eine Heilsalbe auf die Fleischwunde auf. Bitte beobachte die Verletzung, denn wenn diese zu eitern beginnt, musst du umgehend den Tierarzt bestellen, der muss dann Antibiotika geben. Diese Hitze ist gefährlich, da Mücken ihre Eier in der Wunde ablegen können.

„Ich schaue mir das morgen noch einmal an." Okay?

„Komm, es ist schon spät, fahr nach Hause. Hier ist meine Telefonnummer, du kannst mich jederzeit anrufen." Einer Eingebung folgend machte die Veterinärin einen Abstrich von der Wunde und dem Sekret.

Sie verabschiedeten sich und als sie in ihr Auto steigen wollte, kam Anette dazu, die neben Anna geparkt hatte. Anette hatte hängende Schultern, die Wimperntusche war verlaufen und sie hatte schwarze Pandaaugen und schluchzte. Als sie Anna bemerkte, wischte sie sich die Tränen mit einem Taschentuch ab und sagte: „Sorry, ich wollte dich nicht erschrecken."

Anna sagte: „Anette, du erschreckst mich nicht. Kann ich dir irgendwie helfen?"

„Nein, es geht schon!" „Ja, das sehe ich", sagte Anna.

Wieder schluchzte Annette und sagte: „Ich bin verzweifelt, ich stehe vor einer schwierigen Entscheidung".

„Anette, magst du dich auf meinen Beifahrersitz setzen und mir erzählen, was dich so bewegt"?

Annette zauderte und zuckte resigniert mit den Schultern. „Wenn du meinst und wenn ich dich nicht aufhalte, denn es ist schon so spät."

Stockend erzählte sie von Franks Vorschlag, Ginger zu verkaufen. Sie betonte immer wieder, dass sie sich nicht von dem Pferd trennen wolle und sie dies nicht mit ihrem Gewissen vereinbaren könne. Zumal sie vor 2 Jahren schon einmal zugestimmt hatte, ihr erstes Pferd, die Paint Stute Allison, die sie sehr liebte, über Frank zu verkaufen. Sie legte danach zusätzlich 10.000 € drauf und Frank vermittelte ihr Ginger.

Anna war entsetzt. Sie vermutete schon, auf was das Verhalten von Franky - Boy hinauslief. Sie ließ es sich nichts anmerken, um Anette nicht weiter zu beunruhigen. Jetzt fiel es ihr wie Schuppen von den Augen. Sie erinnerte sich daran, dass ihrer Schwester Bettina vor 2 Jahren mit Frank das Gleiche passiert war.

Ihre Schwester Bettina hatte Frank auf Gut Krähenbühl über Ihr beiden Töchter kennengelernt. Diese hatten regelmäßig Reitunterricht. Und weil Frank so ein Womanizer war, überredete er oftmals die Mütter, die die Kinder zum Unterricht begleiteten und warteten, doch ebenso bei ihm ins Training zu gehen, gerne erstmal zu einem Schnupperkurs.

Bettina, die zwar einen Heidenrespekt vor Pferde hatte, aber diese Tiere trotzdem toll fand, ließ sich nach langem Hin und Her von Frank motivieren, es zu probieren.

Sie bekam eine ausgeglichene zwölfjährige Quarterstute mit der seltenen Farbe Red Roan. Die brave Quarter Horse Stute war Franks Eigentum und wurde als Schulpferd eingesetzt. Strawberry so der Name der Stute, war lammfromm und Bettina machte der Unterricht großen Spaß. Außerdem fühlte sie sich im stabilen Westernsattel sicher.

Nach fünf Monaten machte ihr das Reiten richtig Spaß und sie hatte einen guten Draht zu Strawberry und Frank schlug ihr einen Deal vor.

Sie könne die Stute günstig von ihm erwerben, denn er bräuchte für den Reitunterricht ein neues Pferd. Ansonsten würde er Strawberry beim befreundeten Pferdehändler in Zahlung geben.

Frank war ein abgebrühter Schlaumeier und spielte mit den Gefühlen seiner Kundinnen. Er wusste genau, wie die Frauen an den Pferden hingen und wie er sie dazu bringen konnte, weiter Unterricht zu buchen, eine Reitbeteiligung auf einem seiner Pferde abzuschließen oder ein Pferd zu kaufen. Die Kasse musste nur klingeln. Er hatte viele Schulden, musste Alimente zu zahlen und lebte auf großem Fuß.

Bei Bettina wirkte dieses Konzept ebenfalls und daher entschloss sie sich, Strawberry samt Westernsattel zu kaufen, der welche Überraschung zusätzlich mit 4 000 € zu Buche schlug.

Bettina war überglücklich und die Töchter sprachlos. Der Ehemann, Annas Schwager, war gar nicht amüsiert, denn er mochte keine Tiere, wenn überhaupt, dann nur auf seinem Grill.

Aus diesem Grund hing der Haussegen daraufhin für einige Wochen schief, aber Bettina besuchte weiterhin die Unterrichtsstunden bei Frank und war glücklich.

Eines Tages bekam Strawberry an der linken Hinterhand ein Problem mit der Sehne, so diagnostizierte es auf jeden Fall Frank.

Er meinte, die Stute ginge nicht sauber. Und bei dem Alter vermutete er, dass sich schnell etwas Chronisches entwickeln würde. Dies wäre kostenintensiv und frustrierend für Bettina, da sie dann in absehbarer Zeit die Stute nicht mehr reiten könnte. Er empfahl daher, das Pferd an seinen befreundeten Pferdehändler zu geben, der einen guten Platz als Beistellpferd - so nennt man einen Rentnerplatz, suchen sollte.

Bettina war verunsichert und total unglücklich.

Der Haussegen hing daraufhin wieder schief.

Sie vertraute dummerweise Frank, einerseits war Strawberry ihr Herzenspferd, anderseits durfte sie keine weiteren Kosten verursachen, denn sie hing finanziell am Tropf von ihrem Ehemann. Dieser war ein erfolgreicher Geschäftsmann und sie waren wohlhabend, aber mit Tieren hatte er ja überhaupt nichts am Hut, besonders mit Pferden, vor denen er sich fürchtete.

In den folgenden Wochen kam immer wieder Franks Freund, der Pferdehändler Joe mit seinem großen Mercedes S Klasse in Rose`metallic Tönen mit passendem Pferdehänger auf das Gut gefahren.

Joe, der schlicht Johann Ackermann hieß und in der Gegend von Oberammergau lebte, war ein langjähriger Kumpel von Frank.

Er brachte stets neue Pferde mit und nahm immer wieder einmal eines der Schulpferde wieder mit.

Joe machte ebenfalls auf Cowboy Style. Er sah aus wie eine Figur aus dem Comic - Heft Lucky Luke. Er hatte einen schwarzen Vokuhila Haarschnitt vorne kurz und hinten lang. Böse Zungen behaupten, dass diese Männer irgendwo in den 80er Jahren hängen geblieben seien.

Joe hatte stets einen Cowboyhut auf. Dazu jeweils frisch gebügelte Rodeo Hemden in rosa, mintgrün und hellblau die mit silbernen Western-Kragenecken eingefasst waren.

Seine exquisiten Westernhemden waren immer mit eindrucksvoller Stickerei an Brust und Rücken versehen. Die Hemden waren farblich harmonisch abgestimmt mit zweifarbiger Kordelpaspelierung und dreifach geknöpften Manschetten.

Stilecht trug er hautenge original Wrangler Bluejeans mit einem dunkelbraunen punzierten Ledergürtel. Dieser hatte eine riesige silberne, mit einem Pferdemotiv dekorierte Gürtelschnalle.

Seine sündhaft teuren original Cowboystiefel waren immer mit bunten Lederarbeiten teils aus Schlangenleder eingelegt. Sein Schmuck war ein großer Indian Silberring mit einem fetten Türkis.

Am rechten Handgelenk prangte eine goldene Rolex Special Edition mit einem roséfarbenen Zifferblatt mit einer auffälligen Brillant Lünette.

Nach dem Motto „Mann" gönnt sich ja sonst nichts. Er war ein echter Hingucker.

Sobald er aus seinem Mercedes Barbie Car stieg, stolzierte er breitbeinig mit seinen O-Beinen zu Frank, der ihn schon erwartete. Dieser haute ihm zur Begrüßung derb auf die Schulter und sagte: „Ey Alter, was läuft"?

„Alles! Franky Boy" entgegnete Joe.

Er drehte sich zum Auto um und pfiff mit zwei Fingern - die Beifahrertüre öffnete sich und ein unglaublich junges Mädchen stieg aus dem Mercedes. Sie war vermutlich nicht älter als 20 Jahre.

Das Mädchen war offensichtlich ein Modeltyp mit 175 cm Körpergröße, wallenden brünetten Haaren mit pinkfarben Strähnen. Ihre grünen Augen waren kräftig in Brauntönen angemalt und mit schwarzem Eyeliner mit großem Schwalbenschwanz gestylt.

Die obligatorischen geklebten Bambi - Wimpern durften nicht fehlen.

Die auffallend vollen Lippen waren vermutlich mit Botox voluminöser gespritzt. Sie trug ein Jeansbustier mit tiefem Ausschnitt. Ihre Oberweite war mit Sicherheit ebenfalls auf Körbchengröße Doppel D getunt. Das Bustier endete 10 cm über dem Nabel. Dieser war mit einem goldenem Piercing geschmückt. Sie hatte einen ausgewaschenen Jeansminirock an, der mehr zeigte als verhüllte. Dazu trug sie üppigen

Goldschmuck und hochhackige schwarze Cowboystiefel. Mama Mia! Sie hatte Western Sporen an! Die Mädels auf dem Hof kriegten sich vor Spott gar nicht mehr ein.

Sie stöckelte auf Frank zu und hauchte ein „Hi".

Joe stellte sie vor und sagte „Das ist Chantal. Meine neue Assistentin."

Frank grinste süffisant und antwortete „Okay ich verstehe.

Komm, gehen wir zu den Gäulen".

Die Ankunft von Joe, dessen Spitzname Pink Joe war, da er immer mit seinen rosemetallic Mercedes nebst Pferdehänger in der gleichen Sonderlackierung aufkreuzte, war wie jedes Mal in jedem Stall eine Sensation. Radu und Hamed glotzen und es fielen ihnen beinahe die Augen aus dem Kopf. Vicente schüttelte ungläubig mit dem Kopf, denn er der die klassische englische Reitlehre unterrichtete, bekam einen eher konservativen Besuch.

Die „Wendy" Girls Melissa und Alina flüsterten und verdrehten die Augen und Hildegard zog meistens wie immer eine blöde Fresse und rollte rauchend missbilligend die Augen, ehe sie zu Bazi in den Offenstall schlurfte. Sie wollte vermeiden, dass Joe, den sie hasste, ihr wieder hinterherrief, dass er sogar einen Sattel für Ihren Breitarsch besorgen könne. In Reitställen herrscht zuweilen ein rauer Ton und „Me- too" und „Anti Diskriminierung" waren Fremdwörter.

Diese Besuche fanden regelmäßig statt, denn Frank und Joe tätigten rege Geschäfte miteinander.

Anna hatte von Bettina von diesem Treiben erfahren, sie hatte sich aber zuvor nie für den Klatsch und die Personen interessiert.

Sie erinnerte sich aber an die Beschreibungen über den Pferdehändler, denn der holte eines Tages Strawberry ab. Das würde sie nie vergessen.

Es waren Wochen und Monate der Trauer und ihre Schwester und sie hatten abends lange Zoom Sitzungen, da sie in Abu Dhabi lebte. Sie erinnerte sich besonders gut an diese Zeit, da wegen der Zeitverschiebung durch diese Zoomsitzungen mit Bettina sie spät ins Bett kam. Und als Veterinärin musste sie sehr früh in der Klinik sein. Wegen der großen Hitze in den Arabischen Emiraten und obwohl die Pferdeklinik und alle Stallungen des Scheiches voll klimatisiert waren, wurde zeitig gearbeitet, dafür eine lange Mittagspause gemacht und wenn es wieder kühler war, und bereits die Dunkelheit eingesetzt hatte, oftmals bis Mitternacht gearbeitet wurde.

Sie war deshalb eine Zeitlang immer total übermüdet gewesen.

Frank, der Frauenversteher, hatte Bettina im Laufe der Wochen immer wieder verschiedene Pferde vorgestellt. Er hatte einen braven Haflinger Wallach vorgeschlagen, einen goldfarben zierlichen Palomina Wallach, einen ausrangierten Traber, ein rohes deutsches Reitpony. Alle Pferde waren überhaupt nicht für Bettina geeignet. Zu guter Letzt zeigte er Bettina, einen Neuankömmling, der kurz vorher von Pink Joe auf den Hof gebracht wurde.

Es handelte sich um eine Quarterstute in der außergewöhnlichen Farbe Blue Roan. Sie hatten einen schönen Kopf, einen perfekten quadratischen Body und vier schwarze Beine, schwarze seidige Mähne und einen schwarzen Schweif.

Ihr Name war Starlight Preppy Hollywood Girl.

Frank bemerkte sofort, dass Bettina an Starlight Preppy interessiert war.

Schritt für Schritt nahm sie Kontakt mit der Stute auf, indem sie langsam ihre beiden Hände nach vorne ausstreckte und die Stute daran riechen konnte.

Daraufhin ließ sich die Stute am Hals streicheln und entspannte sich sofort.

„Mensch Bettina, diese Stute ist wie für dich gemacht. Eine Lebensversicherung, mit der du im Gelände immer auf der sicheren Seite sein wirst. Sie ist wunderschön, denn sie ist eine goldprämierte Stute. Sie ist superausgebildet und hat bereits Turniererfahrung. Sie ist in Idaho geboren, also eine echte Amerikanerin. Sie hatte hier in Deutschland nur einen Vorbesitzer.

Komm setz dich mal drauf. Du musst es fühlen!

Du kannst sie sooft und so lange zur Probe reiten wie du möchtest. Auch kann ich dir gerne einige Unterrichtsstunden auf ihr geben. Kostenlos versteht sich - aus alter Freundschaft." Dabei grinste er wie ein Honigkuchenpferd.

Als Bettina eines Abends in Abu Dhabi wieder auf Zoom online war, strahlte sie über das ganze Gesicht. Anna, Anna ich hab's getan!

Ich habe eine Quarter Horse Stute. Sie heißt Starlight Preppy.

Alle diese Gedanken kamen Anna wieder in Erinnerung, als sie von Anette und ihren Konflikt wegen der Entscheidung Ginger einzutauschen hörte.

Das Ganze war seltsam. Petra hatte, bevor Jacky vom Pferderipper verletzt wurde, genau die identische Geschichte über Frank erzählt.

Sie hatte Augen im Kopf, Lebenserfahrung und Menschenkenntnis genug, um zu sehen, dass Frank ein Schlitzohr war. Er handelte mit allem, was nicht niet- und nagelfest war ob mit Pferden, Sätteln und Westernboots samt dem gesamten Equipment.

Dass dies nicht alles 100%ig seriös war, konnte Anna sich gut vorstellen.

Aber dass Frank seinen Kundinnen immer wieder die Pferde ausredete, die er selbst vermittelt hatte, war schon grenzwertig.

Sie musste gleich zu Bettina nach Hause fahren, denn sie wohnte in der Nähe, um sie dazu persönlich befragen. Sie hatte mit ihrer Schwester vereinbart, morgen nach Preppy zu sehen, denn die Vorkommnisse im Stall machten sie nervös.

Oh je, so viel zu ihrem Vorsatz, sich aus allem herauszuhalten.

Der Himmel war heute grau in grau und trüb. Die Grautöne changierten von einem hellen Elefantengrau, über schweflig gelbes grau bis hin zu einem bedrohlichen schwarzgrau. Ein Gewitter war im Anzug. Die Wetteraussichten für die ganze restliche Woche waren wieder hohe Temperaturen. Er fühlte sich psychisch auch grau und trüb. Heute hatte er mit Ach und Krach den Tag herumgebracht wie ein Schauspieler immer lächelnd und gute Laune vorspielend. Doch im Inneren sah es bei ihm ganz anders aus. Wenn das diese Arschkriecher um ihn herum wüssten.

SECHS

Verletzte Pferde

Freitag, 16. August

Als die beiden Pferdepfleger am nächsten Morgen der Reihe nach in den Stallungen das Pferdefutter portionierten und im Stall Nr. 1 zu füttern begannen, ahnte niemand, was sich für ein weiteres Drama anbahnte.

Als sie das Kraftfutter für Irinas Wallach in seinen Futternapf füllen wollten, lag der große Schimmelwallach in Embryostellung in seiner Box am Boden. Er schwitzte und hatte weißen Schaum vor dem Maul. Seine Nüstern waren weit aufgebläht und er atmete stoßweise.

Radu ertastete an den Ganaschen, am hinteren Rand des Unterkiefers umgehend seinen Puls und stellte fest, dass er ausnehmend schwach war.

Schnellstens rief er den Tierarzt Dr. Müller an, der versprach, sofort mit dem Pferdehänger zu kommen. In der Zwischenzeit sollte er und Hamed den leidenden Wallach mit nassen Handtüchern etwas herunter kühlen. Alle Versuche, dem Pferd aufzuhelfen, scheiterten. Demzufolge ließen sie ihn auf dem Boden der Pferdebox liegen, wachten bei ihm und redeten beruhigend auf ihn ein.

Fünfzehn Minuten später traf der Pferdetierarzt ein. Er eilte in die Pferdebox, tastete den Puls, maß Fieber und auskultierte die Herztöne des Pferdes.

Nach einer Weile schüttelte er den Kopf und sagte: „Es sieht so aus, als hätte Iwan eine Vergiftung. Ich injiziere ihm ein Kreislaufmittel und danach versuchen wir ihn gemeinsam auf die Beine zu stellen."

Inzwischen war auch Irina eingetroffen, optisch wie immer aus dem Ei gepellt. Irina, mit ihrer Mischung aus russischer Eleganz und ungezügelter Wut, schritt durch die Stallgassen wie eine Königin auf dünnem Eis. Ihre Drohungen hallten in den Ohren derjenigen wider, die auch nur den Hauch eines Verdachts auf sich zogen, etwas mit den mysteriösen Vergiftungen zu tun zu haben.

Vicente, der stets ruhige und bedachte Reitlehrer, versuchte die aufgebrachte Irina zu beruhigen und zugleich die anderen Pferdebesitzerinnen zu beschwichtigen, die nun alle um die Sicherheit ihrer geliebten Vierbeiner fürchteten.

Aber Irina drohte wiederholt mit finsteren Gesichtsausdruck, dass, wenn sie die Person erwische, die das ihrem Iwan angetan hatte, diese das nicht überleben würde. Durch ihre negativen Emotionen und ihrer Aufgeregtheit sprach sie mit einem ausgeprägten osteuropäischen Akzent.

Sie klang dabei äußerst glaubwürdig, denn mit Irina war nicht zu spaßen.

Nach dreißig Minuten bangen Wartens und mithilfe zahlreicher Reiter/innen die inzwischen auf Landgut Krähenbühl angekommen waren und das Drama mitbekommen hatten, schafften sie es mit vereinten Kräften, Iwan auf die Beine zu stellen. Die Männer hielten Iwan vorne am Halfter, seitlich an beiden Führstricken und die Pferdefrauen schoben von hinten. Gemeinsam führten alle das schwer kranke Pferd zum Transporter der Pferdeklinik.

Dr. Tom Müller fuhr sofort los und Vicente, der Reitlehrer, sowie Irina folgten in Irinas Jaguar im Konvoi in die Klinik.

Die auf Gut Krähenbühl übrig gebliebenen Reiterinnen – es waren am Morgen ausnahmslos Frauen, standen zusammen und waren verstört. Sie sprachen wild durcheinander und stellten die unterschiedlichsten Hypothesen auf.

Frank war relativ schweigsam, denn selbst ihn schien die vermutlich zweimalige Vergiftung eines zweier aufgestallter Pferde zu schockieren.

Er meinte, dass möglicherweise auch die Ställe innen videoüberwacht werden sollten.

Es waren sogar Melissa und Alina anwesend, da sie beschlossen hatten, die Schule zu schwänzen. Die beiden Mädchen waren wie immer perfekt gedresst und geschminkt und wirkten total geschockt. Melissa hatte vermutlich geweint, da ihre Augen gerötet waren und das Augen Make-up etwas verschmiert war. „Hoffentlich passiert mit Pasha nichts. Das würde ich nicht überleben.", hauchte sie ihrer Freundin zu, die betrübt nickte.

Des Weiteren hatte sich die von Neugier erfüllte Hildegard zu der Gruppe gesellt. Frank, Radu und Hamed begrüßten sie höflich, drehten sich aber gleich wieder von ihr weg.

Sie wollten ebenfalls so wenig wie möglich mit ihr zu tun haben. Sie hatten anfangs, als sie in den Stall kam, alles und jedes Erdenkliche versucht, sie willkommen zu heißen und zu integrieren. Doch sie lehnte sämtliche gut gemeinten Ratschläge, Hilfsangebote und Einladungen unwirsch ab. Und so nervte sie die Leute mit ihrer negativen Ausstrahlung.

Mürrisch stand sie da und zog hektisch an ihrem Glimmstängel. Nur Melissa traute sich sie anzusprechen „Echt krass, was hier passiert! Hildegard, was sagst du dazu?" Sie trat ihre Zigarette vehement aus und hob sie vom staubigen Boden auf, um sie hinterher im Aschenbecher zu entsorgen, im Weggehen drehte sie sich um und antwortete Melissa „Das geschieht dem mediengeilen Russenluder recht"

Melissa und Alina waren sprachlos und sahen ihr verblüfft nach, wie sie zum Offenstall lief.

Nach einer Weile ging der tägliche Betrieb auf dem Gut Krähenbühl wie gehabt seinen gewohnten Gang. Vicente kam mit Irina aus der Tierklinik zurück und berichtete, dass Iwan stabil sei, aber zur Beobachtung in der Pferdeklinik bleiben müsse. Dr. Müller wollte die Laborergebnisse abwarten, aber den Symptomen nach, könnte es im Bereich des Möglichen liegen, dass es das gleiche Gift gewesen sein könnte wie bei Pretty Lady.

Wie bei den letzten beiden Attacken auf die Pferde von Krähenbühl hatte Dr. Müller die Vorfälle beim zuständigen Veterinäramt angezeigt. Vicente hatte den neuen Anschlag auf Iwan längst der Polizei gemeldet.

Irina war außer sich, es handelte sich um eine Mischung aus Angst und Wut. Aufgeregt trippelte sie in ihren neuen cognacfarbenen Hermes - Jodhpur Stiefeletten in der Stallgasse umher, in der ihre anderen drei Pferde untergebracht waren.

„Vicente, ich fordere ab sofort eine Überwachungskamera an meinen vier Pferdeboxen, sonst kündige ich sofort und stelle meine Pferde auf Schloss Wenzel" Vicente versuchte sie zu beruhigen „Du wirst sehen, die Polizei wird den Täter fassen, dann Gnade ihm Gott! „Polizei! Du mit deiner deutschen Polizei, diese Weicheier, die nehmen das doch gar nicht ernst, denn ein Pferd ist juristisch gesehen eine Sache. Es handelt sich nur um eine Sachbeschädigung und höchstenfalls um Tierquälerei. Wenn sie das Schwein erwischen sollten, gibt doch nur eine kleine Geldstrafe. Euere deutschen Gesetze sind bloß Pillepalle"!

Anna erschien am Morgen wie geplant im Stall und schon von weitem bemerkte sie die eine beachtliche Anzahl von Autos auf dem Parkplatz. Beim Näherkommen erkannte sie ebenfalls zahlreiche Menschen, die vor den Ställen und auf der Vorderseite des Reiterstübchens standen, allen voran Vicente und Franky. Anna bekam sofort ein mulmiges Gefühl und einen Druck im Magen.

Irgendetwas musste wieder auf Gut Krähenbühl vorgefallen sein. Komisch, dass bis jetzt keine Nachricht auf WhatsApp gewesen ist.

Anna parkte den Mini Cooper und begab sich sofort zu Vicente und Frank, zu denen sich soeben zusätzlich Radu und Hamed gesellten.

„Hallo! Was ist denn hier schon wieder los?", rief Anna in die Runde.

„Wir hatten anscheinend heute Nacht einen neuerlichen Anschlag auf ein Pferd in unserem Stall. Iwan, Irinas Wallach ist vermutlich vergiftet worden, aber er lebt" antwortete Frank und Radu nickte betrübt mit dem Kopf, während er sich eine selbstgedrehte, stinkende Zigarette mit seinen gelben vom Nikotin verfärbten Fingern anzündete.

„Das ist ja Wahnsinn! Wer ist denn hier im Stall so krank im Kopf?", rief Anna aufgebracht.

In diesem Moment kam Melissa um die Ecke gehetzt „Kommt schnell! Chica, meine Chica", schrie sie weinend. Erschrocken setzte sich die Gruppe zum Stall Nr. 1 in Bewegung.

Alina befand sich in der Box bei Chica und wirkte völlig verstört.

„Frank, Vicente, Anna schaut nur, schaut nur!"

„Was ist den los, was sollen wir uns ansehen, Melissa?"

„Hier seht doch so ein Perversling hat Chica sämtliche Tasthaare und Wimpern entfernt! Das tut ihr doch weh!", schluchzte das Mädchen.

Ratlos und sprachlos starrten alle auf Chicas Maul und Augen und man konnte es kaum glauben, es waren keine Tasthaare und Wimpern mehr vorhanden.

„Anna, du bist doch Pferdetierärztin", warf Vicente ein, kannst du auch was dazu sagen?"

„Selbstverständlich gerne" antwortete Anna. Die Tasthaare, die in der Fachsprache als Vibrissen bezeichnet werden, sind nicht aus optischen Gründen vorhanden.

Alle Tasthaare sind mit sensiblen Nervenzellen verbunden. Die Wurzeln der Haare sind von vielen empfindlichen Nervenenden umgeben, dadurch wird jede kleinste Berührung an das Gehirn weitergeleitet. Sie sind wichtig für den Tastsinn der Pferde, wenn es um Situationen geht, die von den Augen nicht wahrgenommen werden können. Sie schützen den Kopf und den Körper vor Verletzungen durch Stöße an harten Gegenständen, aber gleichermaßen vor spitzen Strohhalmen und Insekten. Die Tasthaare arbeiten wie ein Navigationssystem, das hauptsächlich bei schlechter Sicht oder eingeschränktem Sichtfeld notwendig ist. Pferde haben vor dem Gesicht einen toten Winkel und können dadurch das Futter nicht klar erkennen.

Auch schützen sie die Pferde bei der Nahrungsaufnahme, denn so können sie jeden Fremdkörper im Futter ertasten.

Für Pferde ist die Auswahl des Futters überlebenswichtig, denn sie müssen auf der Weide zwischen giftigen, ungiftigen und ungenießbaren Pflanzen unterscheiden können.

Die Tasthaare sind für Pferde, aber ebenso für Hunde, Katzen, Kaninchen etc. ein wichtiges Sinnesorgan. Das Entfernen der Haare durch clippen, schneiden, rasieren, herausreißen oder abbrennen ist laut dem deutschen Tierschutzgesetz verboten und wird bestraft. Wer bei internationalen Turnieren ein Pferd mit geclippten Tasthaaren vorstellt, wird disqualifiziert und es wird ein Strafverfahren eingeleitet. Die Sanktionen sind hart, ganz zurecht.

Ich kann bestätigen, dass alle Tasthaare fehlen, soweit ich sehen kann, wurden diese abgebrannt. Das muss in hohem Maße schmerzvoll gewesen sein. Ich kann gern als Erste Hilfe die Haut desinfizieren und eine Brandsalbe auftragen und Melissa und Alina, ihr könnt mit einer kalten Kompresse die Haut herunter kühlen und beruhigen. Außerdem muss Dr. Müller informiert werden und am besten auch die Polizei, denn das hier ist nicht nur Tierquälerei, sondern eine Straftat." Die Mädels nickten und versprachen sich zu kümmern. Anna und die anderen verließen den Stalltrakt und verteilten sich, um entweder ihre eigenen Pferde aus den Boxen zu holen, zu putzen oder etwas aus der Sattelkammer zu besorgen, sich im Reiterstübchen einen Kaffee zuzubereiten und außerdem heftig über die Geschehnisse zu diskutieren.

Anna hatte vor, nach Starlight Preppy zu sehen und solange es noch nicht zu heiß war, im Schatten des Roundpen etwas Bodenarbeit zu trainieren. Im Anschluss wollte sie ihre Schwester Bettina zu Hause aufsuchen, da sie schon gestern ihren Besuch angekündigt hatte. Diese musste erfahren, was es mit dem Westerntrainer und dem Umtausch von Pferden auf sich hatte.

Im Moment schwirrte ihr der Kopf. So hatte sie sich den Aufenthalt in Deutschland nicht vorgestellt. Sie wollte zusammen mit ihrer Schwester die Firma und die Immobilien der verstorbenen Eltern verkaufen und danach nach Abu Dhabi zurückkehren.

Im Übrigen war sie solche Verwicklungen im Stall und zwischen Reitern aus Abu Dhabi einfach nicht gewöhnt. Hier kam sie sich vor wie in einer dramatischen TV-Soap.

Außerdem konnte sie sich überhaupt nicht vorstellen, dass in den Emiraten irgendwer auf solche kranken Ideen kam. Sie musste Irina recht geben, sie fand, dass hier das Tierschutzgesetz zu lasch war und die Täter unglaublich glimpflich davonkamen.

Ihr fiel auf, dass hier immer wieder die Menschen mit sich und ihrem Leben relativ unzufrieden waren und deshalb auf fatale Gedanken kamen.

Während sie auf dem Weg zur Sattelkammer war, um das Knotenhalfter mit Seil und Trainingstick zu holen, schlurfte Hildegard wie immer mit hängenden Schultern und Mundwinkeln grußlos an ihr vorbei.

Ein Mädchen aus der Gruppe, welche vor den Stallungen stand, rief ihr zu „Stell dir vor-es gab schon wieder einen Anschlag auf eines unserer Pferde! Dieses Mal hat es Chica erwischt. So ein Psycho hat ihr alle Tasthaare abgebrannt."

Hildegard brummelte etwas Unverständliches in ihren Damenbart und sagte: „Na ja das spanische Viech war vorher schon greislich!" Und schritt mit ihrer blauen Tupperware-Dose, die klein geschnittenen Karotten enthielt, die der Größe nach für einen Goldhamster optimal wären, in Richtung Offenstall zum armen Bazi!

Als sie verschwunden war, sagten die Reiterinnen „Sowas von krass, die Alte!

Die ist eine total Proll-Else, die passt überhaupt nicht hierher! Und immer dieses unfreundliche Gesicht, das man sich täglich ansehen muss. Kann Vicente ihr nicht kündigen?"

Im Stillen stimmte Anna ihnen bei dieser Beurteilung zu. Langsam machte ihr die Anwesenheit von Hildegard ebenfalls zu schaffen. Total Psycho! Hoffentlich konnte sie bald wieder nach Abu Dhabi, denn so ein schreckliches Publikum würde dort keinen Fuß in einen Stall setzen können.

Als sie nach der Bodenarbeit Starlight Preppy versorgt hatte, schaute sie schließlich nach den Wunden von Pretty Lady und Chica und verabschiedete sich anschließend von ihren Stallkollegen.

Es bereits 11 Uhr geworden und inzwischen 32 Grad im Schatten. Sie startete ihr Auto und stellte umgehend die Klimaanlage auf eiskalt.

Ihre Schwester Bettina wohnte in einem kleinen Ort Richtung Bamberg in Oberfranken. Als sie sich dem Ortseingang näherte, bog sie gleich links ab und erreichte ein gelbes freistehendes Haus mit einem idyllischen wilden Garten.

Am Gartenzaun wurde sie von Billy einem freundlichen, schwarz-weißen Australien Sheppard begrüßt.

Ihre Schwester Bettina öffnete lächelnd das Tor und geleitete sie in den bezaubernden, kühlen und schattigen Garten. „Ich habe Limettenlimonade gemacht! Magst du?"

„Oh ja gerne", erwiderte Anna.

Nachdem sie sich in die bequemen Rattansessel gesetzt hatten und mit Billy zu ihren Füßen, sagte Anna „also bei Euch in Deutschland gehts ja echt ab! Da ist es in den Emiraten sowas von langweilig!" Sie berichtete ihrer Schwester von den schrecklichen Ereignissen auf Gut Krähenbühl.

Ihre Schwester bekam große Augen und sagte „Na ja, wo du bist, ist immer etwas los - das war schon, so seitdem du ein Kind warst" und zwinkerte dabei mit dem rechten Auge.

Anna sagte: „Bla bla! Und du bist immer zu vertrauensselig! Ich sage nur: Franky"!

Aber mal Schluss mit dem Geplänkel! Ich will mich nicht hier in die Dinge einmischen. Ich wollte nur zweimal die Woche dein Pferd reiten und mich darum kümmern. Aber irgendwie bin jetzt auch schon involviert, zumal man mich auch immer wieder in meiner Funktion als

Tierärztin um Hilfe bittet. Außerdem kann ich die Augen vor so viel Tierleid und Tierquälerei auf keinen Fall verschließen.

In diesem Stall ist einiges faul. Ich glaube die Vorfälle hängen irgendwie zusammen.

Aus besagtem Grund bitte ich dich, mir noch einmal die Story von deinem ersten Pferd Strawberry, von Frank, und wie du zu Starlight Preppy gekommen bist, zu erzählen!

„Okay, wenn du willst" antwortete Bettina und begann auszuholen.

Sie gab exakt die Geschichte wieder, wie Anna sie längst kannte. Sie räumte aber ein, dass es schon mehr als auffällig war, dass mittlerweile Petra, Irina, Anette und Claudia mit Franky vergleichbare Gespräche führten und ähnliche Vorschläge bekamen.

Kleinlaut gestand jetzt Bettina ihrer Schwester, dass Frank vor einem Monat längst wegen Starlight Pretty angefragt hatte. Es war wieder die gleiche Geschichte: Starlight Preppy wäre doch nicht das passende Pferd für Bettina und er hätte ihr eine super Gelegenheit anzubieten. Sie könne Starlight Preppy zurückgeben und im Gegenzug eine andere jüngere Quarter Horse-Stute dafür bekommen.

Anna war entsetzt das zu hören. „Dieser Frank ist wirklich ein Dreckskerl".

Bettina pflichtete ihrer Schwester bei, und sagte „Wer weiß, was mit Strawberry passiert ist - ich muss sooft an sie denken. Sie war mein Herzenspferd. Ich möchte gerne wissen, wie es ihr geht. Ich habe kürzlich erfahren, dass sie jemand bei Joe dem Händler gesehen hat."
„Hä bei diesem schleimigen Cowboy - Verschnitt? Was hältst du davon, wenn wir beide hinfahren? Anna sagte, wenn du die Absicht hast, mache ich mit!" „

Sie verabredeten sich für kommenden Montag früh zusammen, gleich Richtung Oberammergau zu fahren, wo der Pferdehändler lebte. Während sie einen kompletten Plan ausarbeiteten, kündigten aus heiterem Himmel zeitgleich beide Mobiltelefone WhatsApp - Nachrichten an.

Es handelte sich um Nachrichten von Gut Krähenbühl. Es gab neue Hiobsbotschaften. In Pashas Box wurde festgestellt, dass der automatische Wassertränker manipuliert wurde. Die Wasserzuleitung wurde vorsätzlich mit einer Zange gekappt. Das arme Pferd hatte seit dem Abend keinerlei Wasser mehr zum Saufen zur Verfügung, und dass bei diesen hohen Temperaturen.

Gott sei Dank hatte er keine Kolik erlitten.

Im Offenstall gab es ebenso Aufruhr. Lisa, einer alten Schwarzwälder Stute, wurde der Schweif bis oben hin zur Schweifrübe abgeschnitten.

Das wird normalerweise im Ausland bei Schlachtpferden so gehandhabt. Doris, die Besitzerin von Lisa wurde in Kenntnis gesetzt und war völlig aufgelöst. Vicente hat wieder die Polizei und das Veterinäramt informiert. Nach all diesen abscheulichen Neuigkeiten verabschiedete sich Anna von ihrer Schwester und begab sich auf den Nachhauseweg, denn sie hatte vor zusätzlich einige Artikel für Fachzeitschriften schreiben und abzugeben.

Außerdem freute sie sich schon auf ihr abendliches Zoom Date mit Nigel.

Mit ihm war sie imstande gleich sämtliche Ereignisse im Stall zu besprechen. So wie sie es sah, schien die Situation zu eskalieren und alle Vorfälle hingen vermutlich zusammen.

In der Frühe würde sie wieder zu Starlight Preppy fahren. Sie hatte sich eine Wildtierkamera besorgt, und morgen würde sie diese unauffällig in Preppys Pferde Box anbringen. Die Fotos würde sie direkt auf ihr Mobiltelefon gesendet bekommen. Ab jetzt konnten sich der oder die Täter warm anziehen. Sie würde das nicht so hinnehmen und Preppy beschützen.

Punkt 20 Uhr saß Anna am PC und hatte sich bei Zoom eingeloggt. In Abu Dhabi war es jetzt inzwischen 22 Uhr und Nigel war ebenfalls online. Er strahlte total verliebt in die Kamera, sah braun gebrannt und erholt aus, obwohl er am Morgen um 5 Uhr Dienstbeginn hatte. Aber in den Emiraten lief es etwas anders im Vergleich zu Deutschland. In der emiratischen Vet - Klinik wurde von 5 Uhr morgens an operiert und anschließend Visite durchgeführt. Ab 12 Uhr gab es Mittagspause und die dauerte bis 17 Uhr. Es war in dieser Zeit sehr heiß, – meistens über vierzig Grad Celsius und somit wurde erst ab 17 Uhr wieder mit der Arbeit begonnen. Dienstende war zwischen 21.30 Uhr und 22 Uhr. Als Klinikleiter war Nigel aber ständig on Duty und musste im Notfall auch einmal nachts bereit sein.

Alles in allem war in den Emiraten das Leben relaxter. Die Emiratis hatten dafür einen passenden Spruch: Die Europäer haben die Uhren, aber wir Araber haben die Zeit!

Nigel sah Anna prüfend an und sagte" hey Babe, was ist los? Du siehst heute ein klein wenig müde aus! Gibt es Probleme mit dem Immobilienverkauf?"

Anna lächelte und erwiderte „Nein, es zieht sich zwar etwas hin, trotz alledem ist alles im grünen Bereich. Aber im Stall meiner Schwester treten eine Menge Schwierigkeiten auf.", und Anna berichtete Nigel chronologisch und sachlich sämtliche Ereignisse.

Nigel staunte nicht schlecht, was Anna in der kurzen Zeit in ihrer Heimat erlebt hatte.

„Well my dear, was weißt über das Thema Pferderipper?"

„Überhaupt nichts, ich habe mich zwar bei Google etwas eingelesen. Persönlich hatte ich beruflich Gott sei Dank wenig mit der Thematik zu tun".

Okay, dann lass mich dir von meinen Erfahrungen erzählen. In meiner beruflichen Laufbahn hatte ich schon zweimal mit dem Thema zu tun, zuerst in England auf einem großen Gestüt und im Anschluss auf einer Besamungsstation in Australien.

Ich bin der Meinung, dass es sich bei Euch auf Gut Krähenbühl um zwei verschiedene Delikte handeln könnte.

Ihr habt hier einerseits den Angriff des Pferderippers und andererseits die vielen unterschiedlichen Übergriffe auf Pferde. Das Abbrennen der Vibrissen, das Abschneiden des Pferdeschweifs, die Manipulation an der Wassertränke bei Pasha, dem Araber. Dazu kommen noch die Vergiftungen der Pferde dazu. Aber zu diesem Zweck müsst ihr den endgültigen Laborbericht vorliegen haben. Denn das angewandte Gift kann, wenn ihr Glück habt, möglicherweise Rückschlüsse auf den Täter oder die Täterin geben.

Was mich aber hauptsächlich irritiert, ist die Tatsache eines möglichen Missbrauchs der Stuten. Ich habe inzwischen die Fotos, die du mir geschickt hast, sorgfältig angesehen.

Well, nach einer Penetration durch ein Pferd sieht es definitiv nicht aus.

Außerdem, wenn ich korrekt informiert bin, steht bei euch kein Hengst im Stall und, falls einer eurer Wallache plötzlich liebestoll sein sollte und, die Stuten zu penetrieren versuchte, wäre es ganz bestimmt längst aufgefallen, denn das ist für einen Wallach total mühsam und kräftezehrend.

Wenn die Anwesenheit eines Klopp-Hengstes existierte, der nicht komplette kastriert wurde, wäre das im Stall bekannt.

Deshalb bin ich der meine Meinung, dass, mindestens mehrere Personen als Täter infrage kommen. Ob diese zusammen agieren und einen Plan verfolgen oder ob es sich um Einzeltäter handelt, kann nur die Polizei herausfinden.

Das Penetrieren von Tieren im Allgemeinen und von Pferden im Besonderen wird zu 99 % von Männern verursacht und das Rippen - das Aufschlitzen der Tiere ebenfalls.

Dazu muss man sich einmal ansehen, was genau Pferderipper sind.

Als Pferderipper werden Personen bezeichnet, die Pferde „aufschlitzen"
wie Jack the Ripper. Sie quälen und verstümmeln oder töten sogar
gezielt auf grausamste Art und Weise Pferde. Die Verletzungen sind
oftmals so schwerwiegend, dass die Pferde euthanisiert werden müssen.

Das Vorgehen der Pferderipper ist fast immer identisch. Sie schlagen
meistens nachts zu, indem sie sich Zutritt auf Pferdekoppeln, aber auch
zu Ställen verschaffen.

Die Pferde werden teilweise mit selbst gefertigten scharfen
Gegenständen wie Messern oder Lanzen verletzt und verstümmelt. Sie
schneiden den Pferden Körperteile wie Ohren, Schweif, Zitzen, Hoden
oder Penis ab. Dieses Vorgehen lässt darauf schließen, dass, dadurch
die Täter, so nahe an die Tiere herankommen, genauere Kenntnisse
über Pferde besitzen müssen. Denn ein Laie würde sich niemals in die
Nähe, besonders nachts an ein Pferd oder eine Herde von Pferden
herantrauen.

Der Täter ist demnach eine männliche Person, die keine
Berührungsängste mit großen Tieren zu haben scheint. Er ist
vermutlich entweder Jäger, Metzger, Pferdepfleger, Hufschmied,
Landwirt oder besitzt zumindest Kenntnisse in diesen Berufen. Die
Täter agieren hochgradig professionell und observieren oft über

Wochen den Pferdbetrieb, die Koppelweiden und das Kommen und Gehen der Pferdebesitzer gründlich, bevor sie zuschlagen.

Es hat sich herausgestellt, dass in vielen Fällen die Täter offensichtlich Ortskenntnisse besitzen und im Dunklen die Wege zu den Koppeln zielstrebig finden. In über 80 %% der Pferderipper - Fälle wurden Stuten verletzt. Extrem gefährlich ist es im Sommer, vorausgesetzt, dass die Pferde nachts im Freien gehalten werden und gleichzeitig, wenn sie äußerst menschenbezogen sind.

Forensiker und Profiler haben ermittelt, dass die Straftäter unter einer sexuell motivierten Störung mit Gewaltfantasien leiden. Das zeigt sich vor allem dadurch, dass, die Täter hauptsächlich die Geschlechtsteile der Pferde verletzten oder abtrennten.

Forensiker haben festgestellt, dass, es sich um psychisch und sexuell gestörte Täter handelt, da diese die Pferde überwiegend an den Sexualorganen verletzen. Die Täter verfahren sexuell motiviert und haben sadistische Gewaltfantasien, aber danebem kommen Sodomie und Zoophilie ebenfalls als Motiv in Betracht.

„Anna my dear, pass auf dich und Starlight Preppy auf und bringe für das Erste schon einmal eine Videoüberwachung an.“

„Nigel" antwortete Anna, das habe ich doch längst!“ Sie schüttelte den Kopf und lachte in die Webcam.

„Außerdem sehen Bettina und ich uns nach einem neuen Stall um. Sobald wir etwas Passendes finden, werden wir das Pferd umstellen."

„Good my dear, da bin ich schon ein bisschen beruhigter, das zu hören!", sagte Nigel und verzog dabei den Mund.

Ja, das Thema Pferderipper ist ja nur eine von vielen Baustellen bei euch im Stall. Die anderen Attentate auf die Pferde wie Vergiftungen, Schweif abschneiden, Vibrissen absengen und Pferde verdursten lassen, gehen scheinbar auf da Konto einer weiteren Person.

Hier vermute ich als Motiv Rache, Neid, Frust und Wut.

Als Vet - Tierarzt, der regelmäßig die Endurance Rennen betreut, hatte ich in meiner beruflichen Laufbahn schon ab und zu mit diesem Thema zu tun. Da wird schnell beim gegnerischen Pferd eine Kolik verursacht, damit das Pferd bei dem Wettkampf nicht antreten kann. Im Übrigen ist die Gabe eines Dopingmedikaments mit Hilfe von Leckerlis beliebt, damit das Konkurrenzpferd dann die Kontrollblutuntersuchung nicht besteht.

Ja, ja, die Menschen können berechnend und grausam sein.

Nachdem sich in diesem Zusammenhang bei euch im Stall die Vorfälle so signifikant häufen, kann ich mir vorstellen, dass die Person, ich schätze mal es handelt sich hierbei um eine Frau, psychisch unter Druck steht. Deshalb glaube ich nicht, dass das Ganze schon vorbei ist.

Anna, bitte verspreche mir, dass du vorsichtig bist und nicht in Deutschland Miss Marple spielst. Ich brauche dich und freue mich, wenn du bald wieder wohlbehalten in Abu Dhabi bist."

„Ja, ja Nigel, jetzt male doch nicht gleich den Teufel an die Wand. Ich bin schon groß!

Ich bin gespannt, was die Laboruntersuchungen wegen der Vergiftungen ergeben.

Ich halte dich auf dem Laufenden.

Miss you, too!

Maasalama - Good night! Layla Saida, Schlaf gut!

Die Traurigkeit, die manches Mal von ihm Besitz ergriff, erschien ihn unerklärlich. Er, der beliebte humorvolle Kollege, der freundliche und immer hilfsbereite Nachbar. Der aufmerksame Sohn und Kollege. Er war ein stattlicher Mann, hochgewachsen, sportlich und gepflegt. Dass er gepflegt sei, hatte er schon öfters im Kollegenkreis über sich gehört. Komisch einen Mann als gepflegt zu betiteln, wie er fand. Als gepflegt zu bezeichnen konnte man eine Vespa, die in den Kleinanzeigen angeboten wurde, oder gepflegt ein Gebrauchtwagen aus erster Hand. Als gepflegt werden auch Hunde und Katzen, wenn sie geimpft und entwurmt wurden angepriesen, wenn sie weitervermittelt werden sollen. Für ihn war seine Gepflegtheit selbstverständlich. Denn der duschte sich regelmäßig, benutzte ein Deodorant, nach der Rasur ein Gesichtsgel. Er hatte eine elektrische Zahnbürste, ein Einmal Zahnzwischenraum Bürstchen und eine Mundusche. Ja und er wechselte sogar täglich seine Unterhose, dass er deswegen wie er wusste, in Deutschland statistisch gesehen ein Ausreißer war. Bei all den Hygiene Muffeln. Zur Vorsorge ging er zum Internisten, Kardiologen, Orthopäden, Zahnarzt und zum Proktologen. Er war da gewissenhaft. Das hatte sie ihm schon beizeiten eingebläut. Er ging regelmäßig zum Friseur und manchmal ließ er sich eine Maniküre machen. Sie durfte das aber nicht wissen, denn das würde sie als weibisch abkanzeln. Er war also ein gepflegter trauriger Mann.

SIEBEN

Die Ermittler

Dienstag 20. August

Inzwischen in Nürnberg bei der zuständigen Dienststelle der Kriminalpolizei. Hauptkommissar Wagner saß längst frühmorgens an seinem Schreibtisch im Büro, das er sich mit dem Kollegen Bernd Bayer teilte. Sie waren ein kompetentes Team und ermittelten seit zwei Jahren zusammen. Bernd war eher introvertiert und gemächlich. Er arbeitete hart und gewissenhaft. Er war in hohem Maße ordentlich und treffend organisiert und eine richtige Arbeitsbiene. Manchmal musste man ihm alle Informationen aus der Nase ziehen und mit Menschen konnte er nicht so. Empathie war nicht so sein Ding. Er hatte einen Humor, den es zu entdecken galt. Er war ein typischer Franke.

Roland Wagner war hingegen lebhaft und extrovertiert. Er hatte eine schnelle Auffassungsgabe, agierte kreativ in seinen Ermittlungen. Er war ein Genie im Verhören von Zeugen und konnte jeden verstockten Verdächtigen dazu bringen, dass er sang wie eine Nachtigall.

Normalerweise war er Leiter der Mordkommission. Aber seit der „Ripper Geschichte" auf Gut Krähenbühl stand sein Telefon nicht mehr still. Tierquälerei fiel für gewöhnlich überhaupt nicht in sein Resort.

Mord und Totschlag, besser geläufig als Verbrechen am Leben, war sein täglich Brot. Eigentlich! Aber es gab eine Reihe von Gründen, warum er im Fall des Pferderippers ermittelte. Gut Krähenbühl war eine große Nummer in der Region, denn die Eigentümer waren bekannte Unternehmer und einer davon war hiesiger Politiker, ein beliebter Minister, dessen Familienmitglieder allesamt Pferdefreunde und Pferdebesitzerinnen waren.

Deshalb hatte der Polizeirat, sein oberster Chef, ihm persönlich ans Herz gelegt, den Fall schleunigst aufzuklären.

Der zweite Grund waren wie immer die Medien, die hatten inzwischen den Täter, als den Pferderipper Frankens getauft. Genau dieser Umstand verunsicherte viele Leute in der Region. Nicht nur Pferdebesitzer, sondern daneben Landwirte, Rinderzüchter und Schäfer.

Ein durchgeknallter Typ war fähig, darüber hinaus, auch andere Tiere auf Weiden oder in Ställen anzugreifen.

Ein weiterer Grund war die junge, reizende Kollegin Natalie Schobert, eine umgängliche Schutzpolizistin, die eine Reitbeteiligung an der Tinker Stute Sally auf Gut Krähenbühl hatte. Sie hatte sich ein persönliches Gespräch mit ihm gewünscht, in dem sie ihn darum gebeten hatte, doch den Fall zu übernehmen, da sie selbst um die Gesundheit ihres Pferdes fürchtete. Sie bot an, bei der Aufklärung „Undercover" mitzuhelfen. Das war aus dienstrechtlichen Gründen nicht möglich. Aber sie ließ nicht locker, außerdem wollte sie in den höheren Dienst zur Kriminalpolizei. Sie war hoch motiviert. Aus diesem Grund stellte sich die junge Kollegin als eine echte Nervensäge heraus. Sie rief ihn tagtäglich an und sendete ihm ununterbrochen E-Mails und Videos, Clips und Sprachnachrichten mit den aktuellen Vorkommnissen auf Gut Krähenbühl.

Dazu kamen schließlich die täglichen Anrufe von Vicente Lopez und Frank Niedermayer, die ihn über die neuesten Anschläge auf Pferde von Gut Krähenbühl informierten und gleichzeitig dementsprechende Strafanzeigen erstatteten.

Deswegen hatte er zusätzlich den Staatsanwalt im Nacken, der ein Golffreund der Erbengemeinschaft von Gut Krähenbühl war. Außerdem hatte er das Veterinäramt am Hals, da die leitende Amtsärztin mit dem Tierarzt Dr. Tom Müller verbandelt war.

Deshalb sagte er zu seinem Kollegen Bernd, der soeben ein Bratwurstbrötchen verdrückte, „auf dem Gut Krähenbühl ist der Teufel los".

„Wir haben dort einen Pferderipper, Pferde, die vergiftet werden, deren Tasthaare abgesengt werden. Pferde deren Schweif abgeschnitten wird und der daraufhin verschwunden ist, dazu eine sabotierte Wasserleitung in der Pferdebox.

Wie krank ist diese Welt? Morgen fahren wir noch einmal raus aufs Land.

Es liegt im Bereich des Möglichen, dass die Spurensicherung, kurz Spusi genannt, zusätzlich vor Ort ist.

Auf die eine oder andere Weise scheint es dort zu eskalieren, denn wir wissen vom Profiling, dass diese perversen Pferdequäler sich zuerst an Tieren ausprobieren und dann sich anschließend an Menschen. Deshalb müssen wir das ernst nehmen."

„Also Roland, zieh dir morgen früh schon mal deine Cowboystiefel an und vergiss deinen Colt nicht", flachste er.

Dass beide Kriminalbeamte schneller als gedacht wieder auf Gut Krähenbühl sein würden, hätten sie nicht vermutet.

Dienstag 20. August nachmittags

Die Nachricht von Ivans Vergiftung in der Nacht von Freitag auf Samstag, verbreitete sich unterdessen wie ein Lauffeuer auf Gut Krähenbühl und darüber hinaus. Die Atmosphäre war geladen mit

Angst, Misstrauen und einer unheimlichen Spannung, die über dem Anwesen hing wie ein drohendes Gewitter.

Die Polizei war schon vor Ort und hatte mit den Ermittlungen begonnen. Vicente, der Betriebsleiter von Gut Krähenbühl, war fest entschlossen, den Täter zu finden und zur Rechenschaft zu ziehen. Er schlug vor, die Ställe mit Überwachungskameras auszustatten, eine Maßnahme, die von den meisten begrüßt wurde, obwohl einige Bedenken wegen der Privatsphäre geäußert wurden.

Indessen kämpfte in der Pferdeklinik, Iwan weiterhin um sein Leben. Die Tierärzte versuchten alles in ihrer Macht Stehende, um den Wallach zu stabilisieren und die Ursache seiner Vergiftung zu identifizieren. Die Ergebnisse der Laboruntersuchungen wurden mit Spannung erwartet, denn sie brachten unter Umständen endlich Licht ins Dunkel.

Die Reiterinnen auf Gut Krähenbühl waren gespalten zwischen Angst und Entschlossenheit. Einige waren couragiert, ihre Pferde zu schützen, koste es, was es wolle, aber andere sich fragten, ob es überhaupt sicher sei, ihre Tiere weiterhin dort zu lassen.

Inmitten dieses Chaos und der Unsicherheit blieb eine Frage im Raum stehen: Wer war der Täter, der es auf die Pferde von Gut Krähenbühl abgesehen hatte, und welche Motive trieben ihn an?

Die Antworten lagen tief verborgen in den Schatten des Anwesens, bereit, ans Licht gezerrt zu werden, wenn die Ermittlungen voranschritten und die Wahrheit ans Tageslicht kam. Bis dahin würden die Menschen auf Gut Krähenbühl wachsam sein müssen, gewappnet sich gegen die Dunkelheit zu verteidigen, die ihre Welt bedrohte.

Anna atmete tief durch, als sie sich endlich von den aufgewühlten Geschehnissen auf Gut Krähenbühl entfernen konnte. Die Hitze des Tages schien die Spannungen nur noch zu verstärken, und der Gedanke an die grausamen Taten, die den Pferden zugefügt wurden, lastete schwer auf ihr.

Während sie sich auf den Weg zu ihrer Schwester Bettina machte, versuchte Anna, ihre Sichtweise zu ordnen und sich auf das bevorstehende Treffen zu konzentrieren. Doch die Ereignisse im Stall ließen sie nicht los. Die Frage nach dem Täter und seinen Motiven drängte sich immer wieder in ihren Verstand.

Bettina empfing Anna mit offenen Armen in ihrem gemütlichen Zuhause. Die beiden Schwestern hatten sich seit dem letzten Treffen nicht gesehen, und es gab viel zu bereden. Doch Anna konnte die Bilder der verletzten Pferde nicht aus ihrem Kopf verbannen.

Bettina bemerkte sofort die Anspannung in Annas Gesicht und fragte besorgt: "Was ist denn los, Anna? Du siehst so gestresst aus."

Anna seufzte und erzählte Bettina von den erschütternden Ereignissen auf Gut Krähenbühl. Sie sprach von den Vergiftungen, den fehlenden Tasthaaren und Wimpern, und von der scheinbar endlosen Kette von Gewaltakten gegen die unschuldigen Tiere.

Bettina hörte aufmerksam zu, ihre Augen voller Mitgefühl. "Das ist ja furchtbar", sagte sie leise. "Aber warum tut jemand so etwas?"

Anna zuckte hilflos mit den Schultern. "Das frage ich mich auch", antwortete sie. "Es ist einfach unbegreiflich. Aber ich werde nicht aufgeben, den Täter zu finden und für seine Handlungen zur Rechenschaft zu ziehen. Die Pferde haben keine Stimme, aber wir sind verpflichtet, ihnen eine Stimme zu geben."

Bettina nickte zustimmend. "Du hast recht, Anna. Wir dürfen nicht schweigen, wenn Unschuldige leiden. Wir müssen für Gerechtigkeit kämpfen, egal wie schwer es auch sein mag."

Die Schwestern sahen sich einen Moment lang schweigend an, ihre Entschlossenheit vereint in ihrem gemeinsamen Kampf gegen das Unrecht.

Während die Sonne langsam hinter dem Horizont versank und die Nacht hereinbrach, schworen Anna und Bettina sich, alles in ihrer

Macht Stehende zu tun, um die unschuldigen Pferde zu schützen und den Täter zu finden. Zusammen würden sie nicht ruhen, bis Gerechtigkeit geschehen war.

Die Ereignisse auf Gut Krähenbühl erreichten eine neue, erschreckende Ebene der Grausamkeit. Anna konnte nicht glauben, dass jemand so skrupellos sein konnte, den arglosen Tieren derartiges Leid zuzufügen. Der Überlegung daran ließ sie frösteln, derweil sie sich auf den Weg nach Hause machte.

Während der Fahrt durch die malerische Landschaft Oberfrankens, durchzogen von grünen Wäldern und sanften Hügeln, versuchte Anna, ihre Gedanken zu sammeln. Die Vorfälle auf Gut Krähenbühl waren mehr als beunruhigend – sie waren eine direkte Bedrohung für das Wohlergehen der Tiere und ihrer Besitzer.

Die Nachrichten von Bettina über Frank und die seltsamen Angebote, die er machte, warfen ein neues Licht auf die Situation. Es schien, als ob Frank hinter den Kulissen die Fäden zog, und Anna war entschlossen, seine Machenschaften aufzudecken und ihm das Handwerk zu legen.

Als sie zu Hause ankam, war es bereits spät. Die Dunkelheit hatte sich über die Stadt gelegt, und die Straßen waren ruhig. Doch in Annas Gedanken tobte ein Sturm der Entschlossenheit.

Sie schloss ihr Auto ab und betrat ihr gemütliches Zuhause. Der Gedanke an das geplante Zoom-Date mit Nigel brachte ihr ein wenig Trost. Sie sehnte sich danach, mit ihm über die Ereignisse des Tages zu sprechen und nach Möglichkeiten zu suchen, wie sie die Tiere auf Gut Krähenbühl besser schützen konnten.

Während sie sich auf das Treffen vorbereitete, nahm sie sich vor, am nächsten Tag mit Bettina nach Oberammergau zu fahren und den Pferdehändler Joe zur Rede zu stellen. Vielleicht konnten sie dort weitere Hinweise auf die Hintergründe der mysteriösen Vorfälle auf Gut Krähenbühl finden.

Mit einem festen Entschluss und einem brennenden Verlangen nach Gerechtigkeit machte sich Anna bereit, den Kampf gegen die Dunkelheit aufzunehmen. Denn egal wie finster die Nacht auch sein mochte, das Licht der Wahrheit würde immer einen Weg finden, zu scheinen. Und Anna war entschlossen, dieses Licht zu sein.

Abends Zoom mit Nigel

„Jamila, meine Schöne, my dear, pass auf Dich und Starlight Preppy auf und bringe für das Erste eine Videoüberwachung an." Ich mach mache mir große Sorgen um dich!"

„Nigel", antwortete Anna, das habe ich doch schon! Das habe ich dir schon letztes Mal gesagt! Sie schüttelte den Kopf, dass ihre brünetten langen Haare flogen, und lachte in die Webcam.

„Good my dear da bin ich schon etwas beruhigter," sagte Nigel und verzog dabei den Mund.

„Ich habe über die Vorkommnisse bei euch auf Gut Krähenbühl nachgedacht und auch mit meinem ehemaligen Kollegen Prof. Dr. Williams aus England darüber gesprochen. Er ist genauso wie ich, fest davon überzeugt, dass es sich neben der Tat des Pferderippers und den zusätzlichen Attentaten auf unterschiedliche Pferde, wie Vergiftungen, Schweif abschneiden, Vibrissen absengen und Tiere verdursten lassen um eine zweite Person handeln muss. Wir vermuten es könnte sich deshalb um eine weibliche Täterin handeln.

Das Motiv könnte ein Racheakt, oder Neid, Frust und Wut sein. Auch sadistische Motive wie die Lust am Quälen könnten die Beweggründe der Täterin sein.

Das bedeutet, dass die Täterin auf jeden Fall massive psychische Störungen hat."

„Warum kann es kein Mann sein? Brennt eine Frau einem Pferd wirklich die Tasthaare ab und ist sie in der Lage das Pferd überhaupt zu, dass sich wehrt, zu halten?", fragte Anna.

Nigel antwortete: Eine Pferdefrau hat das Wissen und die Kraft das Pferd eng anzubinden, damit kann sie schaffen. Ich glaube, dass Männer brutaler vorgehen würden.

„Anna, bitte verspreche mir nochmals, dass du dich aus allem heraushältst. Abu Dhabi und ich brauchen dich." „Ja, ja Nigel, bleib mal locker, mir passiert schon nichts."

„Ich hoffe die Laboruntersuchungen sind bald fertig, dann wissen wir mehr über die Vergiftungen, sagte Nigel".

„Ich werde dich sofort informieren, wenn ich etwas erfahre.", antwortete Anna.

„Miss you, too. Maasalama -Good night, schlaf gut! "

Er war das was man im Volksmund als erfolgreich im Beruf bezeichnet. Aufgrund seiner Beständigkeit und Zuverlässigkeit und nicht zuletzt aufgrund seines Alters stand er oben auf der Karriereleiter. Sein Gehalt konnte sich sehen lassen. Finanziell war er gut situiert und abgesichert. Er hatte Immobilien, mehre Grundstücke und einen Wald, die ihm sein verstorbener Vater, ein ehemaliger Schuldirektor vererbt hatten. Er selbst setzte auf Wertpapiere, aber er war kein Zocker, sondern befolgte die Empfehlungen seines Bankers. Nur kein Risiko eingehen, das war seine Devise. Nur die Schwermut überkam ihn trotzdem in regelmäßigen Abständen. Und daher brauchte er auch regelmäßig ein Ventil.

Im Lauf der Jahre war er auf einigen Fortbildungen und Kongressen in verschiedenen Städten gewesen. Immer hatte er diverse sexuelle Begegnungen. Er probierte immer wieder professionelle Huren aus. Einmal hatte er aus Versehen, oder besser gesagt aus Dummheit, eine Transe ausgesucht. Sie sah toll aus, die schönste Frau, die er je gesehen hatte. Als er in deren Zimmer stand er dann wie ein begossener Pudel und wusste nicht, was er machen sollte. Aber Analverkehr war dann doch nicht sein Ding.

ACHT

Spurensuche im Heu

Freitag 23. August

Am nächsten Morgen brachen Hauptkommissar Wagner und sein Kollege Bernd Bayer früh auf, um erneut nach Gut Krähenbühl zu fahren. Die Sonne schien bereits hell am Himmel, als sie sich auf den Weg machten, um den mysteriösen Vorfällen auf den Grund zu gehen. Auf Gut Krähenbühl herrschte schon reges Treiben, als sie eintrafen. Die Mitarbeiter waren nervös und aufs Äußerste besorgt über die jüngsten Attacken auf die Pferde. Vicente Lopez und Frank Niedermayer empfingen die beiden Ermittler und führten sie zu den betroffenen Stallungen.

Hauptkommissar Wagner und Bernd Bayer machten sich sorgfältig Notizen, indessen sie die Spuren der Verbrechen untersuchten. Jeder Vorfall trug zum Gesamtbild bei, das sich langsam formte – ein Bild von Grausamkeit und Abscheu.

Die sabotierte Wasserleitung, der abgeschnittene Schweif, die vergifteten Pferde – alles wies auf einen äußerst skrupellosen Täter hin.

Die Anspannung in der Luft war förmlich zu empfinden, als die Ermittler sich bemühten, die Puzzlestücke zusammenzusetzen.

Natalie Schobert, die engagierte Polizistin mit einer persönlichen Verbindung zu Gut Krähenbühl, trat ebenfalls an sie heran. Sie hatte Informationen gesammelt und hoffte, dass ihre Erkenntnisse zur Lösung des Falls beitragen konnten.

Hauptkommissar Wagner war beeindruckt von Natalies Engagement, auch wenn er wusste, dass sie sich in einer schwierigen Lage befand. Es war gefährlich, sich in die Nähe eines solch skrupellosen Täters zu begeben, aber er konnte ihre Entschlossenheit nicht ignorieren.

Nach Stunden intensiver Arbeit und zahlreichen Befragungen verließen die Ermittler Gut Krähenbühl mit einem Gefühl der Dringlichkeit. Die Zeit drängte, und sie mussten den Täter so schnell wie möglich finden, bevor noch mehr Unheil angerichtet wurde.

Sein Herz hüpft vor Freude. Er war total entspannt und glücklich. Heute hatte er nach längerer Zeit wieder ein aufregendes Erlebnis und das ganz in seiner Nähe. In Gedanken holte er sich die Situation immer wieder zurück und befriedige sich selbst.

Tatort Offenstall
Samstag 24. August

Am nächsten Morgen....

Ein weiterer heißer Sommertag wurde vom Wetterdienst angekündigt.

Die Sonne war im Begriff aufzugehen. Die Farben changierten in einer wahren Pracht, selbst der begabteste Künstler wäre nicht im Stande diese Symphonie der Natur wiederzugeben. Der Himmel leuchtete in goldenen sich ständig veränderten Gelbtönen in Kombination mit irisierenden Orange - und Rosatönen. Das Himmelsgewölbe war am oberen Rand in verwaschenen Grautönen gehalten. Die Wiesen schimmerten feucht vom Tau und das Heu und der Waldmeister sowie die Wiesenblumen rochen nach Natur pur, Sommer, Sonne und Kindheit.

Es war bereits angenehm warm, sodass man kurzärmelig nach draußen gehen konnte.

Die Pferde im Offenstall standen ruhig und gelassen auf dem großen Sandpaddock. Einige von ihnen hatten sich ausgestreckt und schliefen. Die Tiere bewachen einander, daher waren sie in der Lage im Stehen zu schlafen, und nur wenn, sie sich sehr sicher fühlten, legten sie sich abwechselnd zum Dösen hin.

Einige Pferde standen an der gemeinsamen Heuraufe, wo das frische Heu in einem großen Rundballen mit einem Heunetz bedeckt war.

Die Vierbeiner zupften geschickt mit ihrem weichen Maul das Heu in einzelnen Büscheln aus dem Netz, kauten langsam und genüsslich, ehe sie es hinunterschluckten. Gelegentlich ließen sie den einen oder anderen Pferdeapfel auf die Erde fallen.

Ab und zu verscheuchten die Pferde aufdringliche Fliegen, die frühzeitig am Morgen unterwegs waren, mit ihrem Schweif beziehungsweise mit dem Kopf.

Der Offenstall war vorbildlich und großzügig gestaltet. Es gab automatische, sogar frostsichere Wassertränker und einen großen rechteckigen Brunnen aus Beton in dessen Becken ständig frisches Wasser nachfloß.

Die Wasserquelle war so konzipiert, dass bequem drei Pferde gleichzeitig daraus trinken konnten.

Aber an diesem Morgen war irgendetwas anders.

Keines der Pferde trank aus dem Wasserreservoir. Das war ungewöhnlich!

Heute Morgen war der Brunnen besetzt.

Hildegard, die Mobberin, so wurde sie heimlich von den anderen betitelt, hatte diesen in Beschlag genommen. Sie stecke kopfüber in der Pferdetränke.

Die Arme waren im Wasser ausgebreitet und ihre Beine waren regelrecht obszön gespreizt und ragten in die Luft.

Die Bluejeans war an den Hüften durch die Schwerkraft herabgerutscht und der hautfarbene XXL - Slip war zu sehen. Außen zeigte die Jeans einen dunklen Fleck. Hildegard hatte sich eingenässt.

In dieser krassen Position wurde die Bazi Besitzerin von Hamed aufgefunden, als er im Begriff war, die die Herde mit Kraftfutter versorgen wollte.

Der syrische Pferdepfleger realisierte die Sachlage zuerst nicht, denn er vermutete erst anfangs einen Scherz. Aber nachdem die meistens schlechtgelaunte Einstellerin keinesfalls als Witzbold bekannt war, sah Hamed beim Näherkommen, dass sie mausetot war.

Hamed raufte sich die Haare und schrie: „Alhamdulillah! Alhamduliallah!"

Dies ist ein gebräuchlicher Ausdruck in der arabischen Sprache, der zu jeder Gelegenheit angewendet wird und bedeutet „Gott sei Dank", egal ob sich etwas Positives oder Negatives ereignet. In diesem Fall war es etwas Fürchterliches.

Hildegard war ertrunken, im Offenstall inmitten der Pferde und im Beisein von Bazi, der keinerlei Reaktion zeigte.

Hamed informierte sofort Vicente und Frank über sein Mobiltelefon und schilderte aufgeregt die Situation. Die beiden kamen nach einigen Minuten keuchend angerannt.

Der Geschäftsführer war wie immer perfekt gekleidet, rasiert und gekämmt. Der Cowboy dagegen sah übernächtigt aus. Er trug nur blau karierte Boxershorts und hatte ein weißes T-Shirt übergestreift.

Beide standen verblüfft und ratlos vor dem Wasserbrunnen und betrachteten Hildegards Leiche. Vicente ließ es sich nicht nehmen, zu versuchen den Puls an ihrer Halsschlagader zu ertasten. Aber Nada, da war kein bisschen Leben mehr.

Frank setzte deshalb über sein Mobiltelefon einen Notruf ab. Wie aus dem Nichts tauchte Irina auf und stellte sich dazu. Sie sah heute seltsam aus, total verändert. Die Haare waren zerdrückt und die Ansätze der Extensions waren zu sehen. Ihre Augen waren ungewöhnlich klein, da sie keine Wonderlashes angeklebt hatte. Nur ihr Outfit war kapriziös und für das Landleben allem Anschein nach nicht angebracht - sie steckte in einem Overall aus Seide, der komplett mit dem beige-braunen Logo von Louis Vuitton bedruckt war.

Irina stand regungslos da und starrte den Leichnam an und rief laut: „Kurwa! Kurwa!", was in ihrer Umgangssprache so viel wie „Fuck" bedeutete. Sie drehte sich um und schritt schnell in Richtung Stüberl.

Fünfzehn Minuten später erreichte ein Sanitätsauto sowie ein Notarztwagen das Gestüt. Diese hatten zusätzlich einen Streifenwagen der Bundespolizei im Schlepptau.

Der Notarzt stellte den Tod von Hildegard fest. Eine Reanimation war nicht sinnvoll gewesen, da die Leichenstarre schon ausgeprägt war. Dies ergab einen Hinweis darauf, dass der Tod bereits vor einigen Stunden eingetreten war. Der Mediziner hatte Zweifel an einem Unfall und so kreuzte er im Totenschein als Todesursache unbekannt an.

Dies rief wiederum die zuständige Kriminalpolizei auf den Plan. Sie traf 30 Minuten später in Gestalt von Hauptkommissar Roland Wagner und seinem jüngeren 37-jährigen Kollegen Bernd Bayer ein.

Beide Kommissare bekamen von der Leiterin der Spusi den obligatorischen weißen Anzug mit Haube, Schuhüberziehern aus Plastik und Latex - Einmalhandschuhen ausgehändigt.

Nachdem sie beide vorschriftsmäßig ausgestattet waren, betrachteten sie eingehend die Leiche von Hildegard. Der Tatort war inzwischen abgesperrt worden, wieder flatterten die rot-weißen Bänder der Polizei auf dem Gelände von Gut Krähenbühl. Vicente und Frank hatten zusammen mit Hamed und Radu, den Pferdepflegern, die Offenstallherde auf eine angrenzende Wiese evakuiert.

„Na prima", sagte Hauptkommissar Roland Wagner zu seinem Kollegen Bernd Bayer „hier staubt es ja wie in Arizona, wie sollen wir da noch Spuren finden?"

„Wie schauts aus Doc? Haben Sie schon etwas für uns?"

„Soweit ich das sehe, war es auf keinen Fall ein Unfall, da hatte der Notarzt den richtigen Riecher.

Der Täter scheint die Frau ertränkt zu haben. An den Händen sind Abwehrverletzungen zu lokalisieren. Aber mehr gibt, es erst nach der

Obduktion, meine Herren!", sprach´s, klappte seinen Metallkoffer zu und gab den Kollegen der Rechtsmedizin mit einem Zeichen zu verstehen, dass sie die Leiche in der silbergrauen glasfaserverstärkten Kunststofftransportwanne zum bereitstehenden Auto der Gerichtsmedizin abtransportieren konnten.

„Na, Bernd dann gehen wir sofort an die Arbeit und vernehmen die Anwesenden, was sie gesehen haben.

„Und wir überprüfen die Alibis", sagte Hauptkommissar Roland Wagner zu seinem Kollegen Bernd Bayer. Der antwortete „Allmächt, ich hab's ja schon immer gesagt, Pferde und Reiten sind lebensgefährlich!"

Da auf dem Hof nur die vier männlichen Mitarbeiter anwesend waren und diese nicht die geringsten Angaben machen konnten, da sie allesamt geschlafen hatten, und zwar angeblich alleine, waren die Kriminalbeamten zwei Stunden später mit den Vernehmungen fertig. Keiner hatte ein Alibi. Das war nicht hilfreich.

Zurück in der Dienststelle machten sie sich gleich an die Arbeit. Inzwischen war es Mittag und die Sonne glühte vom Himmel und im Büro, das sich im vierten Stock befand, waren alle Rollos heruntergelassen. Es hatte draußen vierzig Grad Celsius im Schatten und in den Innenräumen in Ermangelung einer Klimaanlage gefühlte fünfzig Grad.

Die beiden Kommissare standen an ihrem Whiteboard und begannen chronologisch die Ereignisse aufzuschreiben. Sie erstellten außerdem eine Timeline, wo sie die Ergebnisse zusätzlich visualisierten.

Ein zweites Whiteboard nutzen sie für das Brainstorming, falls später einmal Ideen und Infos hinzuzufügen waren.

Hauptkommissar Roland Wagner holte aus der Kantine drei Flaschen stilles Wasser und drei Äpfel und platzierte sie auf dem Schreibtisch. Bernd Bayer fragte Roland, „wieso drei?"

Grinsend erwiderte der Hauptkommissar, „wir haben heute Verstärkung". „Ach ja, und wen denn?"

Da klopfte es beherzt an die Türe und bevor er herein sagen konnte, stürmte Natalie Schobert mit geröteten Wangen ins Büro. Sie hatte ihre Dienstuniform ausgezogen und trug ein blau geblümtes Sommerkleid und weiße Converse - Chucks. Die langen brünetten Haare hatte sie hochgesteckt und sie war dezent geschminkt.

Das ist unsere Kollegin Natalie Schobert, die ebenfalls mit Gut Krähenbühl zu tun hat. Sie ist eine erfahrene Pferdefrau und kennt sich in der Szene gut aus. Deshalb habe ich sie heute um ihre Expertise gebeten.

Natalie Schobert strahlte wie ein Honigkuchenpferd über das ganze Gesicht. Sie begrüßte Bernd Bayer, in dem sie ihm die rechte Hand reichte.

Bernd Bayer der zunächst etwas irritiert war, fand sie außerordentlich sympathisch und engagiert und lächelte ihr freundlich zu.

„Von Natalie Schobert werden wir einige Insider Details über die Angestellten und Reiterinnen bekommen. Natalie hat einen Wunsch, sie wird sich bei der Kriminalpolizei bewerben."

„Natalie, bitte nehmen Sie hier am Schreibtisch von Kommissar Bayer Platz" bat er, während er ihr einen Stuhl heranrückte. „Um 15 Uhr wird zusätzlich Dr. Emma Kürzendörfer zu uns ins Büro kommen. Sie ist eine fähige Profilerin vom LKA München und wird uns über das Thema Pferderipper aus forensischer Sicht aufklären.

Aber zunächst beginnen wir einmal klassisch mit der kriminalistischen Fallanalyse.

Es handelt sich dabei um das methodische Verfahren zur Analyse einer Straftat. Das Ziel hierbei ist, den Fall aus kriminalistischer Sicht zu verstehen. Daraus kann man dann Schlüsse für die Aufklärung ziehen. Die Beweisfindung und - Sicherung und die Beweisführung sind hierbei das Ziel."

„Natalie, es gibt im internationalen Sprachgebrauch circa acht unterschiedliche Analyseformen. Bernd und ich nehmen gerne die Fallanalyse mit dem Mindmap Verfahren zur Hilfe.“

„Nachdem wir heute mit Ihnen zu dritt sind, können wir zusätzlich die Fallanalyse anhand der Moderationstechnik anwenden. „Also, Kollegen, fangen wir an! Zuerst ist es erforderlich, dass wir uns ein Bild von allen beteiligten Personen auf Gut Krähenbühl machen. Wir benötigen je ein Foto der Verdächtigen sowie den persönlichen Hintergrund der einzelnen Menschen. Vorstrafen, finanziellen Stand und ich möchte wissen, wo deren Mobiltelefone zum Tatzeitpunkt eingeloggt waren.“

„Roland, würdest du dich bitte darum kümmern, damit wir die Genehmigung für die Auswertung der Telefone von der Staatsanwaltschaft bekommen?“

„Geht klar Chef“, antwortete Bernd Bayer.

Die drei Ermittler setzten sich um das Whiteboard, und Hauptkommissar Roland Wagner begann, die Hauptpunkte des Falles zu skizzieren. Er beschrieb die Ereignisse der letzten Wochen auf Gut Krähenbühl, angefangen von den mysteriösen Attacken auf die Pferde bis hin zum tragischen Tod von Hildegard im Wasserbrunnen.

Natalie Schobert hörte aufmerksam zu und brachte immer wieder wertvolle Informationen über die Mitarbeiter und Reiterinnen auf dem

Gut ein. Sie kannte die Dynamik des Stalls gut und konnte Einblicke in mögliche Motive und Verdächtige liefern.

Bernd Bayer verfolgte die Diskussion mit Interesse und trug gelegentlich seine Gedanken zur möglichen Vorgehensweise des Täters bei. Sein ruhiges Wesen und seine präzise Art zu denken waren eine wertvolle Ergänzung für das Team. Gemeinsam erstellten sie eine Liste etwaiger Verdächtiger und analysierten ihre Beweggründe. Sie diskutierten verschiedene Szenarien und versuchten, sich in die Gedankenwelt des Täters zu versetzen.

Inzwischen hatte Natalie sich ein Flipchart genommen und pinnte mit Stecknadeln darauf, einzelne DIN A 4 Blätter fest.

„Ich habe schon meine Hausaufgaben gemacht. Hier sind die Beschreibungen der

Hauptpersonen von Gut Krähenbühl:

Vicente Lopez, Reitlehrer klassisch, Spanier
Frank Niedermayer, Franky der Reitlehrer Westerntrainer
Hamed Al Sady, Pferdepfleger, Syrer
Radu, Pferdepfleger, Rumäne

Zwei bis drei Aushilfen zum Misten der Ställe, Bekannte von Radu und Hamed

Die Namen der Männer und der Pferde - Einstellerinnen werden noch komplett ermittelt.

Einstellerinnen

1. Claudia? Zahnärztin, 8-jährige Bayernstute Pretty Lady
2. Irina Lohmüller, Hausfrau, gebürtige Russin, 4 Pferde: Iwan, Tolstoi, Juri, Katharina;
3. Bettina Krämer, Steuerberaterin, Starlight Preppy Quarter Horse
4. Dr. Anna Krämer, Tierärztin, lebt in Abu Dhabi, Schwester von

   Bettina Krämer, Reitbeteiligung von Starlight Preppy

5. Petra? Lehrerin, Hannoveraner Stute Jacky: 22 Jahre, 2. Pferd Wallach: Diamond
6. Melissa? Schülerin, PRE Apfelschimmel, Chica 6 Jahre,
7. Anette? Sekretärin, Ginger 14 Jahre ungarischer Fuchs Wallach
8. Doris? Hausfrau, Lisa Schwarzwälder Stute wurde der
9. Hildegard Knöfl, Hausfrau, Bazi Haflinger Wallach 12 Jahre,
10. Sonja Böhm, Fotografin, Besitzerin von Pasha Araber Wallach
11. Alina Hofer, Schülerin, Reitbeteiligung von Pasha
12. Natalie Schobert, Polizistin, Tinker Stute Reitbeteiligung Sally
13. Sabine Mohr, Apothekerin, Besitzerin von Sally

Zusätzlich hatte Natalie mit farbigen Etiketten in Pfeilform, die Pferde markiert, die angegriffen wurden.

Exakt 3 Minuten vor 15 Uhr klopfte es an die Türe und diese wurde gleichzeitig von außen geöffnet. Es war die angekündigte Spezialistin vom LKA. Dr. Emma Kürzendörfer trat in den Raum, grüßte mit einem freundlichen „Grüß Gott", bei dem sofort der bayerische Akzent hörbar war. Dr. Kürzendörfer war überraschend jung. Roland Wagner und sein

Kollege Bernd schätzten sie auf 25 Jahre. Sie war zierlich, aber megadurchtrainiert. Sie hatte rabenschwarze Haare, die bläulich schimmerten und einen frechen Kurzhaarschnitt. Die Haare waren mit Styling Gel hochgestellt, rechts und links der Schläfen waren sie als Undercut ausrasiert und trugen ein paar blau gefärbte Strähnen.

Sie hatte eine helle feinporige Porzellanhaut und eisblaue Augen, die mit einem schwarzen Kajalstift umrandet waren und dazu einen dunkelblauen Eyeliner und stark getuschte Wimpern. Die vollen Lippen waren mit einem matten bordeauxfarbenen Lippenstift exakt ausgemalt.

Sie war ein Schneewittchen-Typ und dementsprechend dezent geschminkt. Sie trug eine knallenge schwarze Skinny Jeans und ein schwarzes Tanktop und dazu schwarze nietenbesetzte Flip-Flops. Die Fußnägel waren blauschwarz lackiert.

An der rechten Halsseite schlängelte sich ein Tattoo in Form eines Totenschädels in lila Schattierungen entlang.

Natalie Schobert war sprachlos. So hatte sie sich eine Profilerin nicht vorgestellt. Sie war ohne jeden Zweifel schon megaaufgeregt, weil dass sie heute dabei sein durfte und ihr Traum, bei der Kriminalpolizei zu arbeiten, immer näher rückte. Aber so eine coole Profilerin war schon krass.

Dr. Emma Kürzendörfer begrüßte zuerst per Handschlag Hauptkommissar Roland Wagner, danach Bernd Bayer und zuletzt Natalie Schobert.

Roland Wagner bat die Profilerin, sich zu setzen, und bot ihr ein Glas Wasser an, welches sie dankend ablehnte.

Nachdem sie von den beiden Kriminalbeamten über den Fall mit dem Arbeitstitel „Krähe" eingeführt wurde, was mit Hilfe der Whiteboards und Flipcharts wesentlich effektiver geschah, gab Roland Wagner das Wort an die Profilerin weiter.

„Ich stelle mich gleich mal vor, liebe Kollegen. Ich bin Emma, dreißig Jahre alt und lebe in München. Ich habe Psychologie, Biologie und Tiermedizin studiert und bin danach zur Polizei gegangen. Dort habe ich mich weitergebildet und bin letzten Endes Profilerin geworden. Ich werde vom LKA immer dorthin geschickt, wo die Analyse eines Profiling benötigt wird- im Übrigen manchmal sogar ins Ausland.

Ach ja, ich habe selbst ein Pferd bei Aying in einem Stall eingestellt. Ich verstehe demzufolge einiges von Pferden und Reitern.

Die Thematik Pferderipper ist mir auch bekannt und ich habe ihnen eine PowerPoint-Präsentation mit wissenswerten Details und Fakten zusammengestellt."

Während sie gesprochen hatte, hatte sie das Notebook aus der Tasche herausgeholt und die Anschlüsse mit dem Beamer von Hauptkommissar Wagner verbunden.

Inzwischen konnten alle drei Beamten den Titel der PowerPoint-Präsentation sehen.

Es war ein Farbfoto von einem jungen braunen Pferd, das tot und blutüberströmt auf einer Wiese lag.

Dazu waren in großen fetten roten Lettern Pferderipper – Warum? geschrieben.

Die Präsentation dauerte siebzig Minuten und Dr. Emma Kürzendörfer trug die Fakten mit ruhiger, gut verständlicher Stimme vor. Selbst bei den vielen schrecklichen Beispielfotos der verschiedenen Opfer blieb sie ruhig und sachlich.

Als Dr. Emma Kürzendörfer mit ihrer Veranstaltung geendet hatte, war es so still im Büro der Kriminalbeamten, dass man eine Stecknadel hätte, fallen hören können.

Natalie war leichenblass und hatte gerötete Augen, Bernd Bayer und Roland Wagner waren sprachlos. Niemand wollte zunächst etwas sagen.

Schließlich räusperte sich Roland Wagner und sagte, „vielen Dank Frau Dr. Kürzendörfer das war ein hervorragender Vortrag, wenn gleich auch sehr deprimierend.

Was halten Sie davon, wenn wir alle eine kleine Pause einlegen? Wir können in die Kantine gehen oder uns am Getränkeautomaten außen etwas holen."

Erleichtert stimmten alle anderen dem Vorschlag zu und so marschierten sie gemeinsam in die Kantine, um einen Kaffee und kalte Getränke zu trinken.

Nach zwanzig Minuten kehrten sie wieder ins Büro zurück und setzen sich auf ihre Stühle. Frau Dr. Emma Kürzendörfer lächelte die Anwesenden an und sagte zu Natalie: „Ich glaube, insbesondere für sie als Reiterin ist so etwas schwer zu verkraften, aber wenn sie zur Kriminalpolizei möchten, dann werden sie leider viele noch kränkere Sachen sehen werden.

Gleichwohl verleiht mir diese Art von Tätern die Motivation und die Energie, in meinem Beruf alles zu geben und diese Typen zur Strecke zu bringen, - deshalb bin ich Profilerin geworden.

Für den zweiten Teil meines Vortrages habe ich Ihnen, dem Profil eines Pferderippers entsprechend, Merkmale eines typischen Charakters ausgearbeitet.

Es handelt sich dabei um die Persönlichkeit eines erwachsenen Mannes, der unter einer narzisstischen Mutter leidet.

Die Mutter ist für jedes Kind eine wichtige Bezugsperson. Für einen Sohn ist die Beziehung zu seiner Mutter bedeutsam, um Identität und Emotionalität zu entwickeln.

Mit einer psychisch gesunden Mutter lernt der Sohn als Mann unabhängig, selbstbewusst und glücklich zu sein. Er erlernt, durch seine Mutter mit Emotionen umzugehen und sich mit anderen Menschen emotional auszutauschen.

Ist jedoch die Mutter ein Kontrollfreak, kann dies später beim erwachsenen Sohn zu schweren Störungen führen. Denn das Kind erfährt keine Sicherheit und deshalb kann es nicht vertrauen.

Eine kontrollierende, narzisstische Mutter ist unberechenbar, denn es gibt ständige Widersprüche in ihrem Verhalten. Das Kind weiß nicht voran es ist und was es falsch macht.

Wenn das Kind älter wird, herrscht oftmals eine Atmosphäre des Schweigens zwischen der Mutter und dem Kind. Über Gefühle wird nicht kommuniziert. In der Psychologie wird hierbei von einer emotional nicht verfügbaren Person (Mutter) gesprochen. Söhne einer narzisstischen nicht emotional verfügbaren Mutter wachsen mit dem Egoismus der Mutter, deren ständige Klagen, Vorwürfe, Kritik und Kontrollbedürfnis auf.

Ein Kind, insbesondere Söhne, das seine eigenen Emotionen nicht ausdrücken darf, zeigt oftmals aggressives Verhalten.

Durch die mütterliche Prägung empfinden erwachsene Söhne narzisstischer und kontrollierender Mütter oftmals eine große innere Leere. Die Mütter haben die Emotionalität der Kinder von Beginn an nicht gefördert, sondern unterdrückt. Gefühle zu zeigen kann als Weichheit und Schwäche gelten, aber auch gefährlich sein. Hierbei handelt es sich bei den kontrollierenden Müttern und unterdrückten Söhnen um eine toxische Beziehung. Der Sohn kann und darf nicht unabhängig werden, denn die Mutter betrachtete ihn als ihr persönliches Eigentum.

Die traurige Konsequenz für den Sohn ist, dass er emotional nicht in der Lage ist, Intimität und echte emotionale Verbindung oder Liebe zu anderen Menschen allgemein oder einem Partner aufzubauen.

Tritt doch eine potentielle Partnerin („die böse Schwiegertochter") in das Leben des Sohnes, ist die Mutter bereit, die perfidesten Mechanismen in Gang zu setzen, um zu verhindern, dass der Sohn sich von ihr abnabelt.

Jeder Versuch des Sohnes, sich eine Beziehung oder ein Leben mit einer anderen Person aufzubauen, wird vereitelt. Dabei geht die Mutter sehr geschickt vor.

Eine wichtige Überlebensstrategie des Sohnes ist der Einsatz von Lügen, die bereits seit Kindertagen perfektioniert wurden. Die Lügen dienen dazu, die Mutter nicht zu verletzen oder zu enttäuschen.

Unwahrheiten sind sein Schutzmantel, um der Mutter zu gefallen, um nicht wie ein Verlierer da zu stehen, nicht schuldig zu sein, um seine Gefühle, die er nicht haben darf, zu verbergen. Lügen, um zu überleben!

Tragisch, aber wahr!

Üblicherweise - in einer gesunden Beziehung soll die Mutter dem Kind ihre Liebe zeigen, es beschützen und stark machen. In der Beziehung zwischen einer narzisstischen Mutter und ihrem Kind fehlt diese Liebe. Dies erzeugt Angst, Unsicherheit und Minderwertigkeitsgefühle beim Kind.

Die Schuld nicht geliebt zu werden gibt das Kind sich selbst. Es glaubt, es hat etwas falsch gemacht, die Mutter geärgert, es sei nicht liebenswert usw.

Letzten Endes wird das Kind, egal wie schlecht die Mutter es behandelt oder wie kalt die Emotionen sind, immer die Mutter verteidigen. In den Augen des Kindes ist die Mutter immer unschuldig.

Erwachsene Söhne werden deshalb in letzter Konsequenz das Verhalten der Mutter nur als zu ihrem Wohle wahrnehmen und dass die Mutter immer nur das Beste für sie wolle.

Das Beste, die Mutterliebe, die Geborgenheit und den Schutz, den eine normale Mutter ihrem Kind gibt, kennen Kinder einer narzisstischen Mutter nicht.

Söhne kontrollierender Mütter leiden wesentlich unter der toxischen Beziehung. Da sie weder mit der Mutter noch mit anderen Menschen darüber sprechen können, reagieren sie mit Aggressivität, Wut und Hass, die sie aber oftmals mühsam verstecken.

Je nach Charakter und Psyche können die Auswirkungen des emotionalen Missbrauchs durch die Mutter verschiedene Facetten zeigen.

Es kann möglich sein, dass die Söhne dieser Mütter ein total übersteigertes Selbstbild bekommen. Aber auch das Gegenteil kann der Fall sein, sie können ein Gefühl von Wertlosigkeit und starke Versagensängste entwickeln. Die erwachsenen Söhne können unter Depressionen, Ängsten, Nähe und Distanz, psychosomatischen Beschwerden oder sexuellen Funktionsstörungen leiden."

Nachdem Dr. Emma Kürzendörfer mit ihren Ausführungen geendet hatte, herrschte im Raum betretenes Schweigen. Nach einer Weile sagte Bernd Bayer lakonisch: „Okay wir suchen demgemäß ein verhaltensgestörtes Muttersöhnchen mit einer dominanten Mutter, das bei Mädels keinen hochbekommt und deshalb alle Frauen hasst. Diesen Frust lässt er dann an den Pferden aus! Na, viel Spaß! Da fallen mir auf Anhieb schon drei Typen aus meinem Umfeld ein."

Hauptkommissar Roland Wagner räusperte sich und fragte Dr. Emma Kürzendörfer, was sie im Moment für ein Vorgehen empfehlen würde.

Nun ja, ich bin der Meinung, dass es sich vermutlich auf jeden Fall um mindestens zwei Täter handelt.

„Das Profil eines Pferderippers, ich darf Sie noch einmal daran erinnern, ist Folgendes:

Der Missbrauch von Pferden lässt ebenfalls auf einen Ripper schließen, es kann sich aber auch um einen Einzeltäter handeln, der keine Gewalt an den Tieren anwendet.

Die Vergiftungen, das Absengen und Abschneiden von Haaren und die gezielte Störung der Wasserzufuhr, das sind eindeutig tierquälerische Aktionen, die vom Profil her nicht zu einem typischen Pferderipper passen.

Hierbei sind keine erotischen Aspekte vorhanden. Wie gesagt, hier handelt es sich um Quälen, etwas kaputt machen, Leid zufügen. Der Adressat könnte vermutlich der Besitzer der Pferde sein.

Da wir aber sexuelle Handlungen an den Stuten nachweisen können, habe ich Ihnen zusätzlich einige fundierte Informationen zum Thema Zoophilie zusammengefasst.

Wenn Sie wünschen, würde ich jetzt zum dritten und letzten Teil meiner Präsentation übergehen. Anschließend können wir gerne Fragen diskutieren."

Inzwischen hatte Dr. Emma Kürzendörfer wieder die Fernbedienung des Beamers aktiviert und zeigte ein Bild auf dem der in großen violetten Buchstaben geschriebene Titel „Zoophilie" prangte.

Bernd hatte es sich abermals auf seinem Stuhl bequem gemacht und sagte: „Mei etz müssen wir uns schon wieder so einen Dreck anschauen. Da krieg ich heute Nacht ja Albträume!"

Dr. Kürzendörfer ignorierte seinen Einwurf und begann mit gesetzter Stimme zu referieren. „Ich erkläre zuerst einmal mit der Definition, was genau unter Zoophilie zu verstehen ist. Danach werde ich auf die rechtliche Situation, die Gesetzsprechung in Deutschland und auf die Straftatbestände sowie die Strafen eingehen."

Was genau ist Zoophilie?

Laut der WHO - der Weltgesundheitsorganisation wird die sexuelle Vorliebe für Tiere als „Störung der Sexualpräferenz" bezeichnet. In Deutschland sind diese sexuellen Praktiken mit Tieren seit 2013 verboten. Im Gesetzestext heißt es, wer ein Tier für eigene sexuelle Handlungen nutzt, oder für sexuelle Handlungen Dritter abrichtet, aber auch für sexuelle Handlungen zur Verfügung stellt und das Tier dadurch zu artwidrigem Verhalten zwingt, verstößt gegen das Gesetz. Das ist im Tierschutzgesetz unter Paragraf 3 Satz 1 Nummer 13 festgelegt. Ein Verstoß wird als Ordnungswidrigkeit verfolgt und kann mit einem Bußgeld in Höhe von bis zu 25000 € bestraft werden. Eine strafbare Tierquälerei nach § 17 Nr. 2 TierSchG liegt vor, wenn erhebliche und länger anhaltende Schmerzen und Leiden als Folgen sexueller Handlungen eintreten.

Darunter fällt auch Zoosadismus. Zoosadisten benutzen aus Gründen der sexuellen Befriedigung Tiere (Hunde, Katzen, Pferde, Esel, Kühe, Kälber, Ziegen, Schafe, Kaninchen und Frettchen) um sie zu quälen. Oftmals wird der Tod des Tieres billigend in Kauf genommen oder wird zur Triebbefriedigung sogar erwünscht.

Das ist in der Praxis meistens schwer zu beweisen. Leider muss ich hinzufügen!", sagte Dr. Kürzendörfer.

Das Verbreiten tierpornographischer Medien (Fotos, Schriften, Videos etc.) wird gemäß § 184 b Abs. 3 StGB geahndet. Diese Straftaten werden mit Freiheitsstrafe bis zu drei Jahren oder Geldstrafe geahndet.

Der reine Besitz ist dagegen nicht strafbar. Ein Verstoß gegen § 184a StGB ist, wenn dem Beschuldigten bewiesen werden kann, dass er in seinem Besitz befindliches tierpornografisches Material weiterverbreitet hat oder beabsichtigte dies weiterzuverbreiten. Auch hier wieder braucht es Beweise!

Das gilt bei Download und Speicherung von tierpornographischen Medien. Hier liegt kein Verstoß nach § 184a StGB vor.

Es handelt sich dabei um sogenannte Vorbereitungshandlungen nach §
184a Nr. 3, aber es fehlt hierbei die Absicht zur Handlung des
Verbreitens.

Ich bedauere in meiner Eigenschaft als Tierärztin und Profilerin, ebenso
als Tierhalterin, dass im Rahmen des StGB, Tiere, trotz der Regelung des
§ 90a BGB weiterhin als Sachen behandelt werden. Deshalb können
missbrauchte und gequälte Tiere gemäß § 303 nur Gegenstand einer
Sachbeschädigung sein.

Es gibt weiterhin den § 17 im Tierschutzgesetze (TierSchG). Hier wird
tierschutzwidriges Verhalten geahndet, wenn es sich um
ungerechtfertigte Tiertötung sowie die rohe und quälerische
Misshandlung von Tieren handelt. Ebenfalls gilt hier wieder Beweise,
Beweise, Beweise!

Wird jemand entsprechend diesen Vorstößen verurteilt, kann das
Gericht ein Tierhalteverbot anordnen und das Tier durch das
Veterinäramt enteignen. Laut § 20a kann dies vorübergehend oder nach
§ 20 als dauerhaftes Verbot geschehen. Aber leider kann dies hier
umgangen werden, denn der Täter kann sich jederzeit wieder ein Tier
besorgen, auf den Namen eines Bekannten oder Verwandten.

Dr. Kürzendörfer klickte zu einem Standfoto, das aus einem Video
stammte. Es war zu sehen wie ein fetter, nackter, stark behaarter Mann

eine sexuelle Handlung an einer hellbeigen Beaglehündin ausführte. Die Hündin hatte die Augen weit aufgerissen, so dass fast nur das Weiße der Augäpfel zu sehen war. Sie trug einen schwarzen Maulkorb und war mit einem Stachelhalsband eng an einen Metallzaun angebunden. Die Vorderbeine waren mit silberfarbenem Tape fixiert, während der Typ sie mit seinem Schwanz wie ein Presslufthammer penetrierte.

Roland und Bernd schüttelten zeitgleich die Köpfe und riefen: „Wie pervers muss man denn im Hirn sein, um so etwas Krankes zu tun?"

Natalie war leichenblass und sie hatte Mühe, die Tränen zurückzuhalten.

Dr. Kürzendörfer sagte „Ich weiß sie alle sind in Ihrem Beruf harte Sachen gewohnt und haben schon viele schreckliche Bilder zu sehen bekommen, aber ich finde, das, was mit hilflosen Tieren gemacht wird, hat noch einmal eine komplett andere Qualität des Schreckens.

Bei der Prozedur, die die Hündin über sich ergehen lassen muss, kommt es in der Praxis häufig vor, dass den Hündinnen ein oder beide Läufe gebrochen werden.

Diese abartigen Typen bringen die Tiere dann in eine Tierarztpraxis und behaupten, die Tiere wären in ein Auto gelaufen, Treppen hinabgefallen oder von unkastrierten fremden Rüden „vergewaltigt" worden.

Es gibt naive Veterinäre die das glauben wollen, aber für erfahrene Tierärzte gibt es genug eindeutige Hinweise bei einer Untersuchung auf Zoophilie.

Eine meiner Studienkolleginnen ist Tierärztin mit einer eigenen Klinik. Sie berichtete mir häufiger von solchen Vorfällen. Sie hatte einen Kunden, der ihr schon zum zweiten Mal seine Hündin mit gebrochenen Hinterläufen brachte. Beim ersten Besuch in der Praxis hatte sich dieser Verdacht bereit erhärtet. Aber was sollte sie ohne Beweise machen. Beim nächsten „Unfall" machte sie eine genaue gynäkologische Untersuchung mit einem Abstrich und fand sogleich menschliches Sperma.

Nachdem sie die Hündin erfolgreich operiert hatte, wollte der Besitzer diese wieder abholen. Doch sie sagte ihm, dass sie leider während der Operation verstorben sei und inzwischen entsorgt wurde.

Das ist auch nicht in Ordnung und rechtlich nicht haltbar, aber sie nahm es auf ihre Kappe, weil sie das Leid nicht mehr mit ansehen konnte. Die Hundedame wurde in ein anderes Bundesland an liebe Menschen vermittelt.

Aber ein Wermutstropfen bleibt trotzdem- das Subjekt wird sich wieder eine Hündin besorgen und das ganze Martyrium beginnt von vorne. Das kommt daher, dass leider unsere Gesetze zu lasch sind. Das muss ich als Beamtin jetzt mal laut sagen!

So, nun werde ich Ihnen den restlichen Tag womöglich versauen, indem Sie die Persönlichkeit von Leuten kennenlernen die auf Sex mit Tieren stehen.

Hier unterscheiden wir Nutzer von tierpornografischen Fotos und Videos. Sie bewegen sich im Netz und sehen sich die Aufnahmen an und speichern sie auf ihren PC oder Mobiltelefonen ab und tauschen die Medien aus, wenn sie Gleichgesinnte kennen.

Die anderen „Tierliebhaber" produzieren selbst die Fotos aber auch Videos, die sie oftmals ohne fremde Hilfe drehen, während sie den Missbrauch begehen. So geilen sie sich immer wieder an den Handlungen auf. Die alternative Variante ist, dass sie diese Clips weiterverkaufen.

Weitere wiederum, die der Zoophilie verfallen sind, bevorzugen Live Acts. Es gibt eine Community, wo zum Beispiel Landwirte oder andere Tierhalter ihre Tiere gezielt an diese Kundengruppe vermieten.

Eine spezielle Form der Zoophilie ist, wenn Menschen ihre Tiere als Lebenspartner betrachten und diese einem menschlichen Partner vorziehen. Sie leben wie andere Tierbesitzer mit den Haustieren, haben aber Sex mit ihnen.

Hier sehen sie einige Posts von Zoophilie Anhängern:

Randy Andy 44 schreibt:

Ich bin ein Liebhaber und Sammler von Tierpornografie. Das meiste geile Material gibts auf Google. Ich habe über 20.000 Bilder auf meinem Computer.

Doggystyle schreibt:

Auf Google-Bildersuche gibt es viele Pornos zwischen Frauen und Pferden, Schweinen, Hunden. Sogar mit Schlangen. Selbst Kinder können diese Bilder total easy anklicken.

Bigdick schreibt:

Ich habe mal Snake Porn gegoogelte- echt geil!

Hund 1987 schreibt:

Hey, wisst ihr, wo es Tierbordelle gibt? Habt ihr eine Adresse für mich?

Thomas ist seit 4 Jahren mit einer Hündin zusammen und meint, dass es schade ist, dass er mit Außenstehenden nicht über die Beziehung zu Tieren sprechen kann. Sie haben kein Verständnis und tun einen nur als Tierficker ab. In der Gesellschaft wird diese Vorliebe nicht akzeptiert.

Jürgen führt eine Beziehung mit einem Mann und seinem Hund. Er fühlt sich schon seit Jahren emotional und sexuell zu Tieren hingezogen. Er leidet darunter, dass er ständig Anfeindungen ausgesetzt ist.

Fred ist ebenfalls mit einer Hündin zusammen. Nicht einmal Freunde und Familie wissen über Freds Sexualpräferenz Bescheid. Die Beziehung findet heimlich in den eigenen vier Wänden statt.

Ludwig ist mit einem Hund zusammen und merkt an, dass ein zoophil veranlagter Mensch es Außenstehenden nicht beweisen kann, dass der Sex mit seinem Tier mit dessen Einverständnis erfolgt.

Er ist der Meinung, dass man als Tierhalter schon merkt, ob ein Tier Sex wolle oder nicht. Er ist der Überzeugung, seine Tiere haben gerne mit ihm Sex.

Margarete lebt mit ihrem Hund zusammen. Sie meint, dass es ihr um eine echte Beziehung geht. Ihre Fellnase ist ihr Lebenspartner. Dabei fährt sie nicht unbedingt nur auf den gemeinsamen Sex ab. Aber die Öffentlichkeit sähe das leider einseitig.

Tom ist bisexuell und lebt zurzeit mit einem menschlichen Partner zusammen und gleichzeitig mit seiner Hündin. Er ist dabei wahnsinnig glücklich.

Jakob will wissen, dass es bei Tieren drei verschiedene Indikatoren gibt, wenn sie gerne mit Menschen Sex hätten oder nicht.

Das erste Signal, das Tolerieren ist ein Einverständnis, das zweite ist eine Mahnung (z.B. Knurren) und bei der dritten Stufe ist es schmerzhaft, um Beispiel, wenn die Hündin beißt beziehungsweise ein Pferd ausschlägt.

Tiere können sich wehren, jedes Mal, wenn sie mit der sexuellen Handlung nicht einverstanden sind. Deshalb ist es in einer festen Beziehung zwischen dem Menschen und seinem Sexualpartner Tier wichtig, dass alles mit Empathie und Vertrauen geschieht.

Dr. Kürzendörfer sagt: „Es gibt in Deutschland nach Schätzungen 100.000 Menschen, die als zoophil gelten und eine sexuelle Partnerschaft mit Tieren wie Hund, Pferd, Schaf oder Ziege ausleben.“

Dr. Emma Kürzendörfer klickte auf ein letztes Foto, das eine Aufnahme von einem steinernen Buddha Kopf zeigte und dem Text: **„Karma is only a bitch if you are“** und sagte: „Bevor wir jetzt im Anschluss zu den Fragen und Antworten kommen, sollten wir gemeinsam unbedingt einen Break machen. Was halten Sie davon, liebe Kollegen? Wir brauchen nach diesen Bildern einen Tapetenwechsel. Wollen wir auf einem Sprung in die Kantine auf ein Getränk gehen?“

„Oh ja das ist eine gute Idee!“, antworteten die drei Beamten unisono.

Als sie nach zwanzig Minuten ins Büro zurückkamen und abermals ihre Sitzplätze eingenommen hatten, begann eine hitzige Diskussion darüber, was man mit solchen Tätern alles anstellen könnte, wenn man dürfte. Als sich die Gemüter wieder beruhigt hatten, sahen sie die LKA-Profilerin erwartungsvoll und hochmotiviert an. Dr. Kürzendörfer richtete den Blick auf die Gruppe und sagte:

„Kollegen, ermittlungstechnisch wäre mein Vorgehen Folgendes:

Sie recherchieren inzwischen den Background aller männlichen Beteiligten. Wir müssen da weit zurückgehen.

Körperverletzung, Nötigung, Alkohol- und Drogenmissbrauch plus Tierquälereien bereits auch schon im Kindes- und Teenageralter, sowie Brandstiftungen. Im Übrigen halte ich es für erforderlich, dass psychische Auffälligkeiten, Therapien und auf jeden Fall Klinikaufenthalte berücksichtigt werden müssen. Außerdem sind sexuelle Übergriffe und harter Pornokonsum nicht außer Acht zu lassen.

„Allmächt Frau Dokter! "Insistierte Bernd Bayer.

„Wir haben fei noch einen Mordfall vom Reiterhof auf dem Schreibtisch liegen! Sorry, aber wegen Pferden so einen Aufriss machen?"

Natalie drehte sich empört zu Bernd Bayer um und sagte: „So kann nur ein Mann reagieren, der von Pferden nichts versteht."

Dr. Emma Wagner warf ein, „Natalie hat nicht unrecht, denn solche Vorfälle, zumal wenn sie gehäuft auftreten, wie auf Gut Krähenbühl, sind oftmals nur der Auftakt zu womöglich schlimmeren Taten genauer gesagt an Mädchen und Frauen. Die kurzen Abstände der Taten lassen den Schluss zu, dass der Straftäter enorm unter Druck steht.

„Ich würde deshalb diese Fälle äußerst ernst nehmen. Womöglich gibt es einen Zusammenhang zwischen den Tierquälereien und dem Mord an Hildegard K.

Ich schlage vor, dass Sie ihre Arbeit machen und in alle Richtungen ermitteln. Ich erledige gleichzeitig meine Aufgaben. Ich fahre wieder zurück zum LKA nach München und erstelle ein verbindliches Täterprofil. Gleichzeitig werde ich unsere Datenbank durchforsten und werde hoffentlich mit ähnlichen Taten in der Vergangenheit oder an anderen Orten fündig.

Wir bleiben in Kontakt und sie können mich jederzeit erreichen.“

Sagte es, packe Ihre Laptoptasche und ihre Handtasche und entschwand.

Im Büro war die Stimmung auf dem Tiefpunkt, Natalie hatte trotzig den Kopf gesenkt und stand am Flipchart, um alle von ihr erstellten Profile der Verdächtigen auf Gut Krähenbühl nebst Fotos anzupinnen.

Hauptkommissar Roland Wagner schüttelte missbilligend den Kopf hinter Natalies Rücken und bedeutete Bernd mit Pantomime, sich bei der Kollegin zu entschuldigen.

Der hatte einen Grund gefunden, den Raum zu verlassen, denn er wollte in den ersten Stock um die Kfz-Kennzeichen überprüfen zu lassen und um dort nach den beschäftigten vier Männern von Gut Krähenbühl zu forschen.

Roland sah sich inzwischen die Steckbriefe, die Natalie erstellt hatte an und war erstaunt über die gute Beobachtungsgabe und Detailtreue, über welche die junge Schutzpolizistin Natalie verfügte.

Er lobte sie und war der Ansicht, sie solle sich keine Gedanken aufgrund der Äußerungen von Bernd machen, er sei halt ein undiplomatisches Mannsbild, aber er meinte es nicht so, da war er absolut sicher.

Die Hitze im Büro war mittlerweile unerträglich geworden, aber ihr Eifer ließ nicht nach. Sie waren hoch motiviert den Fall aufzuklären und Gerechtigkeit für die Opfer zu finden.

Als die Sonne langsam unterging und die Hitze nachließ, verließen sie das Dienstzimmer, müde aber zufrieden mit den Fortschritten, die sie erreicht hatten. Die Ermittlungen waren in vollem Gange, und sie waren fest entschlossen, die Wahrheit ans Licht zu bringen, koste es, was es wolle.

Sie verabschiedeten sich und vereinbarten, dass sie in Kontakt zu bleiben gedachten. Natalie wollte Einzelheiten über die Aushilfskräfte im Stall herausfinden, wer sie waren, woher sie kamen, wo sie wohnten. Sie war sicher, dass diese Männer gewiss keine angemeldeten Aushilfsjobber waren.

Sie hatte ihn das ganze Wochenende wieder drangsaliert. Sie behandelte ihn wie ihren Haussklaven. „Mach dies, mache jenes" so ging es fast den ganzen Tag. Der Rasen musste gemäht werden, wegen der Hitze mussten ihre unzähligen, verdammten Blumenbeete gegossen werden.

Die Scheißschnecken mussten in einem Eimer eingesammelt werden, damit sie die Pflanzen nicht auffressen würden. Könnte er sie nur auch so einfach entsorgen!

Manchmal konnte er sie nicht mehr riechen, immer die gleiche Duftmischung. Sie trug das uralte, süße Parfüm von Avon, und zwar üppig. Dazu noch das Haarspray! Sie war massenhaft damit eingesprüht, das Haar wurde dadurch ganz steif. Sie weigerte sich, etwas anderes auszuprobieren. Er hasste diesen Geruch, der nicht nur an ihr haftete, sondern das ganze Haus durchzog.

Es ging ihm schlecht. Er war sehr aufgewühlt. Seine Stimmung variierte von total deprimiert und traurig bis aggressiv. Manchmal hätte er gern ihr hässliches Wohnzimmer aus deutscher Eiche mit einer Axt kurz und klein geschlagen. Manchmal stellte er sich vor, wie er ihre unzähligen, verdammten, kitschigen Hummelporzellanfiguren gegen die Wand warf, um sie zu zertrümmern.

NEUN

Ein folgenreicher Besuch

Samstag 24 August

Heute war es so weit. Bettina holte morgens um 8 Uhr ihre Schwester Anna von zuhause ab. Sie hatten sich entschlossen mit Bettinas BMW X1 zu fahren, da dieses Auto für längere Strecken bequem war und sie Billy mitnehmen konnten. Der BMW hatte überdies eine Anhängerkupplung. Man weiß ja nie!

Bettina hatte die Adresse des Pferdehändlers ins Navi eingegeben. Es handelte sich um einen kleinen Ort, einen Weiler, in der Umgebung von Oberammergau.

Die Fahrt dorthin dauerte 2,5 Stunden. Dort angekommen machten sie erst einmal halt und ließen Billy eine Gassirunde drehen. Danach setzen sie sich ins Café einer Bäckerei und tranken Kaffee und aßen Croissants.

Zum Schluss fuhren sie die letzten 4 km zu dem Weiler. Der Hof war malerisch gelegen, weit und breit nur Wald, Wiesen und Felder.

Es existierte nichts als der Hof, bestehend aus einem rosafarbenen Haupthaus und daneben rechts und links langgezogene Bauwerke, die die Stallungen sein mussten und ein großes Gebäude, das wie eine Scheune aussah.

Es gab zwei großflächige 40x 60 Meter Profireitplätze mit weißem Sand. Eindeutig handelte es sich hierbei tolle Ottoböden, die jedes Reiterherz höherschlagen lassen. Zusätzlich befanden sich zwei Roundpen mit Metallzäunen, sowie einer aus Holz, auf dem Gelände.

Es gab drei weitere kleinere Reitplätze, Wiesen, Koppeln soweit das Auge reichte und Paddocks - vermutlich die Winterkoppeln.

Es gab sogar eine Führanlage für die Pferde. Wahnsinn! Das konnte bei Reitern und Reiterinnen leicht zur Schnappatmung führen.

Staunend saßen die beiden Schwestern im Auto und sahen sich die Immobilie von Joe dem Pferdehändler an.

Jedes Gebäude, aber auch jedes einschließlich der Scheune war rosafarben. Und es gab überall weiß gestrichene Holzzäune – wie in Arizona oder Texas.

Beide Schwestern hatten ihre Western- Reitausbildung in den USA absolviert und deshalb war ihnen der Baustil vertraut.

Auf dem Parkplatz stand der ihnen längst bekannte Mercedes in Rose metallic und gleich drei Pferdehänger in der identischen Sonderlackierung.

Sie waren sprachlos, denn das hatten sie nicht erwartet.

Sie kannten Joe von seinen Besuchen auf dem Gut und hatten ihn als etwas schrägen Freak eingeschätzt. Einen Spruchbeutel wie man in Bayern zu sagen pflegte.

Aber so ein riesengroßes und stylisches Gestüt hatten sie nicht erwartet.

Sie parkten den BMW auf dem Besucher Reitplatz, ließen Billy vorerst im Auto, denn normalerweise gab es auf Höfen und bei

Ställen immer Hunde und deshalb manchmal Revierprobleme. Sie wollten erst einmal abwarten, ob Joe selbst einen Zamperl hatte. So ließen sie Billy im Auto, dessen Fenster sie weit öffneten. Denn es hatte 20 Grad und es schien wieder ein heißer Sommertag zu werden.

Deshalb waren die Schwestern jeweils mit einer leichten Baumwolljeans, einem T-Shirt und Sneakers bekleidet.

Sie liefen beide zum Haupthaus, das ebenfalls authentisch im amerikanischen Ranch Stil gebaut war. Es gab seitlich eine Tür mit der Aufschrift Office.

Anna klopfte an und sofort wurde die Tür von innen geöffnet. Joe stand grinsend in der Türe - cowboymässig gekleidet- wie immer.

Heute trug er ein türkisfarbenes Pleasure Westernhemd, Wrangler Jeans und in der Farbe passende Westernstiefel von Senta.

„Hallo Mädels! Habt ihr gut hergefunden"?

„Ja, klar!", antworteten sie beide unisono.

„Ach, du bist doch die Bettina von Gut Krähenbühl! Was für eine Überraschung!"

Bettina stellte Anna vor und erklärte Joe, dass diese sich für ein Quarter Horse interessiere, völlig unverbindlich. Sie wäre heute keine potentielle Kundin, sondern nur die Fahrerin. Die beiden Schwestern hatten vereinbart, dass sie zunächst unauffällig nach Strawberry schauen wollten.

Joe kannte Bettina von Gut Krähenbühl über Franky den Pferdetrainer. Bettina vermutete, dass er ihr aktuelles Pferd Preppy Starlight von Joe besorgt hatte.

Aber Anna war ihm unbekannt, da sie erst seit kurzem Preppy ritt. Deshalb hatte auch Anna bei Joe einen Termin vereinbart.

„Kommt rein, nehmt Platz! Wollt Ihr Kaffee, Wasser oder einen Bourbon?", sagte er und grinste.

„Nein, danke vielleicht kommen wir später auf dein nettes Angebot zurück."

Bettina und Anna betraten das „Office" und fühlten sich sofort an ihre gemeinsame Zeit in Arizona versetzt. Das Büro war unglaublich perfekt im amerikanischen Ranch- Stil eingerichtet:

dunkle Holzbalken an der Decke, ein großer offener Kamin, ein schweres dunkelbraunes Chippendale Ledersofa und vier stimmige Ledersessel dazu. Ein naturbelassener Hickory Holztisch und ein passendes Sideboard vervollständigten das Bild.

Über dem Kamin hing ein Longhornschädel mit ausladenden Hörnern. Es gab ein riesiges farbiges Gemälde, das anscheinend den legendären Häuptling Sitting Bull darstellte. Und das tollste - eine komplette Seite der Wand war durchgehend mit einer Glasfront gestaltet und so war es möglich, direkt in den Pferdestall zu sehen.

In der anderen Seite des Raumes war ein bodentiefes Fenster eingelassen und man hatte den Ausblick auf die hügelige Landschaft mit den Pferdeweiden.

Es gab ein großes Hundebett, ebenfalls aus braunem Leder. Darauf lagen gechillt zwei original Australien Cattle Dogs.

„Das sind Jenny und Johnny meine beiden Augensterne. Ihr habt hoffentlich keine Angst vor beiden."

„Nein, wir haben keine Angst, wir kennen diese Hunderasse bereits aus Arizona. Wir hatten sie immer bei unseren Ausritten ins Dessert dabei. Die sind süß und mutig, sie können sogar Klapperschlangen töten".

Im Büro herrschte eine entspannte harmonische Stimmung, es war idyllisch und es roch herrlich nach Holz, Leder und Rauch.

„Anna", begann Joe die Konversation, „was genau suchst du für ein Pferd?

Was willst du damit anstellen? Freizeitreiten? Ein bisschen gechillt im Busch reiten? Gelüstest es dich nach Dressurreiten oder hast du Bock auf Reining? Bist du eine ambitionierte Turnierreiterin oder suchst du ein braves Pferd für deine Kinder?

Bist möglicherweise gar auf dem Therapiepferde Trip?

Es gibt supersüße Pferde nur zum Knuddeln, füttern und führen? Das ist echt der totale Trend heutzutage. Magst du lieber Pferde züchten? Da habe ich auch was für dich.

Soll es ein feuriger Hengst sein, ein ausgeglichener Wallach oder eine zickige Stute, die dich so ordentlich herausfordert?

Willst du ein Fohlen zum selbst aufziehen, oder ein rohes dreijähriges? Lieber ein fünf- bis zehn - Jähriges oder ein älteres erfahrenes Pferd?"

„Schaut her", sagte Joe und breitete seine beiden Arme aus. „Bei mir findet ihr alles was euer Herz begehrt.", und noch viel mehr, und lachte dreckig über seinen Witz.

Ach ja, vielleicht interessant zu wissen, bei mir könnt ihr bar bezahlen und grinst über beide Backen- dann bekommt ihr einen guten Rabatt. Aber auch per Überweisung, Kreditkarte oder PayPal ist möglich.

Wenn Euch ein Pferd total gut gefällt, aber ihr nicht die Kohle dafür habt, dann können wir einen Ratenvertrag mit nur 3% Zinsen vereinbaren. Gell, da schaut ihr!

Ich verlease übrigens auch Pferde. Dann vereinbaren wir einen Leasingvertrag miteinander. Ich arbeite dafür mit einer speziellen Leasinggesellschaft zusammen - das ist ein guter Kumpel von mir – der macht's schon möglich, und zwar ohne Schufa Auskunft, denn euere Hausbank würde das nie genehmigen. Nicht für ein Pferd. Never ever!

Ihr könnt auch ein anderes Pferd bei mir eintauschen, gell Bettina!

Manchmal passt der Preis oder ihr müsst nur eine Kleinigkeit drauflegen." Er lacht.

„Es ist mir wichtig, im Vorfeld alle diese Details zu besprechen. Mädels ich will, dass ihr euch anschließend nur auf die Pferde konzentriert die ich euch vorstellen werde.

Wenn ihr ständig dabei die Dollarzeichen im Auge und im Kopf habt, könnt ihr euch nicht auf die Auswahl des passenden Pferdes konzentrieren. Also macht euch wegen des Geldes überhaupt keine Gedanken. Wir können miteinander sprechen und alles regeln.

Sprich Anna was soll es für ein Pferd für dich sein?"

Inzwischen hatte sich Anna eine Strategie zurechtgelegt. Wie sie längst vermutete, war Joe echt ein Vollprofi und mit allen Wassern gewaschen.

Aber sie war es ebenfalls. Das war ein Vorteil, wenn man in den Emiraten arbeitete und lebte. Es gab ebendort eine illustre Mischung von Menschen. Dort lebten eine beachtliche Anzahl von

Expats, Ausländer aus aller Herren Länder, Geschäftsleute, Touristen und Privatleute, aber gleichermaßen viele Spruchbeutel und Windbeutel, oftmals mit viel heißer Luft und kein bisschen seriös. Sie hatte mehrfach miterlebt, wie dort Existenzen zerbrachen, weil die Leute auf zu großem Fuß lebten und nichts dahinter war. Außerdem verfügte sie über die Fähigkeit, mit Arabern zu verhandeln. Das hatte die dort gelernt. Und für sie waren Araber eine der besten Verhandler und Geschäftsleute der Welt.

What! Mit Joe würde sie schon klarkommen.

„Girls! Los geht`s! `. Wie auf ein Kommando schossen Jenny und Johnny aus dem Hundebett und hefteten sich sofort an die Fersen von Joe.

Sie verließen das Office und begaben sich in die erste Stallung, die sie vom Büro aussehen konnten.

Wow! Der Stall war riesig! Es gab geschätzt mindestens hundert Pferdeboxen. Die Pferdeboxen waren groß und mit Metalltüren versehen. Es roch ausgezeichnet nach Heu und kein bisschen nach Ammoniak.

Die Pferde schnaubten und wenn sie sich bewegten, dann raschelte das Stroh, das wie Anna schnell checkte, aus großen dicken goldenen Halmen bestand. Ab und zu betätigte eines der Pferde die automatischen Pferdetränken.

Die Stallgasse war so sauber wie abgeleckt. Man hätte vom Boden essen können.

Und das Allertollste war, dass der Stall eine Klimaanlage hatte. Wow!

„Das ist der Stall mit den Warmblütern, meistens Sportpferde mit einer Widerristhöhe ab 1 70 cm. „Hier haben wir verschiedene Rassen wie Bayern, Württemberger, Hannoveraner, Holsteiner, Oldenburger und Brandenburger", erklärte Joe gerade.

Oftmals werden die Pferde eingetauscht, wenn ein Sportpferd sich nicht weiterentwickelt, aber dafür der Reiter. Das Gleiche gilt, wenn er anschließend in einer höheren Prüfungsklasse, einen anspruchsvolleren Schwierigkeitsgrad reiten will, tauscht er das Pferd gegen ein neues ein. Mit dem kann er in der nächsten Klasse erfolgreich sein.

Ihr kennt euch ja aus. Im klassischen Reitsport gibt es:

Schwierigkeitsgrad Klasse E - Einsteiger, Klasse A - Anfänger, Klasse L - leicht, Klasse M - mittelschwer und als Krönung Klasse S - schwer.

Diese Pferde hier im Stalltrakt sind von Klasse E bis Klasse S einsetzbar.

Ich habe sogar einige dabei die im Dressur- und Springsport bei Ein-, Zwei- und Dreisterne -S-Prüfungen mithalten können.

Wie ihr seht, sind die Pferde sehr gepflegt. Ich achte hier bei mir auf peinlichste Sauberkeit. Der Tierarzt kommt einmal die Woche. Ich lasse Blutbilder von den Pferden erstellen, um Erkrankungen und Parasitenbefall auszuschließen. Ich lasse vom Schmied die Hufe pflegen. Das ist das A und O, da schauen die potentiellen Käufer drauf. Das eine oder andere Pferd benötigt, wenn es hier ankommt Physiotherapie. Deshalb schaut dann der Osteopath oder Chiropraktiker mal drauf."

Anna, war in erster Linie in ihrer Position als Pferde Tierärztin beeindruckt. Sie hatte schon miserable Ställe gesehen, vor allem bei Pferdehändlern. Da wurden Pferde in einem dunklen Verschlag verwahrt, wo sie kein Tageslicht sahen. Niemand bewegte die Tiere und sie vegetierten bis zu den Knöcheln in ihren Exkrementen dahin.

Selbst wenn ihr Joe von seinen Auftritten her auf Gut Krähenbühl suspekt war, eines musste man ihm lassen - das Business hier war vorbildlich.

Okay Mädels, dann gehen wir schnell im kleinen Stall vorbei. Und schon bog er nach rechts ab und sie befanden sich in einem Laufstall, in dem Pferde ohne Boxen aufgestallt waren. Es waren zirka fünfzig Tiere. Es handelte sich dabei um Kleinpferde wie Shetlandponys, Dartmoor Ponys usw.

Es waren wunderschöne Geschöpfe in allen Farben, weiß, cremefarben, grau, schimmelfarben, fuchsrot und gescheckt. Diese zierlichen Pferdchen hatten hübsche Gesichter und lange Mähnen und einen dichten vollen Pferdeschweif.

Sie sahen allesamt gesund aus.

„Mädels, ihr habt doch, wie ich glaube ich Kinder zuhause! Wär das nix - so ein goldiges Pony? So als Einstieg bis die Kids wachsen und dann ein Großpferd von euch reiten können? Gell", und er zwinkerte mit dem rechten Auge.

Bettina lachte und sagte „Nee, meine Kids sind schon zu groß für ein Pony!

„Das ist aber schade", meinte Joe und zuckte mit den Achseln.

„Dann gegen wir doch gleich mal in den Quarter Horse-Stall. Sie verließen den Laufstall. Sie bemerkten auf der linken Seite eine Stallung dessen Türe verschlossen war. Außen angekommen, überquerten sie den Hof. Selbst dieser war supergepflegt. Es gab eine große steinerne Pferdetränke, in die aus vier verschiedenen Messinghähnen in der Form von Pferdemäulern das Wasser lief.

Überall waren am Hof Rosenrabatten angelegt, wie könnte es anders sein- in Pink, die Rosen gaben einen herrlichen Duft ab.

Sie erreichten zu dritt und immer noch mit den beiden Cattle Dogs im Schlepptau auf der gegenüberliegenden Seite eine weitere große Stallung.

Joe öffnete das Tor und ließ sie gentlemanlike eintreten.

Krass, das war der Western Stall! Es handelte sich wieder um eine Stallung mit über hundert Pferdeboxen. Große Boxen, mit Paddock, wo die Pferde eigenständig heraus und herein gehen konnten. Ein Traum!

Es war angenehm kühl darin, und es fiel auf, dass wieder kein Ammoniakgeruch wahrzunehmen war, sondern nur der Duft von Heu und Kräutern. Die Pferde standen gechilled in den Boxen und knabberten am Heu.

„Hier stehen einige wirklich tolle Champions zum Verkauf, meine Ladys!", begann Joe die Führung.

Hier auf der rechten Seite seht ihr Hollywood Yankee Girl, daneben Hollywood Sunrise Kid in der Nachbarbox Tabasco Sunshine Girl und anschließend Black Iron.

Hier stehen auch Reiner- also Reining Pferde - ihr wisst ja, dass in Deutschland Reining, die Westernpferde-Dressur, sich zum beliebten Sport entwickeln hat. Wie ihr Bescheid wisst, wird Reining fast immer im Galopp geritten. Hier rechts vorne der vierte Wallach ist Burnt Cherokee in der supergeilen Farbe Chestnut, er ist eine Granate im Galopp. Bei seinen fliegenden Galoppwechseln, seinen schnellen Galoppzirkeln sowohl im Trab als auch im Galopp wird einem total schwindlig.

Gegenüber seht ihr den geilen Rapp-Wallach – der ist ein seltenes Exemplar. Black Thunder – die Farbe ist lackschwarz und bei

Quarter Horses echt ausgefallen. Er ist sechsjährig und er hat Spins drauf, megabeeindruckende Drehungen auf der Hinterhand.

Daneben steht ein erfahrener Appaloosa Wallach, er heißt Idaho Star, mit gechillten zwölf Jahren. Er ist tierisch turniererfahren und krass erfolgreich. Bei der Turnierprüfung werden die Basics der amerikanischen Cowboys – deren Arbeitsanforderungen zu Pferd geprüft. Das Besondere ist die einhändige Zügelführung mit Kontrolle des Pferdes am losen Zügel durch minimale Zügel-, Schenkel- und Gewichtshilfen. Genau das spiegelt die reale Arbeitswelt der Cowboys mit Rindern wider. Idaho Star schafft das alles total geschmeidig. Einfach aufsitzen und er macht auch fast immer, was man will von selbst.

Er ist ein Scheidungskind, eine total traurige Story. Die Reiterin war mit einem Zahnarzt verheiratet, der sie gegen ein jüngeres Modell ausgetauscht hat. Alleine kann sie sich das Pferd nicht leisten.

Ja, thats life, Ladys! Bei ihm können wir womöglich etwas am Preis drehen.

Na, ist schon etwas für dich dabei Anna? Wer von den tollen Typen hier lässt deinen Puls in die Höhe klettern?

Oder Bettina, was ist mit einem Zweitpferd?

Das ist jetzt total im Trend. Gell! In letzter Zeit verkaufe ich öfters Pferde im Doppelpack, meistens an arrivierte Frauen, so wie ihr.

Entweder haben die Reiter schon ein Pferd und deshalb möchten sie zusätzlich ein jüngeres- als Reserve quasi.

Oder ihr nehmt einen Reiner und obendrein ein sensationell ausgebildetes Pleasure Horse, so könnt ihr zu zwei unterschiedlichen Turnierprüfungen antreten.

Anna, du hast mir gar nicht verraten, was genau du für ein Pferd suchst. Du bist eine sportliche durchtrainierte Frau, wie ich das so sehe.

Ich habe sogar einige Polopferde hier, original aus Argentinien oder arabische Endurance - Pferde. Das sind echte Kampfmaschinen, diese geilen Vollblüter, direkt aus dem Gestüt eines Scheichs.

Anna bemühte sich, nicht Bettina ihre Schwester anzusehen, damit sie nicht vor Lachen losprusten musste. So versuchte, sie absolut arglos zu schauen.

„Nee, Joe ich glaube, ich möchte eine brave, ruhige schon etwas ältere Quarter Horse Stute."

„Ich reite nicht so viel- aus Zeitgründen. Und nur ein bissen im Wald."

„Okay, Anna ich verstehe. Du brauchst ein Pferd zum Kuscheln und um deine Seele baumeln zu lassen, Abstand vom Alltagsstress, null Druck und dazu kein Turnierstress.

Naturverbunden wie ein lonely Cowgirl in den orangefarbenen Sonnenuntergang hineinreiten. Gell! Madla!

Da liegst du total im Trend. Viele Ladys kaufen sich aus diesen Gründen ein Pferd. Stellt euch mal vor, im Gegensatz zu Euch beiden, können diese Frauen gar nicht reiten. Sie wollen es gar nicht lernen. Die Welt ist verrückt geworden.

Die Ladys sind total happy, wenn sie das Pferd betütteln und pflegen. Sie gehen am Strick spazieren wie mit einem Hund. Sie befassen sich mit etwas Bodenarbeit - was sie halt darunter verstehen. Kruzifix, da soll einer durchblicken.

Gerne kaufen sie Pferde aus übler Haltung, oder weil sie platt auf den Beinen sind und sogar unreitbar.

Ja, Mädels, ihr seht es, es gibt für jeden Spleen einen Markt- ich erfülle sämtliche Wünsche- fast alle!

Gell, dann schauen wir zu den Quarter Horse-Stuten rüber. Da werdet ihr große Augen machen."

Als sie aus dem Gebäude ins Freie traten, um in den anderen Stall zu gelangen, war es inzwischen noch heißer geworden. Bettina fragte deshalb Joe, ob sie Billy den Aussi aus dem Auto herausholen dürfe.

„Ja, freilich", antwortete Joe, „Jenny und Jonny sind manierlich erzogen und es wird mit den drei Hunden keine Probleme geben."

Flugs ging Bettina zum Auto und holte Billy, während Joe und Anna vor dem Stutenstall auf sie warteten. „Wenn du willst, kann ich dir inzwischen mal unsere Sattelkammer zeigen."

Anna stimmte gerne zu, denn fremde Sattelkammern erweckten ihre Neugierde. So sind halt pferdeverrückte Frauen.

Die Sattelkammer war eine große besonders vorzüglich renovierte Scheune. Alles war weiß gestrichen, nur die Holzbalken an der Decke und an den Wänden waren naturbelassen in braunem Holz.

Die schweren Leder - Westernsättel waren auf ihren stabilen Sattelhaltern in Reih und Glied an der Wand befestigt.

An einer anderen Wand befanden sich die einzelnen Trensen und Hilfszügel ebenfalls ordentlich an den passenden Trensenhaltern.

An den Sätteln und an den Zaumzeugen waren jeweils die Namen der Pferde angebracht,

Bei Joe konnte man gleich den Sattel und die Trense des Pferdes dazu kaufen. Wie praktisch!

An der gegenüberliegenden Wand gab es mehr Sättel und Trensenhalter. Anna sah zahlreiche klassische Sättel, Dressur Sättel, Spring Sättel, Wanderreit - Sättel, Polo - Sättel und leichte, zierliche Endurance - Sättel.

Es roch nach Leder, Honig und Öl. Das Equipment glänzte, denn es war alles eingeölt.

Anna war beeindruckt!

Joe und sie traten wieder hinaus auf den Hof und da stand Bettina mit Billy. Sofort stürzten sich die zwei Cattle Dogs auf Billy, um ihn zu beschnüffeln. Beschieden aber, dass er keine Gefahr darstellte, und liefen ein weiteres Mal wie ein Schatten hinter Joe her, der die beiden Schwestern in den Stutenstall führte.

Dieser Stall war riesig, gepflegt und es roch hier wieder angenehm. Für Anna war das ein wichtiges Kriterium, dass es in einem Stall nicht nach Ammoniak oder Schimmel stank; denn dadurch waren nicht Probleme mit den Hufen-die Strahlfäule oder Mauke- vorprogrammiert.

Bei Schimmelgeruch war entweder das Stroh oder Heu schimmlig, was Vergiftungserscheinungen und erhöhte Leberwerte bei Pferden zur Folge haben kann.

Aber es kann auch zu Allergien und Probleme mit der Lunge bis hin zur Dämpfigkeit führen.

Die Stuten standen in ihren Boxen, konnten aber wenn sie wollten, durch einen dicken Lamellenplastikvorhang auf ihr Einzelpaddock gehen.

„Schaut, mal ihr beiden!" Joe war in Höchstform - hier habe ich eine spitzenmäßige Lady mit einem supertollen Exterieur. Quasi 80:60:80! Das ist Up into the Blue, eine zehnjährige megaerfolgreiche Schimmelstute. Sie ist etwas größer- typischer Pleasure Typ und mit einem gepfefferten Vollblutanteil. Sie macht Galoppwechsel total auf den Punkt. Sie hat eine hohe Leistungsbereitschaft und ist unglaublich intelligent - das Luder! „Na Anna, hast doch Lust auf so eine Chica? „

Ah, schau mal, wen haben wir denn da? Daneben steht Preppy Moonlight – Bettina, die ist mit deiner Preppy verwandt. Ist sie nicht schön? Chestnut ist schon eine geile Farbe, oder?! So ein Dunkelfuchs macht schon was her.

Sie ist super geritten. Wie ihr wisst, versteht man unter dem Interieur eines Pferdes beim Westernreiten ein hohes Maß an Konzentration. Deshalb werden ausgeglichene und nervenstarke Pferde gezüchtet, die leicht zu trainieren sind und mit Spaß und Fokussierung zu reiten sind.

Preppy Moonlight steht seit sechs Wochen bei mir. Sie gehört einem Zahnklempner, der keinen Bock mehr auf Pferde hat und jetzt lieber eine Cessna fliegt.

Ach Gott, Mädels - Zahnarzt müsste man sein! Da hat man automatisch die Lizenz zum Gelddrucken und kriegt all die wunderhübschen jungen Dinger dazu!

Schaut mal da hinten, da habe ich noch eine bombige Stute.

Sie ist achtjährig und erst vor 2 Jahren angeritten, aber derzeit nicht voll ausgebildet."

Zu dritt mit drei Hunden im Schlepptau gingen sie zum Ende des Stalls. Sie kamen an der letzten Box auf der rechten Seite an und Joe pfiff mit beiden Händen. Sofort streckte ein Pferdekopf sich über die Boxentür. Es handelte sich um ein umwerfend schönes Pferd im Barbie Style. Es war eine goldfarbene Stute mit langer weißer Mähne.

„Darf ich vorstellen- das ist Smart Golden Girl „., grinste Joe und deutete eine Verbeugung an.

„Sie ist eine Quarterstute mit dem typischen flachen Gang der Westernpferde, die dennoch genug Schwung aus der Hinterhand mitbringen, damit sie die anspruchsvollen Galoppwechsel absolvieren zu können.

Sie reagiert auf die kleinsten Hilfen der Reiter.

Ein affengeiles Pferd. Na Anna wär´s das? Oder Bettina, als Zweitpferd eine nachhaltige Investition, sicherer als eine Aktie."

Die Schwestern waren allen Ernstes beeindruckt, jedes Pferd bezaubernder als das andere. Die Stallungen waren äußerst gepflegt und Joe total charmant und geschäftstüchtig.

Nur waren sie nicht von ihrem Ziel abzubringen, Strawberry zu finden. Deshalb mussten sie vorsichtig und diplomatisch vorgehen.

„Joe kann ich doch einmal zwei Pferde probereiten. Mich würde Preppy Moonlight und der Wallach Black Thunder aus dem anderen Stall interessieren, aber bitte ohne Verpflichtung!

Na, freilich, mei Gute, du kannst alle meine Pferde probereiten, sogar die Nacht durch - ich habe für solche Fälle auch ein Gästezimmer!

Bettina konnte nicht anders und grinste und sagte:" Allmächt Anna!! Dass du dich nicht augenblicklich verliebst. Der Aufenthalt hier ist total gefährlich."

Joe telefonierte unterdessen mit seinem Handy und nickte Anna zu.

„Da kommen jetzt meine beiden Mitarbeiter Josef und Kosta. Josef wird dir die Pferde satteln und Kosta ist einer meiner Bereiter. Er wird dir Fragen zu den einzelnen Pferden beantworten und dir helfen, falls du es nötig hast. Wenn du es verlangst, kann er dir die Pferde auch vorreiten. Es gibt die Möglichkeit, sie vorzureiten und danach setzt du dich drauf. Meine Prinzessin, sage mir, was du willst! Dein Wunsch ist mir Befehl!"

Anna lachte und sagte: „Danke schön für deine Bemühungen, lass mich einfach mal draufsetzen, ich möchte mal ein Feeling bekommen. Ich würde gerne in den Roundpen dafür gehen. Ist das Okay?"

„Na, freilich. Wie du willst. Prinzessin!

Ich gehe mal zum Auto, damit ich meine Riding Chaps und den Helm holen kann.

Bin gleich wieder da."

Sie gingen mit Billy zurück zum Parkplatz, wo Anna aus dem Kofferraum ihre pinkfarbenen Chaps und ihren Reithelm aus der Tasche nahm.

Bettina war recht nervös und sagte zu ihrer Schwester: „Du spinnst doch! Das ist doch zu gefährlich. Du hast keine Ahnung wie lange die Pferde schon stehen! Du weißt nicht, ob sie nicht abgedreht sind. Oder jemand spritzt denen schnell etwas! Stell dir vor du wirst abgeworfen."

„Bettina. Relax! Ich weiß schon, was ich tue. Und das ganze Leben ist brandgefährlich. No Risk no Fun!

Halt jetzt deine Klappe. Während ich reite, wirst du Joe ausfragen, und zwar über Franky und Starlight Preppy. Ich dafür werden den Bereiter und den Pferdepfleger ausquetschen.

Nach dem Reiten habe ich die Absicht, unbedingt in den Stall zu gehen, den er uns vorenthalten hat. Ich vermute Strawberry ist dort eingestallt."

Zusammen gingen sie wieder zu Joe zurück, der vor dem Roundpen wartete.

Kosta hatte Black Thunder gesattelt und getrenst und er sah noch stattlicher und ausdrucksvoller aus, Kosta drückte Anna den Zügel in die Hand und hielt das Tor zum Roundpen auf.

Anna machte sich zuerst mit dem Pferd bekannt, in dem sie ganz still vor ihm stand und den Wallach an ihren Händen riechen ließ. Danach streichelte sie ihn am Hals und beidseitig an der Brust, bevor sie in den Sattel stieg.

Sie ging zunächst ein paar Schrittrunden um die Muskulatur des Pferdes aufzuwärmen und um die Lymphe an den Beinen zu aktivieren.

Sie war total locker und entspannt und lies sich auf den Wallach ein. Sie ritt einige kleine Zirkel auf beiden Händen.

Sie probierte das Anhalten, Losgehen und das Rückwärtsgehen. Als dies alles funktionierte, beschloss sie, eine Übung im Trab und im Joke zu reiten, anschließend das Ganze im Galopp. Der Wallach war ehrlich gesagt sehr angenehm zu reiten und folgsam machte er alles, was Anna von ihm verlangte.

Im Anschluss ritt sie ihn abermals im Schritt, damit er sich entspannen konnte.

Kosta nahm ihn wieder an den Zügel und führte Black Thunder aus dem Roundpen und Josef brachte ihr Golden Girl. Mit ihr absolvierte sie das gleiche Programm. Die Stute war ebenfalls bezaubernd und sie hatte ein sicheres Gefühl.

Wenn Anna in Deutschland bleiben würde, dann das wusste sie, würde sie ein solches Pferd kaufen.

Aber so warteten in den Emiraten eine Menge Pferde auf sie und im Besonderen ihr Herzenspferd Amir Khan.

Als Anna fertig war, stieg sie ab und führte die Stute zu Josef und Kosta. Sie half ihnen beim Absatteln. Die beiden Pferde wurden mit dem Wasserschlauch abgespritzt und mit dem Schweißmesser abgezogen.

Anna ließ es sich nicht nehmen diese Aufgabe zu übernehmen. Das musste sie zwar nicht tun, aber es kam gut bei den Mitarbeitern an, wenn die Reiterinnen nicht so auf Prinzessin machten.

Anna fragte, unterdessen während sie die Pferde in die Boxen zurückführten. „Sag mal ich, habe eben gelesen, dass ihr hier einen Strawberry Kid stehen habt. Ist der aus der Linie von der Strawberry Girl entstammt?"

„Ja, ja" antwortet Kosta. „Der steht schon seit einem halben Jahr bei uns. Der Besitzer hat sich ein neues jüngeres Modell bei uns gekauft und hat ihn dafür eingetauscht.

Und eine Strawberry Girl aus der gleichen Linie, ist auch bei uns. Aber die ist schon älter und platt. Sie ist deshalb hinten im Privatstall von Joe aufgestallt, wo er seine eigenen Pferde hat."

„Ah ja, interessant! Steht denn Strawberry Girl auch zum Verkauf?"

„Ja, ich glaube schon. Musst mal den Joe fragen."

Anna bedankte sich bei den beiden Mitarbeitern und ging zurück zum Büro, wo sie Bettina mit Joe bei einem kalten Getränk antraf.

„Na wie wars?" Joe schaute erwartungsvoll, „habe ich zu viel versprochen?"

„Joe, danke schön, es war echt Hammer! Die beiden Pferde sind toll gegangen. So professionell kann ich gar nicht reiten. Wie gesagt, ich bin nur ein sogenannter Buschreiter. Für mich tut`s auch ein älteres Tier."

„Na, na, na, jetzt stell doch mal dein Licht nicht so unter den Scheffel."

„Joe, was hältst du davon, wenn du uns auch noch den letzten Stall zeigst? Es besteht die Möglichkeit, dass in deinem privaten Stall das richtige Pferd für mich dabei ist."

„Aha mein Privatstall! Freilich, den könnt ihr schon sehen. Da stehen die Perlen! Da werdet ihr sprachlos sein!"

Sie machten sie sich auf den Weg nach draußen, wieder die drei Hunde im Gefolge. Außen im Hof traf sie fast der Schlag, es war inzwischen unangenehm heiß geworden.

Sie liefen in Richtung Privatstall - das Gebäude war wie die anderen ebenfalls rosa gestrichen.

Joe hielt Anna und Bettina die Stalltüre auf, damit sie vor ihm eintreten konnten.

Der Privatstall war kleiner und es befanden sich zirka fünfundzwanzig Boxen darin.

Es standen hier einige Senioren, große Warmblüter, zwei Haflinger, drei Fliegenschimmel Vollblutaraber, ein Achal - Tekkiner, sowie zwei Lipizzaner.

Es gab einige Quarter Horses, Paints und Appaloosa. Und welch Überraschung – Strawberry befand sich darunter.

Anna hörte wie Bettina, die neben ihr stand, scharf die Luft einzog.

Joe stellte unterdessen den beiden Schwestern alle Pferde vor, indem er wieder die Vorzüge der Tiere, deren Abstammung, sowie den Trainings - und Ausbildungsstand und die Geschichte der Pferde hervorhob.

Als sie vor der Box von Strawberry standen, streckte die Stute ihren Kopf heraus und wieherte leicht.

„Na sowas, was hat sie denn heute? Bei mir macht sie das nie. Ihr zwei Ladys habt halt Good Vibrations.

Darf ich vorstellen: Die Dame heißt Starlight Strawberry und ist eine vierzehnjährige Quarter Horse Stute. Ihre außergewöhnliche Farbe nennt sich Red Roan.

Roan ist nur eine Abweichung der beiden Grundfarben und basiert auf dem Rot-Gen.

Die weißen Stichelhärchen sind deshalb keine Alterserscheinung, sondern speziell typbedingt. Geboren ist sie in Idaho, USA und sie hat eine exzellente Abstammung und Papiere, außerdem sie ist klasse ausgebildet.

Sie ist zum zweiten Male hier bei uns. Ich hatte sie vor einigen Jahren von einem Zahnarzt, ja genau schon wieder von so einem Zahnklempner in Zahlung genommen.

Joe lachte dröhnend und haute sich dabei auf den rechten Oberschenkel. Ich habe mir fest vorgenommen, dass ich in meinem nächsten Leben so ein Plomben Füller werde, dann habe ich die Lizenz zum reich werden und schleppe die heißesten Bräute ab.“

Bettina und Anna wechselnden einen schnellen Blick, der besagte, dass der Typ unmöglich war. Joe sprach indes weiter: „Aber zurück zu der Stute, der Zahnarzt hat ein jüngeres Pferd mitgenommen und Starlight Strawberry habe ich dann decken lassen und habe das Fohlen teuer verkauft. Danach wurde Strawberry von einem Kumpel von mir gekauft. Ich habe ihm einen guten Preis gemacht, da er chronisch blank ist. Er ist Trainer und so ein „Möchtegern - Cowboyverschnitt" und brauchte ein neues Schulpferd. Und Strawberry ist eine Lebensversicherung, lieb, ruhig, gechillt und eine Seele von Pferd.

Irgendwann kam der Typ wieder angeschlichen und forderte dringend Geld und bot mir die Stute wieder zum Verkauf an. Ich machte mit ihm den Deal. Es war für mich ein ausgezeichnetes Schnäppchen, denn er war wieder total abgebrannt. Er brauchte eilig jeden Cent. Er ist ein totaler Zocker und fährt fast jedes zweite Wochenende nach Ash in die Tschechei. Dort gibt es eine Menge Casinos, aber in der Hauptsache illegale Pokerrunden und Nutten an jeder Ecke.

Er ist total abhängig von der Spielsucht und hat echt miese Typen am Hals, denen er eine Menge Geld schuldet.

Meistens fuhr er mit dem Auto oder der Bahn zu dem Veranstaltungsort. Sein Arbeitgeber buchte immer schöne Hotels und bezahlte alle Spesen. Fast alle, denn an diesem Wochenende gönnte er sich einige private Extras, die er nicht auf die Spesenrechnung setzen, konnte. Letzten Monat war er mit seinen Kollegen geschäftlich auf einer Konferenz in Düsseldorf. Es handelte sich um eine Wochenendveranstaltung von Freitag bis Sonntagmorgen. Die Heimreise fand Sonntag nachmittags statt. Diese Wochenenden liebte er, denn das war wie Urlaub für ihn.

ZEHN

Der Kuscheltierfriedhof

Samstag 24. August

Es roch furchtbar! Der Gestank war unbeschreiblich und trotz seiner FFP 2 Maske musste sich Kommissar Bernd Bayer darauf konzentrieren durch den Mund zu atmen, da er befürchtete, sich jeden Augenblick übergeben zu müssen. Ursache dafür war eine Mischung aus Urin, Exkrementen, etwas Süßlichem wie Verwesungsgeruch und Schimmel.

Roland, sein Kollege und Vorgesetzter, hatte ebenfalls mit dem bestialischen Gestank zu kämpfen, der das ganze Haus verpestete.

Sie befanden sich im Zuhause der ermordeten Hildegard K.

Die Beamten waren mittlerweile hart im Nehmen, da sie im Laufe der Jahre schon einiges gesehen hatten. Doch das Haus hier war vollkommen vermüllt. Es gab kaum einen Platz, der nicht vollgestellt war. Überall waren Gerümpel, stapelweise Zeitungen, sowie Hunde - und Pferdezeitschriften, welche inzwischen verblichen waren. Dem Datum nach waren diese teilweise dreißig Jahre alt.

Sie hatten sich durch den engen, mit Kartons und gelben Müllsäcken voller leerer stinkender Hundekonserven vollgestellten Flur durchgekämpft, der mit Hundekot übersät war.

Nun standen sie in einem Raum im Erdgeschoss, der vermutlich das Wohnzimmer sein sollte. Sie machten es daran fest, dass sich hier eine beigefarbene abgewohnte Sofalandschaft befand. Diese war übersät von Flecken in allen Farben des Regenbogens. Die Seitenteile waren von Katzenkrallen total aufgelöst und hingen in Fetzen herab.

An der gegenüberliegenden Wand stand auf einer alten verkratzen Holzkommode ein Fernsehgerät. Alle ehemals weiß gestrichenen Wände waren vom Zigarettenrauch vergilbt.

Ansonsten gab es noch einen braunen ebenfalls mit Flecken übersäten Teppich, der teilweise mit weißem Schimmelbelag bedeckt war.

Es standen vier Katzenklos in verschiedenen Größen im Raum. Die Einstreu war schon lange nicht mehr gewechselt worden und war durchtränkt von Urin und verdreckt mit Kot. Es roch widerlich. Fünf rote Glückskatzen konnten die Beamten zählen, bevor diese blitzschnell weghuschten und sich im Gerümpel versteckten. Überall im Raum waren Kartons und Verpackungsmaterial sowie Kunststoffblister aufgetürmt.

Auf fünf Holzböcken waren unterschiedliche Sättel aufgelegt. Trensen, Gebisse, Kopfstücke, Lederriemen, Longen, Peitschen, Reitgerten, Reitstiefel, Pferdeputzzeug, mehrere Pferdedecken, Hundemäntel für alle Wetterlagen sowie Hundegeschirre und Halsbänder mit passenden Leinen waren wild durcheinander gestapelt.

Mit weißen Latexhandschuhen und Mundschutz arbeiteten sich Roland und Bernd von Raum zu Raum weiter.

Selbst das Schlafzimmer war total vermüllt. Die Küche und das Badezimmer waren die Highlights. Die alte heruntergekommene Einbauküche war vollgestellt mit schmutzigem und eingetrocknetem Geschirr. Der Elektroherd war mit Essensresten verkrustet. In zwei riesigen Metalltöpfen waren gekochte Kutteln, die sich bereits in Auflösung befanden und ebenfalls furchtbar stanken. Hier standen überall Müllberge im Raum verteil herum und nachhaltig in gelben Müllsäcken entsorgte Hunde- und Katzenfutterdosen. Die Reste in den Dosen waren inzwischen verwest und es krabbelten unzählige weiße Maden in den Konservendosen und auch außerhalb der Säcke auf dem Küchenboden.

Das Badezimmer war ebenfalls vollkommen zugestellt und die Fliesen waren total verdreckt. Die Badewanne wurde vermutlich ebenfalls als

Katzenklo zweckentfremdet, denn es befanden sich etliche Kotreste darin.

Die Fugen der Fliesen, die vermutlich ehemals weiß gewesen sein mussten, waren voll mit schwarzem Schimmel.

Es gab einen alten klassischen Badezimmerschrank mit drei Spiegeltüren. Am Rande des ebenfalls schmutzigen Waschbeckens lag eine ovale Kunststoffhaarbürste. Darin befanden sich etliche Büschel Haare des Opfers.

An der anderen Seite des Beckens stand ein Pappbecher einer hiesigen Bäckerei. Darin war eine einzelne grüne total abgeriebene Zahnbürste.

Neben dem Toilettensitz lagerten stapelweise Frauenzeitschriften.

Hildegard hatte sich vermutlich während ihrer Sitzungen über Promis informiert.

Die beiden Kommissare entschieden sich noch den Gartenbereich in Augenschein zu nehmen.

Sie traten hintereinander durch die Terrassentür in den angrenzenden Garten hinaus. Es war ein langer Schlauch, der die Bezeichnung Garten nicht verdiente. Selbst hier herrschte Chaos. Der Rasen war einem Stück Erde gewichen und die Bäume und Büsche waren total verwildert. Blumen gab es keine, aber dafür stand allerlei Gerümpel herum. Es handelte sich um verrostete Metallteile, Rohre, Steine, eine alte Nähmaschine, eine korrodiert Schubkarre, Holz- und Plastikkisten und Ähnliches.

Es gab zahlreiche hölzerne Hasenställe an der Längsseite des Gartens, welche sich direkt unter den verwilderten Bäumen befanden. Langsam näherten sich beide, immer noch mit Mundschutz und Hygienehandschuhen, den Käfigen. Es waren genau 46 uralte Holzkäfige und in den oberen Reihen waren zahlreiche Karnickel und Hasen in allen Größen und Farben untergebracht. Roland und Bernd verstanden nichts von den Nagern, aber sie waren sich sicher, dass zu viele Tiere auf engem Raum zusammengepfercht waren.

Einige Tiere hatten blutige Stellen am Körper, die ganz offensichtlich nach Bissverletzungen aussahen, die sich die Tiere selbst beigebracht hatten.

In der Mitte der zahlreichen Käfige befanden sich Meerschweinchen in allen Farbschattierungen und Wachstumsphasen. Einige von ihnen hatten vereiterte Augen. Grüner, hochansteckender Eiter lief auch aus den Nasen von einigen Nagern.

Roland und Bern schüttelten nur den Kopf über so viel Leid. Bernd ging in die Hocke, um die unteren Gehege zu inspizieren. „Allmächt! Roland, Roland! Schau mal! „"

„Boah, das ist krass." Erschrocken beugte sich Hauptkommissar Roland Wagner zu dem sich in der Hocke befindlichen Bernd und den unteren Käfigen hinunter.

Was er da sah, erschütterte den hartgesottenen Kriminalbeamten.

In den Käfigen befanden sich nur tote Meerschweinchen und einige Chinchilla Hasen. Sie waren teilweise bereits skelettiert. Einige lagen mit aufgeblähten Bäuchen in den Käfigen, andere wiederum waren an ihren Verletzungen verendet oder verhungert.

Auch ein mumifizierter Hundewelpe war dabei.

„Komm pack mers Bernd, für heute reicht´s. Wir schicken jetzt die Kollegen von der Spusi rein."

Sie wollten eigentlich gleich zur Gartentüre hinaus zu ihrem Auto, aber die war mit einem Schloss und einer fetten Metallkette verrammelt. Schweigend bahnten sie sich einen Weg durch das Gerümpel und traten durch die Terrassentür zurück ins Haus und verließen das den Friedhof der toten Kuscheltiere wieder durch die Eingangstüre.

Vor dem Kofferraum ihres Dienstwagens entfernten sie die Masken, Handschuhe und Einweg-Überzieher der Schuhe und entsorgten alles in einem Müllsack. Sie desinfizierten sich beide schweigend ihre Hände.

Bernd sagte zu Roland: „Ich freue mich jetzt wahnsinnig auf eine Dusche und eine Ganzkörperdesinfektion von außen und innen."

„Für heute habe ich die Schnauze voll. Man soll ja Toten nichts Schlechtes nachsagen, aber diese Alte war eine richtige Hexe. So ein Dreckschwein und sowas ist angeblich Tierschützerin und Klimaaktivistin."

Sie stiegen in den Dienstwagen und Roland lieferte Bernd zuhause ab. „Wir sehen uns morgen um 10 Uhr im Büro, da werden wir auch den Bericht der Spurensicherung schon bekommen haben. Tschüs und trotzdem noch einen schönen Abend."

Den Sex, den er sich so grandios vorgestellt hatte und den er bisher nur vom Hörensagen kannte, war in Sekundenschnelle vorbei. Wie in Trance gelangte er wieder zurück zu seinem Hotel. Er konnte die ganze Nacht kein Auge zu tun, denn das schlechte Gewissen plagte ihn. Sie durfte nichts davon erfahren. Er dachte sich schon eine plausible Ausrede aus, wenn sie ihn nach seinem Abend in Nürnberg ausfragen würde.

Entscheidungen

Samstag 24. August

Joe, Anna und Bettina standen nun vor der Pferdebox von Strawberry. Die beiden Schwestern taten uninteressiert, damit Joe nicht bemerkte, dass die Stute der wahre Grund ihres Besuchs war.

Ich habe Strawberry erneut decken lassen, dieses Mal von einem Top Champion aus der Hollywood Dune Linie.

Sie hat vor kurzem abgefohlt und muss jetzt etwas aufgepäppelt werden. Sie steht deshalb hier im Privatstall und ist zurzeit nicht verkaufsbereit.

Bettina hatte inzwischen die Boxentüre geöffnet und war in die Box hinein gegangen. Strawberry wendet sie sich sofort Bettina zu und wieherte wieder leicht.

Bettina hielt ihr beide Handflächen hin und das Pferd schnupperte aufmerksam daran. Es war klar, dass Strawberry umgehend Bettina erkannte. Nur Joe bemerkte es nicht, obwohl er sich wunderte, wie zutraulich die Stute auf Bettina reagierte.

„Na, Bettina nicht Lust auf ein Zweitpferd? Wie wäre es mit Strawberry? Die Größe würde schon mal passen.

Anna was ist mit Dir? Wäre die Stute etwas für dich? Da hättest du keinen Stress. Wollt ihr sie mal probereiten?"

„Na klar, sagte Anna, „so machen wir es, ich setze mich im Roundpen mal auf sie drauf. Wie lange wurde sie nicht mehr geritten, ehrlich Joe?"

Joe kratzte sich am Kinn und sagte „na ja, ich glaube etwas über ein Jahr.

Aber Anna, das rockst du schon."

Rasch beorderte er über sein Mobiltelefon Josef, damit er Strawberrys Sattel und Trense in den Roundpen bringen soll.

Bettina, Anna, Joe und die drei Hunde schritten nach zirka zehn Minuten wieder über den Hof zum Roundpen.

Am Tor wartete Kosta mit Strawberry an der Hand. Er öffnete mit der linken Hand das Tor und gab Anna mit der rechten Hand den Zügel.

Wieder machte sich Anna erst mit der Stute vertraut und probierte zuerst einige Übungen am Boden.

Dann setzte sie ihren Reithelm auf, zog ihre Chaps an und schlüpfte in ihre Reithandschuhe. Sie stieg in den Sattel und begann vorsichtig die

Basics abzurufen. Strawberry reagierte etwas verhalten und zögerlich, führte aber gehorsam alles, was Anna anfragte, aus.

Bettina, Joe und seine beiden Mitarbeiter standen außen am Roundpen wie beim Rodeo und sahen gespannt zu.

Es war aufregend, denn es konnte leicht eine Rodeo Veranstaltung aus dem Proberitt werden. Anna fand gleich einen positiven Draht zu Strawberry und sie hoffte, dass die Stute nicht plötzlich ausflippte und buckelte. Das würde ihre Schwester nur verunsichern und das Schicksal von Strawberry wäre besiegelt - als Verkaufspferd- sprich Wanderpokal oder schlimmer noch als Schlachtpferd auf dem Weg nach Italien oder Rumänien.

Zwanzig Minuten später beendete Anna die kleine Vorführung mit einem langzogen, tiefen Whoaa und die Stute blieb augenblicklich stehen.

Anna stieg vom Pferd ab und Kosta nahm sie ihr ab und führte sie zurück zu den Stallungen.

„Na und wie?", Joe sah beide Schwestern fragend an.

Anna lachte und sagte zu Joe „na ja du hast nicht untertrieben, die Stute ist eine Lebensversicherung. Unglücklicherweise hatte ich das Gefühl, dass sie etwas unsauber auf der rechten Hinterhand gelaufen ist.

Was hältst du davon, wenn wir auf dein freundliches Angebot von vorhin zurückkommen und gemeinsam in deinem kühlen Büro etwas trinken. Dabei können wir über die Stute sprechen."

„Na freilich meine Ladys. Kommt mit und lasst uns reden".

Gemeinsam immer zusammen mit den drei Hunden erreichten sie das Büro von Joe. Die Hunde legten sich sofort ins Hundebett, sogar Billy war mit von der Partie.

Nachdem Joe allen eine kalte, hausgemachte Zitronenlimonade mit frischem Ingwer und Eiswürfeln eingeschenkt hatte, lehnte er sich zurück und grinste und sagte: „Gell die Erdbeere gefällt euch!". Dabei dehnte er mit seinem bayerischen Dialekt den Namen der Stute so, dass es wie Erdbäääär klang.

„Ja", erwiderte Bettina, was ist mit ihrer Hinterhand los?"

„Na ja", druckste er etwas herum – „sie hatte Probleme mit der Sehne, als sie nach dem Abfohlen wieder kam.

Ich hatte sie bei einem anderen Kumpel untergestellt."

Anna, die ja verhandlungstechnisch mit allen Wassern gewaschen war, zählte zusätzliche Mängel bzw. gesundheitliche Einschränkungen auf, die sie bemerkt haben, wollte. Joe war entrüstet. „Mei, Mädels mit mir könnt ihr doch reden, wie mit einem Pfarrer – bloß nicht so lang."

„Ich gebe euch einen anständigen Preis! Mir ist auch lieber, wenn ein Pferd ein passendes Zuhause bekommt. Und bei dir bin ich mir sicher, wird sie es guthaben und ihr werdet sie ganz bestimmt nicht umtauschen.

Ich möchte nur 6000 € und ihr könnt sie gleich einpacken.

Anna lachte laut und brachte ihrerseits Argumente vor, warum die Summe nicht angemessen war.

So ging es immer hin und her. Aber auf eine charmante und witzige Art und Weise. Das Feilschen machte allen Beteiligten Spaß.

„Joe! Letzter Vorschlag! Wir nehmen die Erdbäääre für 4000.-€ und du gibst uns den Sattel, das Blanket und das Zaumzeug dazu.

Wir brauchen keine Rechnung und können sofort bar bezahlen. Du leihst uns deinen Hänger und wir nehmen Strawberry gleich mit. Wenn du demnächst in unserer Nähe bist, dann nimmst du deinen Pferdehänger wieder mit.“

„Mei, Mädels ihr macht mich echt fertig! Aber schön ich bin einverstanden. Hand drauf.“

Nachdem sie alle eingeschlagen hatten, rief Joe wieder Josef an und bat ihn, Strawberry reisefertig zu machen.

„Ach ja, sagte Bettina zu Joe, eine Bitte habe ich noch am Schluss.“

„Nein, nicht schon wieder!", rief Joe „jetzt wollt ihr wahrscheinlich auch noch meinen Lieblings Mercedes!" „Ja, der würde uns sehr gefallen. Aber wir möchten etwas anderes von dir. Bitte erwähne nichts von alledem gegenüber Franky. Bitte dein Ehrenwort und die Hand drauf."

„Okay, Okay großes Cowboy Ehrenwort", sagte Joe und gab erst Bettina und anschließend Anna die Hand.

30 Minuten später hatte Joe den Pferdehänger an Bettinas BMW Anhängerkupplung angebracht. Der rosemetallic - farbene Pferdetransporter war im Innenraum reisefertig. Es war frisches Stroh am Boden eingestreut und es gab zwei Heunetze - selbstverständlich natürlich in Pink - die mit frischem Heu gefüllt waren, damit die Stute während der Fahrt eine Beschäftigung hatte. Außerdem wurde von Joe ein großer Eimer mit frischem Wasser zur Verfügung gestellt.

Joe übergab ihnen die Papiere der Stute, den Equidenpass, die Eigentumsurkunde und den Impfpass.

„So jetzt ist sie Dein! Und wir sind quitt!"

Bettina nickte erleichtert. „Bitte lasse mich Strawberry in den Hänger führen", sprachs und nahm Joe den Führstrick aus der Hand.

Strawberry folgte ihr willig die Rampe hoch und ließ sich in der Box anbinden.

Die Männer schlossen gemeinsam die hintere Klappe des Pferdetransporters und verriegelten diese.

Nachdem Bettina und Anna sich von Joe und seinen Mitarbeitern verabschiedet hatten, starteten sie den BMW und traten die Heimreise an.

Nachdem die den Hof verlassen hatten, kreischten sie im Auto und schüttelten sich vor Lachen. „Mei, das war cool, jetzt haben wir Strawberry wieder und geben sie nie mehr her."

Sie hatten im Vorfeld beschlossen, Strawberry bei einer Freundin auf einem Bauernhof in der Nähe von Coburg unterzubringen. Gut Krähenbühl war für Bettina keine Option gewesen, da sie wegen Franky total sauer war und auch aufgrund der Vorkommnisse in der letzten Zeit sehr beunruhigt war.

Sie erzählte, dass sie demnächst Preppy in einen neuen Stall umstellen wolle. Sie hatte sich bereits auf die Warteliste eines guten Stalls setzen lassen und hatte vor, sobald wie möglich umzuziehen. Sie hatte vor, Strawberry mit dazu zu nehmen.

Anna konnte ihre Schwester gut verstehen und hoffte, dass bald ein Platz im neuen Stall frei werden würde.

So verlief die Heimfahrt nach Coburg kurzweilig, denn sie hatten sich viel zu erzählen. Bettina hatte auch noch einige interessante Informationen über Franky von Joe erfahren.

Er hatte eine Affäre mit Irina. Wow, so eine Überraschung. Er musste sie bei Laune halten, denn wenn sie mit ihren vier Pferden Gut Krähenbühl verlassen würde, hätte er einen totalen Umsatzverlust. Er könnte ihr keine neuen Pferde mehr besorgen. Er verkaufte früher auch die Warmblüter Iwan, Juri, Tolstoi und Katharina an Irina, die er von Joe bekommen hatte. Unglaublich!

Außerdem hatte er noch eine gute Verbindung über den Pferdepfleger Radu von Gut Krähenbühl in die Tschechei.

Auch von dort hatte er schon Pferde verkauft. Es hatte sich herausgestellt, dass Strawberry zuerst in Tschechien war, bevor sie dann schließlich wieder bei Joe landete. Außerdem fuhr er regelmäßig nach Tschechien, um in Casinos zu spielen und Prostituierte zu besuchen.

Joe vermutete, dass er Spielschulden hat, deshalb versuchte er, ständig die Pferde seiner Kundinnen zu verkaufen und ihnen neue, gegen Aufpreis, anzudrehen.

Joe äußerte die Befürchtung, dass Frank sich in gefährlicher Gesellschaft befand und es für ihn übel ausgehen könne.

Anna war sprachlos. Ihre Vermutung, dass er ein Schlitzohr war und ebenso ein Schaumschläger wurde von diesen Informationen noch übertroffen. Dieser Typ Mann konnte vielleicht jungen Mädchen imponieren, aber niemals Anna.

„Bettina, was meinst du? Vielleicht hängen die Vorkommnisse auf Gut Krähenbühl mit den kriminellen Machenschaften von Frank zusammen. Vielleicht einer Einschüchterung durch die Tschechenmafia?

Morgen rufe ich bei Hauptkommissar Roland Wagner an und lasse mir von ihm einen Termin geben. Er muss das wissen."

Und so fuhren sie ohne Unterbrechung und Staus gemütlich mit dem auffälligen rosemetallic farbenen Pferdehänger mit der braven Stute drin nach Hause.

Professionell wie immer war er während der Konferenz tagsüber mit Elan im Thema. Er ließ aber dennoch von Zeit zu Zeit zu Tagträumen hinreißen, wie er wohl seinen Abend gestalten würde. Dabei bemerkte er, wie er in der Hose hart wurde. Keiner bemerkte es, da er sein Notebook auf dem Schoss hatte.

ZWÖLF

Konsequenzen

Sonntag 25.August

Am nächsten Morgen fuhr Anna schon um 7 Uhr in den Stall. Sie hoffte, Frank vor dem Training anzutreffen, um mit ihm unter vier Augen zu sprechen.

Als sie ankam und ihr Auto parkte, war der Parkplatz leer, es waren keine anderen Reiterinnen oder Reiter im Stall.

Sie ging geradewegs an der Sattelkammer und dem Büro vorbei und klopfte an die Türe von Franks Wohnung, die im Erdgeschoss lag.

Es dauerte eine Weile, bis sich im inneren etwas regte, dann rumorte es und Frank öffnete die Türe. Er war schon gestiefelt und gespornt.

Er trug seine Wrangler Bell Bottom Jeans und den breiten Westerngürtel mit fetter Silberschnalle, dazu ein lila Westernhemd und passende Ledercowboystiefel. Sein Haar hatte er gegelt und straff nach hinten zu einem Pferdeschwanz frisiert.

Heute duftete er passend nach Egoist von Chanel. Anna wunderte sich, denn man sollte zu Pferden am besten unparfümiert gehen.

Als er Anna vor der Türe stehen sah, riss er erstaunt seine hellblauen Augen auf und grinste über das ganze Gesicht.

„Boah Anna, wie geil ist das denn?

Heute bekomme ich einen Hausbesuch von dir!

Siehst gut aus, Schneckerla!

Was kann ich für dich tun?"

Anna musste sich beherrschen, um ihn nicht gleich anzufauchen.

„Frank ich muss dich unter vier Augen sprechen. Kann ich eintreten? Es dauert nicht lange!"

„Oh la la, du gehst aber ran. Na, freilich komm rein ist mir eine Ehre."

Frank wollte ihr einen Platz in seiner Küche anbieten, in der es wie bei Hempels unterm Sofa- also total chaotisch aussah.

„Nein, ich bleibe stehen - es dauert nicht lang", sagte Anna.

„Okay, Frank jetzt lassen wir mal das Geplänkel, das kannst du bei kleinen Mädchen und frustrierten Hausfrauen anwenden, aber nicht bei mir.

Pass auf, ich weiß von deinen kriminellen Geschäften, was den Pferdehandel betrifft.

Ich weiß zudem, dass du zum Zocken regelmäßig in die Tschechei fährst und du einen Buckel voller Schulden hast.

Das alles ist mir scheißegal. Das ist dein armseliges Looser - Leben. Ich fordere dich auf, ab sofort meine Schwester Bettina in Ruhe zu lassen und auch nicht die Pferde deiner anderen Kundinnen so schlecht zu reden, damit du ihnen Neue besorgen kannst. An denen du dann wieder gut verdienst, sowie auch am Verkauf oder am Decken lassen der vorherigen Pferde."

Frank wollte zu einer Antwort ansetzen „Ja, aber", doch Anna schnitt ihm das Wort ab.

„Schluss mit dem Gelaber! Ich habe Beweise."

„Wenn du dich nicht ab sofort zurückhältst, dann fahre ich das ganze Programm.

Zuerst erstatte ich eine Anzeige wegen Betrugs gegen dich, danach eine Anzeige beim zuständigen Veterinäramt, dazu noch eine Mitteilung bei der FN - der reiterlichen Vereinigung und der Westernunion, damit sie dir deine Trainer Lizenz entziehen. Zu guter Letzt gibt´s auch noch eine Mitteilung an das Finanzamt, wegen Steuerhinterziehung und einen

Anruf bei Irinas Ehemann. Dein Arbeitgeber wird dir vermutlich kündigen und die Presse wird mit Genuss darüber berichten!"

„Du wirst in Deutschland keinen Job mehr als Pferdetrainer bekommen. Das garantiere ich dir,"

Frank, dessen Gesicht sich inzwischen dunkelrot verfärbt hatte und mit Schweißperlen übersät war, wollte wieder ansetzen um etwas zu erwidern,

„Halt die Klappe Frank!", sagte Anna mit scharfer Stimme.

„Es gibt nichts mehr hinzuzufügen." Anna machte kehrt und im Hinausgehen drehte sie sich in altbewährter Colombo Manier um und sagte zu ihm mit aller Verachtung in ihrer Stimme:

„Strawberry ist in Sicherheit- bei uns."

„Du Mistkerl!", sie knallte die Türe zu und ging in den Stall, um nach Starlight Preppy zu sehen.

Einige Kilometer entfernt fuhr der Tierarzt Dr. Müller in seinem Auto, als er einen Anruf bekam.

„Das ist ja ungeheuerlich! Mensch Manfred, bist du sicher? Das ist ein Hammer!"

Pferdetierarzt Dr. Thomas Müller saß in seinem schwarzen Freelander und wollte gerade nach Hause fahren, um sich dort in einem schattigen Bierkeller ein fränkisches Bier zu genehmigen. Er hatte sich locker mit einigen Freunden verabredet. Im Sommer war es ein beliebtes Ritual sich nach Feierabend in einem Keller zu treffen. So werden in Franken Schatten spendend Bierkeller auf dem Land genannt.

Der Ursprung eines Bierkellers geht lange Zeit zurück. Vor den Zeiten von Kühlanlagen besaßen die Brauereien Bierkeller, in denen auch Stangeneis gelagert wurde. Viele Keller sind heutzutage in Franken noch in Betrieb. Über dem Keller wurde eine Schänke erbaut. Man sitzt dort auf hölzernen Bierbänken und genießt die Abendstimmung bei gutem Bier. Es gibt dort auch Brotzeiten zu kaufen, wie Rettich und Radieschen in Salz, Emmentaler Brote, Käsevariationen und verschiedene regionale Wurstwaren.

In diesen Locations ist es auch üblich, seine eigene Brotzeit mitzubringen. So kann man eine Tischdecke, Servietten, Teller und Besteck mitbringen und sich mit der Familie und Freunden zum Abendbrot verabreden.

„Tom, ich wiederhole noch einmal: Die Pferde deiner Kundinnen wurden vergiftet. Definitiv vorsätzlich! Das ging schon über einen längeren Zeitraum.

Ich konnte in den Blutproben folgende Substanzen nachweisen:

Selen, Knoblauch, Schimmelpilze und Paracetamol."

Den Bericht dazu habe ich dir bereits mit allen Details und Parametern gemailt. Am besten du leitest ihn direkt an die Polizei weiter.

Die betroffenen Pferde benötigen eine Detoxbehandlung und engmaschige Kontrolluntersuchungen.

Aber was sag ich, das weißt du besser als ich. Wenn du noch etwas brauchst, oder wenn der Kommissar noch etwas wissen will, dann gerne jederzeit."

„Okay danke. Ich melde mich morgen bei dir." Tom checkte auf seinem Handy die E-Mail von Prof. Dr. Manfred Lechner, dem Leiter der Veterinär Uni in Leipzig und lud diese herunter. Manfred und er hatten einst in München zusammen Tiermedizin studiert und hatten sich nie aus den Augen verloren. Sorgfältig und konzentriert las er den vollständigen Bericht. Er war erschüttert über die kriminelle Energie, die der oder die Täterin hatte. Wie kann ein Mensch unschuldigen Pferden nur so etwas antun!" Morgen würde er als Erstes den Kommissar anrufen und einen Termin vereinbaren.

Er startete den Motor und fuhr zum Keller, um sich mit seinen Freunden zu treffen und um wieder vom Stress herunter zu kommen.

Heute war sie zum Geburtstag ihrer Cousine in Schwabach eingeladen. Das war sein Glückstag. Sie fuhr bereits am Morgen um 8 Uhr mit dem Zug weg und würde erst am Abend um 20 Uhr wieder zurück sein. Als ihr persönlicher Butler fuhr er sie natürlich pflichtschuldigst zum Bahnhof. Während der Fahrt zum Bahnhof gab sie ihm unentwegt Anweisungen was er alles, während ihrer Abwesenheit zu erledigen hätte. Außerdem erteilte sie wohlmeinende Ratschläge, dass er unbedingt das vorbereitet Mittag- und Abendessen essen soll. Wie gewöhnlich behandelte sie ihn wie einen unselbständigen Halbwüchsigen. Aber für heute hatte er sich etwas ganz besonders vorgenommen. Dafür hatte er jetzt genügend Zeit.

DREIZEHN

Überraschende Erkenntnisse

Montag 26. August

Am nächsten Morgen rief Tom den Hauptkommissar Roland Wagner an, um ihm die Ergebnisse der Laboruntersuchung der vergifteten Pferde mitzuteilen.

Sie vereinbarten, dass die Kriminalbeamten und er sich in einem Döner - Imbiss in der Nähe von Krähenbühl treffen wollten, da Dr. Müller einen Termin auf dem Gut hatte, um einige Impfungen an den Pferden durchzuführen.

Kurz nach den beiden Kommissaren, die heute wieder sommerlich leger in hellen Chinos und blauen und weißen Kurzarm - Hemden gekleidet waren, erreichte Tom den Imbiss und alle drei setzten sich nach innen, wo es angenehm kühl war.

„Hallo Doc, der Döner hier ist sehr zu empfehlen. Wir fahren öfters hierher. Außerdem haben die hier Lieferservice und wir lassen uns ab und zu etwas ins Büro bringen.", sagte Bernd Bayer und nickte eifrig mit dem Kopf.

Die drei Männer entschieden sich für jeweils einen Dürum - Döner dazu stilles Mineralwasser und je einen Ayran.

Nachdem sie gegessen hatten, packte Dr. Thomas Müller den Laborbericht aus dem DIN A 4 Briefumschlag aus und überreichte ihn Kommissar Roland Wagner, der das Dokument zusammen mit seinem Kollegen Bernd aufmerksam studierte.

„Wenn ich es richtig verstehe, dann wurden den Pferden gleichzeitig mehrere Substanzen verabreicht.

Es war kein Zufall, dass die Pferde eine Vergiftung erlitten hatten. Sie konnten die Wirkstoffe nicht aus Versehen aufgenommen haben."

„Wie geht es übrigens den Pferden, Doc?"

„Ich würde sagen den Umständen entsprechend. Die Blutwerte müssen engmaschig überwacht werden, aber Sie werden wieder ganz gesund werden.

Ich hoffe Sie werden den oder die Täterin schnell finden."

„Noch eine Frage Doc? Was ist ihre persönliche Meinung über den oder die Täterin? Haben Sie einen Verdacht?" Dr. Müller antwortete: „Das ist eine gute Frage, die habe ich mir selbst bereits gestellt. „In meiner beruflichen Laufbahn habe ich schon einiges erlebt, auch Vergiftungen bei Pferden."

„In diesem Fall handelt es sich um Substanzen, die jeder Laie total easy beschaffen kann. Es sind freiverkäufliche Produkte. Wie aber schon Paracelsus sagte: Die Dosis macht das Gift.

Selbst pflanzliche Wirkstoffe oder pflanzliche Heilmittel können bei falscher Anwendung oder bei Überdosierung giftig oder sogar letal wirken.

Ich tippe auf eine weibliche Täterin! Die Pferdeszene ist in Deutschland überwiegend weiblich. Giftmorde werden erfahrungsgemäß von Frauen begangen.

Aber bitte, meine Herren alles ohne Gewähr, denn ich bin kein Profiler, sondern nur Pferdetierarzt.

Die anderen Vorfälle wie das Abschneiden der Tasthaare oder der Schweifhaare, das kann eine Gehässigkeit einer Reiterin sein, aber auch Frust und Wut eines Pferdepflegers.

Und der Pferderipper ist für mich eindeutig männlich.

Ich beneide sie wirklich nicht um ihren Job. Es scheint, dass sie gleich mehrere Täter fassen müssen.

„Also, ich muss jetzt los, die Pferde warten", sagte Tom und legte das Geld für sein Essen und die Getränke auf den Tisch. Anschließend verabschiedete er sich und ging nach draußen zum Auto.

Als er im Gestüt angekommen war, parkte er seinen Freelander direkt vor dem Stall Nr. 1, wo er heute acht Pferde impfen sollte.

Vicente Lopez stand schon parat und hatte die Equidenpässe der zu impfenden Pferde in der Hand.

Sie begrüßten sich und Dr. Müller arbeitete zügig und impfte ein Pferd nach dem anderen. Anschließend trug er die Daten im Equidenpass des jeweiligen Pferdes und zusätzlich in seinem Computer ein.

Anna war um diese Zeit auch im Stall und war gerade auf dem Weg zu Starlight Preppy, als sie Dr. Müller an seinem Auto stehen sah, der die Patientendaten in seinen Laptop eingab. Sie kannte Tom schon lange, aber seit ihrer Rückkehr aus Abu Dhabi hatten sie sich nicht mehr gesehen.

„Hallo Tom", begrüßte sie ihn. „Hallo Anna, schön dich zu sehen. Wie geht's dir? Mein Beileid noch nachträglich. Ich hatte deine Eltern sehr gemocht.

Wie gefällt es dir in den Emiraten?" „Danke sehr gut", antwortete Anna. „Ich bleibe nur zirka sechs Monate hier und gehe dann wieder zurück."

„Wollen wir einen Kaffee im Reiterstübchen trinken?", fragte Anna ihren alten Freund „Oh ja, das ist eine gute Idee ich habe noch etwas Zeit", antwortete der Tierarzt.

Im Reiterstübchen angekommen, lies Anna zwei Tassen Kaffee aus der Kaffeemaschine und sie setzten sich an einen Tisch und tranken den Kaffee.

Sie redeten über ihre Arbeit in den Emiraten und Tom versprach sie an Weihnachten dort zu besuchen. Die Abläufe in der Pferdeklinik interessierten ihn, außerdem wollte er endlich einmal Dubai und Abu Dhabi kennenlernen.

Schließlich erzählte er ihr von den Ergebnissen der Laboruntersuchung. Anna war nicht sonderlich überrascht, irgendwie hatte sie so etwas erwartet. Sie teilte seine Vermutung, dass möglicherweise eine Frau hinter den Giftanschlägen stecken könnte.

Anna nestelte an ihrer Handtasche herum und zog einen braunen Versandbeutel heraus, in dem üblicherweise Laborproben versandt werden. Sie öffnete das Kuvert und entnahm 3 Plastikröhrchen, welche mit rotem Filzstift beschriftet waren.

„Du Tom, kannst du mir bitte einen Gefallen tun? Ich habe von den Stuten Vaginalabstriche gemacht, habe aber leider hier kein Labor. Würdest du sie mal unter deinem Mikroskop ansehen. Ich habe eine Vermutung. Wenn ich richtig liege, dann muss ich es der Polizei mitteilen. Bitte vernichte auf keinen Fall nach der Untersuchung diese Proben. Es könnten wichtige Beweisstücke sein."

Tom schüttelte lachend den Kopf „geht klar Miss Marple!"

Schließlich verabschiedeten sie sich und Anna gab ihm das Versprechen, vor ihrer Abreise mit ihm zu Abend zu essen, und er versprach wegen der Labor Proben bei ihr anzurufen.

Zuerst hatte er verschüchtert in ihre Augen geblickt. Als sie ihn gleich in den Schritt gefasst hatte, wurde ihm heiß und kalt und er spürte, wie er ein feuerrotes Gesicht bekam. Sie war sein „erstes Mal". Damals war er schon über 30 Jahre alt und noch Jungfrau. An diesem Wochenende war die Gelegenheit günstig. Er war zu einer Fortbildung nach Nürnberg beordert worden von Freitag bis Samstag mit einer Übernachtung in einem Hotel direkt in der Nähe des Bahnhofes. Nach dem gemeinsamen Abendessen mit den Kollegen, die noch die Bars in der Altstadt abklappern wollten, hatte er sich elegant zurückgezogen und Müdigkeit vorgeschoben. Nachdem er den üblichen Kontrollanruf zuhause hinter sich gebracht hatte, war er an die Frauentormauer spaziert. Dort standen die Prostituierten in voller Pracht. Ihm fielen fast die Augen heraus. Es gab sie in allen Altersklassen, Größen, Haarfarben und Figuren. Bei der ersten, die ihn anmachte, es war eine dralle Blondine, die schon etwas älter war, ging er mit auf das Zimmer. Nun übernahm sie gleich das Ruder, da sie merkte, dass er keine Ahnung hatte. Er fühlte sich gleich wie zu Hause. Da hatte auch sie das Sagen.

VIERZEHN

Ein starkes Team

Dienstag 27. August

Es war Dienstagmorgen Punkt 8 Uhr und es waren bereits um die 20 Grad Celsius und es versprach wieder ein heißer Augusttag zu werden.

Das Team von Hauptkommissar Roland hatte sich pünktlich im Meetingraum eingefunden. Es waren auch die Leiterin der Spurensicherung Gabriele Kovavic sowie der Rechtsmediziner Dr. Emre Özgür anwesend. Natalie Schobert war ebenfalls von Roland Wagner zum Meeting eingeladen worden. Ihr Vorgesetzter hatte sie deswegen freundlicherweise freigestellt und deshalb konnte sie in ihrer Zivilkleidung am Meeting teilnehmen. Sie hatte sich für ein sportliches Outfit mit weißen Baumwolle - Jeans, blauen Turnschuhen und einem blau-weiß gestreiften T - Shirt entschieden. Sie platzte fast vor Stolz und war sehr aufgeregt daran teilhaben zu dürfen.

Bernd Bayer war heute mit olivgrünen Armyshorts und beigefarbenem Hemd und Camel Boots bekleidet. Obwohl die Kriminalbeamten nicht so formell gekleidet sein mussten wie Bänker, wurde diese Form des freizeitorientierten Outfits nicht gerne gesehen. Roland dagegen war immer vorbildlich businesslike entsprechend angezogen. Heute trug er eine steingraue Chino, dunkelgraue Sneaker und ein hellgraues Langarmhemd in Baumwolle.

Er hatte eine große Tüte mit frischen knusprigen, herrlich duftenden Croissants für das gesamte Team mitgebracht und auf den Tisch gelegt, was mit einem Klopfen auf die Tischplatte quittiert wurde.

„Guten Morgen Kollegen, lasst uns beginnen!", eröffnete Roland Wagner das Meeting.

„Frau Kovacic möchten Sie vielleicht anfangen und uns die Erkenntnisse der von Ihrem Team durchgeführten Spurensicherung mitteilen?"

Frau Kovacic, eine 45-jährige brünette vollschlanke Frau, mit sehr hübschem Gesicht war wie immer perfekt geschminkt und frisiert. Sie pflegte ihr langes, dichtes Haar zu einem französischen Zopf zu flechten. Das war ihr Markenzeichen. Sie trug ein geblümtes knielanges Sommerkleid mit angeschnittenen Ärmeln in den Farben Schwarz und Orange. Dazu trug sie schwarze Espadrilles.

„Okay, ihr habt mich ganz schön auf Trab gehalten. Das sind ja gleich mehrere Fälle.

Wir haben in Rekordzeit unzählige Spuren untersucht und einige interessante, aber auch mysteriöse Ergebnisse erzielt.

Beginnen wir mit der ersten Spurensicherung des Pferderippers.

Es gibt eine gute und eine schlechte Nachricht. Die gute Nachricht ist, dass wir die Messer und Lanzen aufgrund des Stichkanals der Wunden zuordnen konnten. Das ist eine gute Nachricht. Wir wissen, um welche Waffen es sich handelt. Ich lasse gleich die Fotos an alle herumreichen.

Es ist dann euer Job herauszufinden, wo es diese Gegenstände zu kaufen gibt.

Die schlechte Nachricht ist, ihr ahnt es vielleicht, es waren leider keine Fingerabdrücke darauf zu finden, was darauf schließen lässt, dass der Täter – wir gehen aufgrund des Kraftaufwands von einem männlichen Täter aus – Handschuhe getragen oder die Waffen abgewischt haben muss."

„Wir haben aber einen Teilfingerabdruck am Kunststoffgriff des Weidezauns gefunden. Er muss sich erst nach dem Öffnen des Paddocks die Handschuhe angezogen haben. Bis jetzt haben wir noch keine Übereinstimmung in der Datenbank finden können.

Außerdem haben wird seltsamerweise in den Wunden der Pferde einige Hundehaare gefunden.

Diese müssen von der einen Messerklinge übertragen worden sein. Zurzeit überprüfen wir noch, um welche Hunderasse es sich handelt. Ich denke morgen wissen wir mehr."

Das Team hatte konzentriert zugehört und machte sich Notizen.

Natalie Schobert hatte bei dem Wort Hund den Kopf gehoben und nachdenklich in die Ferne geblickt.

„Wir haben beim sabotierten Wassertränker, der mit einem Spezialkleber, mit einer Tube` Kleben statt Bohren`, blockiert wurde dafür einen fetten Fingerabdruck gefunden, so klar und deutlich wie aus dem Lehrbuch.

„Leider haben wir dazu bisher keinen Treffer in der Datenbank.

Roland sagte: „Das ist ja super Frau Kovacic, da haben sie ja wieder ganze Arbeit geleistet. Sie helfen uns dadurch weiter."

„Das freut mich zu hören. Nun aber zum nächsten Fall – euere Wasserleiche.

Leider war auch hier die Spurenlage dürftig. Das Problem war, dass wir so viele Spuren von unterschiedlichen Tieren gefunden haben wie auf der Arche Noah.

Sagt mal, übrigens wie kommen Meerschweinchenhaare dorthin? Ich dachte, das ist ein Reitstall?"

Roland lachte und sagte: „Ja das ist in der Tat eine berechtigte Frage, Frau Gabriele, aber das Opfer war ein Tier - Messi und hatte einen Zoo zuhause."

Bernd grinste und sagte: „Ach ja, deine Kollegen müssen die Spuren aus dem Haus des Opfers noch auswerten- das liegt alles noch bei euch im Labor. Viel Spaß!"

„Ach du guter Gott", rief Gabriele Kovacic „ist ja gut, dass ich das auch weiß!"

„Wir haben neben den Tierhaaren beim Opfer noch Anhaftungen von allerlei Spuren von Kräutern und Pflanzenbestandteilen gefunden. Wir müssen das alles noch auswerten. Am Tatort selbst haben wir nichts festgestellt. Am Schädel des Opfers befanden sich in den Haaren einige Tabakpartikel einer Zigarettenmarke aus Kasachstan. Das kann eine interessante Spur sein. Behaltet dies erst mal im Hinterkopf.

So das war´s mal vorläufig."

Das Team klopfte mit den Fingerknöcheln anerkennend auf die Tischplatte. Frau Kovacic setzte sich wieder und Roland Wagner bat Dr. Özgür, den Rechtsmediziner ums Wort.

Natalie hatte inzwischen rote Flecken im Gesicht und am Hals. Es war so aufregend und sie war sich total sicher, dass sie unbedingt zur Kriminalpolizei wechseln wollte. Das war ihr Traum.

Dr. Özgür, ein schlanker leptosomer Fünfzigjähriger, der schon seit langem als Gerichtsmediziner tätig war und den alle nur Ösi nannten, klappte sein Tablet auf, tippte etwas ein, räusperte sich und sagte:

„Kollegen, ich fürchte ich habe auch keine bahnbrechenden Erkenntnisse zu überbringen.

Das Opfer Hildegard Knöfl war eine 56-jährige Frau in der Menopause. Sie war übergewichtig und relativ ungepflegt. Sie hatte in beiden Knien und in der linken Hüfte fortgeschrittene Arthrose und bestimmt starke Schmerzen.

Ihre Leberwerte waren stark erhöht, das lässt auf langjährigen Schmerzmittelabusus schließen - Paracetamol, Ibuprofen, Novalgin und vermutlich regelmäßig Alkohol.

Sie litt unter starker Parodontose und ihr fehlten in allen vier Kieferhälften alle Backenzähne.

Sie war starke Raucherin und ihre Bronchien waren stark angegriffen. Das Cholesterin war in pathologischer Höhe, die Gefäße skleriert, die beiden Halsvenen waren schon dicht, was wahrscheinlich Kurzatmigkeit zur Folge hatte.

Sie hätte bei dem Lebenswandel und den schlechten Blutwerten sicherlich früher oder später einen Schlaganfall oder Herzinfarkt bekommen.

Die Todesursache war eindeutig Ertrinken durch Fremdverschulden. Das Wasser in den Lungen stimmt exakt mit dem Wasser aus der Pferdetränke überein.

Fremdverschulden deshalb, weil ich am Hinterkopf zwischen dem ersten Halswirbel, dem Atlas und dem Epistropheus, das ist der zweite Halswirbel, jeweils auf der rechten und linken Seite eine Marke wie von einem Daumenabdruck feststellen konnte. Postmortal werden die Hämatome nach einiger Zeit sichtbar.

„Hier sehen sie die Fotos." Er strich über sein Tablet und auf der Leinwand, die mit dem Tablet verbunden war, konnten alle Anwesenden deutlich zwei runde blauverfärbte Blutergüsse rechts und links von den Halswirbeln am Hinterkopf sehen.

„Ich schließe daraus, dass es sich von der Größe her um den Daumen - und Zeigefingerabdruck eines Mannes handelt.

Er hat das Opfer mit zwei Fingern ins Wasser gedrückt, bis es ertrunken war.

Es hat vermutlich etwas gezappelt, aber da er es vollständig eingetaucht hatte, war es chancenlos."

Da das Opfer übergewichtig war und 110 kg wog, gehe ich von einem kräftigen Mann aus mit ca. 185 cm Körpergröße, gut bemuskelt und sehr wütend."

Als der Pathologe geendet hatte, klopften auch hier die Kollegen Beifall auf der Tischplatte.

Hauptkommissar Roland bedankte sich für die hilfreichen Informationen.

Daraufhin holte sich jeder eine Tasse Kaffee aus der tollen italienischen Kaffeemaschine, dem Stolz der Abteilung, und aßen dazu ein Croissant.

20 Minuten später verabschiedeten sich Gabriele Kovacic und Dr. Özgür und das Team begann über die gewonnenen Erkenntnisse zu sprechen.

„Bernd, was hat der Hintergrundcheck ergeben?", fragte Hauptkommissar Roland Wagner.

Bernd Bayer zog seinen Notizblock zu sich her und begann zu referieren.

Vicente Lopez	Reitlehrer klassisch, Geschäftsführer, Spanier, 38 Jahre, keine Vorstrafen
Frank Niedermayer	Franky, Westerntrainer, 49 Jahre, Privatinsolvenz, Vorstrafe Verstoß BTM (Betäubungsmittelgesetz), Kreditbetrug, Sexuelle Nötigung in zwei Fällen
Hamed Al Sady	Pferdepfleger, 34 Jahre, Syrer, keine Vorstrafe
Radu Popescu	Pferdepfleger, 52 Jahre, Rumäne, Privat- Insolvenz, Vorstrafen, Alkohol am Steuer, Körperverletzung

Die Aushilfen werden noch ermittelt.

Einstellerinnen:

Irina Lohmüller	gebürtige Russin mit deutschem Pass, 32 Jahre, Ehemann Prof. Dr. Michael Lohmüller, Zahnarzt Pferde: Juri, Katharina, Tolstoi, Iwan
	Wallach Iwan Vergiftung
Dr. Claudia Hofmann	Zahnärztin mit eigener Praxis, 36 Jahre, 8-jährige Rappstute Pretty Lady, Bayern Stute, **Vergiftung**
Bettina Krämer	Steuerberaterin, 40 Jahre, Starlight Preppy Quarter Horse Stute
	Missbrauch Reitbeteiligung, Dr. Anna Krämer, Schwester, Tierärztin, 38 Jahre, lebt in Abu Dhabi.
Dr. Petra Wild	Oberstudienrätin, 42 Jahr, Jacky Hannoveraner Stute, 22 Jahre **Stichverletzung, Missbrauch** 2. Pferd Diamond Wallach

Melissa Weinzierl	Schülerin, 17 Jahre, PRE Pura Raza Espanola Apfelschimmel Chica 6 Jahre
Alina Hofer	**Missbrauch und Tasthaare abgeschnitten** 16 Jahre, Schülerin, Reitbeteiligung Pasha Araber Wallach
Anette Burger	Sekretärin, 38 Jahre, Ginger 14 Jahre, ungarischer Fuchswallach
Dr. Doris Schmidt	Rechtsanwältin, 55 Jahre, zurzeit Hausfrau Schwarzwälder Stute Lisa **Schweifhaare abgeschnitten**
Hildegard Knöfl	Hausfrau, 56 Jahre, Bazi Wallach 12 Jahre Haflinger, 12 Jahre, **Mordopfer wurde ertränkt**
Sonja Böhm	Fotografin, 28 Jahre, Pasha Araber Wallach, Reitbeteiligung Alina Hofer
Natalie Schobert	Polizeibeamtin, 26 Jahre, Reitbeteiligung Tinker Stute Sally, Besitzerin Sabine Mohr
Dr. Sabine Mohr	Apothekerin z.Z. Hausfrau, 34 Jahre, Tinker Stute Sally

Die Pferdebesitzerinnen haben alle ein Alibi. Bei den Männern sind wir noch am Recherchieren. Wir gehen davon aus, dass in der Mordnacht Franky, Irina zu Besuch hatte. Die Auswertung der Handys, die sonst noch in der Gegend eingeloggt waren, wird noch dauern, da wir noch die Genehmigungen der Telefonanbieter benötigen."

„Danke Bernd, bleib dran!" Sagte, freundlich lächelnd sein Vorgesetzter.

„Fassen wir noch einmal das Gespräch von gestern mit dem Pferdetierarzt Dr. Thomas Müller, der Folgendes herausfand, zusammen. Natalie, das wird Sie sicher interessieren.

Hier ein kleiner Exkurs zum Thema Vergiftungen bei Pferden. Dr. Müller hat dies freundlicherweise für uns aufbereitet.

Wenn ich es richtig verstehe, dann wurden den Pferden mehrere Substanzen verabreicht.

Es war kein Versehen, dass die Pferde eine Vergiftung erlitten hatten. Sie konnten die Substanzen nicht durch Zufall aufgenommen haben.

Es handelt sich um Substanzen, die jeder Laie easy beschaffen kann, also um freiverkäufliche Produkte.

Normalerweise vermeiden viele Pferde die Aufnahme giftiger Pflanzen im frischen Zustand. Aber wenn Pferde z.B. zu früh von der Mutterstute entfernt wurden, können sie nicht lernen giftige von ungiftigen Pflanzen zu unterscheiden. Auch kann die Aufnahme von Giftpflanzen in der Natur (auf der Weide, Wiese oder beim Ausritt im Wald) durch Heißhunger aber auch durch Langeweile bei sehr jungen Pferden verursacht werden. Deshalb kann es durch die Unaufmerksamkeit der Reiter zu Vergiftungen der Pferde in der Natur kommen.

Manchmal befinden sich im getrockneten Heu versehentlich Giftpflanzen. Getrocknet sind die Pflanzen besonders gefährlich, da die Pferde die Gefahr nicht bemerken und die Giftstoffe konzentrierter sein können.

Es gibt eine große Anzahl von tödlichen Giftpflanzen für Pferde. Nur so als Beispiel die Eibe, eine der giftigsten Pflanzen, die selbst in kleinsten Mengen für Menschen und Tiere, wie Pferde, hochgiftig und tödlich ist. Die Blätter, Beeren und kleine Mengen der Zweige führen bei Pferden zum Tod durch Herzversagen innerhalb von nur fünf Minuten. Nur 50g Pflanzenmaterial reichen dabei aus.

Es gibt auch noch eine große Anzahl anderer Substanzen die für Pferde giftig, sogar letal wirken können. Es handelt sich dabei um Schädlingsbekämpfungsmittel wie Rattengift, Schneckengift und Insektengifte. Auch Inhaltsstoffe von Farben können für Pferde giftig sein.

Eine häufige Vergiftung gibt es durch Schimmelpilzbefall im Raufutter von Pferden.

Schimmelpilze können Pflanzen befallen, aber auch das gelagerte Futtermittel- in der Regel das Heu. Schimmelpilze bilden sogenannte Mykotoxine. Es gibt eine Vielzahl unterschiedlicher Mykotoxine und über 300 verschiedene Schimmelpilzarten.

Eine Vergiftung mit Schimmelpilzen durch verseuchtes Heu kann zu schweren Darmstörungen und Koliken führen und schwere Lebererkrankungen verursachen.

In den Blutproben der Pferde konnten folgende Substanzen nachgewiesen werden:

Selen

Knoblauch

Schimmelpilze

Paracetamol

Selen war in extrem hoher Dosierung nachweisbar.

Viele Teile Deutschlands gelten als Selen-Mangelgebiete. Wenn die Böden wenig Selen enthalten, trifft das auch auf das Gras und Getreide zu. Es ist bekannt, dass besonders die Böden in Bayern selenarm sind und deshalb Selen substituiert wird.

Selen wird Pferden häufig als wichtiges Mineral ins Futter gemischt. Ein Selenmangel kann bei Pferden Koliken und Herzrhythmusstörungen verursachen. Deshalb ist fast in jedem Mineralstofffutter Selen vorhanden.

Zur Vorbeugung eines Selenmangels können täglich selenhaltige Mineralfutter gegeben werden bis maximal 1,5 Milligramm Selen pro 1000 Gramm bzw. 1 kg Futter. Das heißt, aber auch dass es bereits bei der Fütterung von 2 Milligramm Selen pro Kilogramm Futter in der Trockensubstanz zu chronischen Selenvergiftungen kommen kann.

Eine akute Selenvergiftung ist aber lebensgefährlich. Je nach Dosis kann es zu Ataxie und Erregungszuständen sowie Dyspnoe aber auch zu akuten Todesfällen kommen.

Tägliche Dosierungen ab 2 Milligramm je Kilogramm Trockensubstanz wirken giftig!

Eine letale Dosis von Selen erfolgt bereits bei einer oralen Aufnahme von 3,3mg/kg Körpergewicht, beispielsweise sind das bei einem Pferd von 500 kg 1650 mg oder 1,65g.

Wenn Selen über einen längeren Zeitraum in hohen Dosen oral gegen wird, dann reichen 2-3 mg pro Kilogramm Körpergewicht Selen täglich aus, um ein Pferd zu vergiften.

Die orale, minimale toxische Dosis für langfristigen Selenmissbrauch beträgt 1-5 mg/kg Körpergewicht, bei einem Pferd mit 550 kg Körpergewicht wäre die tödliche Dosis an Selen somit nur 0,608 Gramm!

Bei einer parenteral am Darm vorbei gegebenen Dosis Selen genügen schon 0.8-2.0 mg/kg Körpergewicht. Bei einer über den Darm, also oral gegebenen Dosis wird noch weniger Selen benötigt, um das Pferd zu vergiften.

Die Symptome sind schlechter Allgemeinzustand, Gewichtsverlust, Atemnot, Apathie, Ataxie, steifer Gang, Lähmungen, Muskelschwächen, Sehstörungen, Durchfall, Kotwasser und Koliken. Der Ausfall des Langhaares und krankhafte Veränderungen an den Hufen machen eine Selenvergiftung ebenfalls sichtbar.

Fazit: Es liegt auf der Hand, dass der Täter oder die Täterin genau wusste, was er oder sie tat.

Der Täter oder die Täterin hatte vermutlich den Pferden alle Substanzen über einen längeren Zeitraum ins Futter oder in Leckerlis gemischt."

„Wie geht es übrigens den Pferden Herr Wagner?", fragte Natalie.

Der Doc meinte, „den Umständen entsprechend. Die Blutwerte müssen engmaschig überwacht werden, aber die Pferde werden wieder ganz gesund werden."

„Gott sein Dank, das ist prima", seufzte Natalie erleichtert.

„Kollegen, wir haben hier so viele unterschiedliche Baustellen!", sagte Herr Wagner und zeigte auf das Whiteboard.

„Gehen wir doch analytisch vor. Betrachten wir die Dreieinigkeit in der Kriminologie.

Motiv - Gelegenheit - Mittel

Wer hatte ein Motiv?

Wer hatte die Mittel?

Wer hatte die Gelegenheit?

Lasst uns das Geschehene unter diesen Aspekten aufdröseln.

Natalie, gibt es von dir noch neue Erkenntnisse von Gut Krähenbühl?"

„Ja, ich habe es mir notiert". Sie zog ein schwarzes Moleskin Notizbuch hervor, auf dessen Cover ihr Pferd Sally abgebildet war, Sie blätterte einige Seiten um und sagte:

„Irina hat ein Verhältnis mit Frank. Das ist interessant, weil vielleicht der Ehemann es herausbekommen hatte und dadurch nun zum Kreis der Verdächtigen zählen könnte."

Bernd nickte anerkennend mit dem Kopf und sagte: „Prima Natalie. Ich muss schon sagen, aber auf so einem Reiterhof werden scheinbar nicht nur Pferde geritten", und grinste.

„Bitte Natalie fahren Sie fort, Bernd ist nur neidisch, als ewiger Single," erwiderte Roland Wagner.

„Ich habe noch Anmerkungen zu dem Opfer Hildegard Knöfl. Ich glaube, so langsam kristallisiert sich die Persönlichkeit des Opfers heraus.

Sie hat auf dem Gut sehr polarisiert. Sie scheint auch die Leute, die sie nicht leiden konnte, in den sozialen Medien gedisst zu haben.

Sie war unangenehm, übergriffig, sozial nicht kompatibel und hatte das Image einer Querulantin. Sie war offensichtlich einsam und verbittert. Sie stellte sich als Tierschützerin und Tierretterin dar. Ich vermute beim Retten von Tieren, ging es ihr nicht wirklich um die Tiere, sondern nur um sich selbst. Sie gierte nach Anerkennung und Lob.

Hildegard Knöfl hat auf Gut Krähenbühl ein Pferd im Offenstall stehen. Es ist ein Rätsel, wie sie sich das finanziell leisten konnte. Offenbar machte sie über einer Verkaufsplattform im Internet, Geschäfte an der Steuer vorbei. Auffallend auch dass sie mit allerlei Pflanzen, Kräutern und Globuli herumhantierte und das ohne jegliche Ausbildung.

Also wie ich das sehe, hatte sie dort keine Freunde und passte überhaupt nicht auf das Gestüt. Vielleicht hat sie die Pferde aus Bosheit vergiftet. Die Leute würden es ihr durchaus zutrauen.“ Natalie blätterte wieder konzentriert in ihrem schwarzen Moleskin Notizbuch.

„Ach ja, noch etwas. Ich habe mir die drei Autokennzeichen der Freunde von Radu und Hamed notiert, die zu Besuch auf den Pferdehof kamen.

Diese Männer treffen sich regelmäßig auf dem Hof, um ein Bier zu trinken oder Backgammon zu spielen.

Sie halfen auch ab und zu beim Ausmisten der Ställe. Ich vermute, dass sie schwarzarbeiten.

Sie kommen immer mit ihren Autos angefahren. Ich habe hier ein tschechisches Kennzeichen und ein rumänisches, Hameds Freunde haben das Schwabacher Kennzeichen. Hier ist die Liste der Kennzeichen." Sie überreichte ein Blatt Papier an den ihr am nächsten sitzenden Bernd Bayer.

„Prima Natalie, wir werden es überprüfen.

Halt weiter Augen und Ohren offen und pass auf dich und dein Pferd auf."

Damit war das Meeting beendet und Natalie verabschiedete sich, da sie nun wieder zurück zu ihrer Dienststelle fuhr, um wieder ihre Uniform anzuziehen, da sie ihren Dienst antreten musste.

Heute war wieder ein schlimmer Tag. Es ging früh morgens bereits los. Er musste ungeplant für einen erkrankten Kollegen einspringen. Das brachte ihn total aus dem Konzept. Er der alles akribisch plante und perfekt vorbereitete, wurde einfach ins kalte Wasser geworfen. Er musste improvisieren. Das tat er gut, denn er war der geborene Schauspieler. Heute zeigte er sich wieder nach außen, liebenswürdig und verständnisvoll. Er meisterte eloquent die gestellten Aufgaben.

FÜNFZEHN

Waldbaden

Mittwoch 28. August

Anna wachte ohne Wecker bereits bei Sonnenaufgang um 4:28 Uhr auf. Sie fühlte sich sofort so fit, als könnte sie Bäume ausreißen.

Sie stand auf, duschte und machte sich eine Tasse Kaffee. Sie setzte sich ans Notebook und schrieb den Artikel den sie heute abgeben musste, zu Ende. Der Beitrag handelt vom Thema Doping im Pferdesport für eine renommierte Pferdefachzeitschrift.

Ihre Finger flogen nur so über die Tasten und kurz vor 6 Uhr morgens war sie fertig, lud die passenden Fotos hoch und mailte den Text an die Redaktion.

Heute war sie um 7 Uhr mit Natalie Schobert und deren Reitbeteiligungspferd, der Tinker Stute Sally, zum Ausritt verabredet.

Sie freute sich schon, denn an diesem Tag planten beide, zu einem Brunnen mitten im Wald zu reiten. Unter den Einheimischen war diese natürliche Wasserquelle als Engelsquelle bekannt. Zahlreiche Mythen rankten sich um diesen Brunnen. Im Sommer war es frühmorgens im

Forst herrlich. Das Einzige was sie in den Emiraten wirklich vermisste war der Wald. Seit frühester Jugend hatte sie der Forst fasziniert. Sie liebte seine unterschiedlichen Farben den verschiedenen Jahreszeiten entsprechend. Sie mochte den Duft nach Fichtennadeln, Blüten, Erde und Moos. Der regelmäßige Aufenthalt im Wald wurde neuerdings von Gesundheitscoaches propagiert und als Waldbaden bezeichnet. Waldbaden, genau das machte sie bereits seit ihren Kindertagen.

Manchmal legte sich ein ungewöhnlicher Geruch nach Maggikraut über den Wald. Hier das wusste aus Erfahrung Anna, war Vorsicht geboten. Hier waren Wildschweine ganz in der Nähe. Dann galt es sich ruhig und besonnen zu verhalten und sich langsam rückwärts aus der Gefahrenzone zu bringen.

Die Geräuschkulisse im Wald machte ihr keine Angst. Ein Rascheln im Gebüsch durch Kaninchen, Vögel oder Rehe verursacht, war für sie ein natürlicher Vorgang. Sie liebte das eifrige Klopfen eines Spechtes beim Hausbau, die Lockrufe der Bussarde, die klagenden Rufe der Raben und besonders die gellenden Warnlaute der Eichelhäher. Diese galten als Security des Waldes und identifizierten sofort fremde Eindringlinge im Revier. Das galt auch für Reiter und deren Pferde, die sich scheinbar lautlos vorwärtsbewegten. Die Eichelhäher warnten die Tiere im Wald sofort und lautstark. Diese Erkenntnisse hatte sie von ihrem Großvater, der als passionierter Jäger, sie oft als Kind in den Wald mitgenommen hatte.

Mit diesen wehmütigen Gedanken an die Vergangenheit zog Anna sich ihre schwarze Reitleggings an und ein kurzärmliges weißes Polohemd. Mehr brauchte sie nicht, denn es war bereits angenehm warm. Sie schnappte sich ihre Handtasche und eine Packung frischer Karotten für Preppy. Sie verließ beschwingt die Wohnung und ging auf dem Parkplatz zu ihrem Auto. Unterwegs wollte sie zum Einkaufen noch beim Bäcker vorbeifahren, denn sie und Natalie planten nach dem Reiten im Reiterstübchen des Stalls gemeinsam frühstücken.

Als sie ihr Auto geöffnet hatte und es sich im Sitz bequem gemacht hatte, klingelt ihr Telefon. Am Klingelton, den sie so programmiert hatte, erkannte sie sofort, dass Tom anrief.

„Guten Morgen Tom! Auch schon unterwegs?" „Ja, ich beginne gerade die Fahrt zu meinem ersten Pferdepatienten, deshalb wollte ich dir gleich das Ergebnis der Untersuchung des Sekrets mitteilen.

Was du mir mitgegeben hast, ist wirklich interessant. Es handelt sich bei den drei Proben um Sperma, menschliche Samenzellen und immer vom gleichen Mann."

Anna war für einen Moment sprachlos. Obwohl sie insgeheim so etwas erwartet hatte, schwindelte ihr leicht, als sie die Bedeutung von Toms Worten realisiert hatte.

„Tom, das ist doch total abgefahren, wie krank sind denn manche Männer???"

„Ja Anna, langsam kann man den Glauben an die Menschheit verlieren.

Ich bitte dich, ruf den Kommissar an und sprich mit ihm. Das ist ein wichtiger neuer Aspekt für die Ermittlungen. Und so viel ich unterrichtet bin, muss die Polizei die Proben durch die Rechtsmedizin untersuchen lassen, da sie sonst nicht beweiskräftig und vor Gericht nicht zulässig sind.

Außerdem kann die Polizei anhand der DNA feststellen, ob der Hurensohn schon in einer Täterdatei registriert ist.

Einmal pervers – immer pervers."

„Hab vielen Dank Tom, du bist ein Schatz. Ich mach´s wieder gut. Ich melde mich bald wieder."

„Okay Anna und bitte versprich mir, dass du auf dich aufpasst. Das ist jetzt nicht mehr lustig! "

„Jaaaa, Mama!", antwortete Anna. Sie lachte und, startete den Minicooper und fuhr zum Gut Krähenbühl.

Dort angekommen parkte sie ihr Auto und sah, dass Natalie schon im Stall anwesend war. Sie hatte Sally bereits am Putzplatz angebunden und längst mit dem Putzen begonnen.

„Guten Morgen!", rief Anna Natalie zu „ich hole schnell Preppy und stelle sie neben Sally."

„Lass dir Zeit wir haben heute keinen Stress!", antwortete Natalie.

Anna lief inzwischen die Boxengasse des Westernstalls entlang und sah, dass Preppy schon ihren Kopf über die Boxentüre gebeugt hatte und sie mit einem leisen Wiehern begrüßte.

„Na, meine Gute hast schon auf mich gewartet? Heute machen wir zusammen einen schönen Ausritt."

Sie streichelte dem Pferd die Nüstern und legte ihr das Stallhalfter an. Danach öffnete sie die Pferdeboxentüre und führte Starlight Preppy aus der Box heraus und lief mit ihr zum Ausgang. Dort band sie die Stute neben Sally am Putzplatz an. Die beiden Pferde begrüßten sich mit einem leisen Schnauben.

Natalie war schon fast mit dem Putzen der Stute fertig und war gerade dabei die Mähne zu bürsten, da kam Radu, der Pferdepfleger. Auf seinen krummen Beinen marschierte er an ihnen vorbei. Heute schaute er besonders grimmig und so, wie er aussah, schien er eine kurze Nacht gehabt zu haben. Seine schwarzen Augen waren von dunklen Schatten umrandet, seine olivfarbene Haut schien heute leicht grau. Er roch nach Zwiebeln, Knoblauch Schweiß und seinen starken osteuropäischen Zigaretten.

„Na ihr habt wohl auch keine Bettruhe, weil ihr schon im Stall seid?" brabbelte er in seinem starken Akzent vor sich hin.

„Radu, dir auch einen guten Morgen", sagte Natalie und wandte sich wieder ihrem Pferd zu und begann den dichten, schwarzen Schweif zu bürsten. Anna striegelte ihre Stute mit der Kardätsche und war angenehm überrascht, wie brav Preppy war.

„Sag mal Natalie, warum ist dieser Radu eigentlich so schräg drauf? Meistens unfreundlich und bärbeißig, er sieht echt fertig aus?", fragte Anna.

Natalie sagte: „Ich vermute, dass er Alkoholiker ist und vielleicht sonst noch etwas einwirft. Die sind launisch und unberechenbar."

Ich glaube auch, dass er abends noch mit Kumpels auf dem Zimmer zockt und deshalb wird's recht spät. Die Pferdepfleger stehen schon um fünf Uhr morgens auf und da ist die Nacht dann natürlich kurz." Anna sagte: „So etwas habe ich schon vermutet. Schade."

Schließlich sattelten beide Frauen ihre Pferde mit Westernsätteln und trensten sie auf. Dann führten sie die Pferde zum Reitplatz und stiegen auf. Sie ritten im Schritt aus der Reitanlage hinaus und bogen gleich rechts ab in den kleinen Trampelpfad, der zum Wald führte.

Die Temperatur war angenehm warm, und es roch nach frischen Kräutern und erdigem Waldboden. Anna fand am Morgen die Stimmung besonders schön. Das Licht war weich und golden, die Blätter der Laub- und Nadelbäume schimmerten in einem satten Grün und die Vögel zwitscherten. Ab und zu kreischte ein Eichelhäher - der Polizist im Wald- und warnte zuverlässig die anderen Vögel, wenn Eindringlinge ins Revier kamen, auch vor den beiden Reiterinnen. Anna musste grinsen. An die Aufgaben der Eichelhäher hatte sie heute Morgen schon gedacht.

Die beiden Frauen ritten den ausgeschilderten Weg zum Brunnen, der eigentlich ein Brünnlein war, und aus dem Wanderer gerne tranken oder sich ihre Wasserflaschen auffüllten.

Sie ließen heute auch ihre beiden Pferde daraus trinken. Danach nahmen sie einen anderen Weg zurück zum Stall. Es ging bergauf und bergab, was für die Pferde ein super Bauchmuskel - Training war. Heimwärts wechselten sie vom Trab in den Galopp und schließlich ritten sie langsam im Schritt wieder zum Stall zurück.

Anna wusste, dass Natalie als Polizistin arbeitete und fragte sie deshalb, ob sie Hauptkommissar Roland Wagner kennen würde.

„Ja, selbstverständlich, der leitet ja den Pferderipper - Fall und den Mordfall von Hildegard K.

Aber ich arbeite ja nur bei der Schutzpolizei." „Was heißt da nur?" Fragte, Anna.

„Na ja, weißt du, mein Ziel ist es bei er Kriminalpolizei zu arbeiten oder als Profilerin. Aber man muss ja schließlich klein anfangen. Und ich bin erst am Anfang meiner Ausbildung. Ich bin sozusagen erst ein Streifenhörnchen! "

„Natalie, ich bin davon überzeugt, dass du das schaffen wirst. Ich halte dich für sehr ehrgeizig.

„Was ist eigentlich deine Meinung, wer kommt für dich als Täter in Frage?"

„Ach, das ist schwer zu sagen. Es scheinen mehrere Täter am Werk zu sein.

Der Mord ist das eine und die Tierquälerei und die Vergiftungen das andere. Beides passt nicht zu einem Täter. Unsere Profilerin vom LKA hat so etwas angedeutet.

Das ist aber auch meine private Meinung.

Und du Anna, was denkst du darüber? Ist dir als Tierärztin schon so ein Fall untergekommen?"

„Nein, ein Mord auf keinen Fall, aber einige Fälle von Tierquälereien und Vernachlässigungen, das schon", antwortete Anna.

„Weil wir gerade darüber sprechen und du Polizistin bist, muss ich dir etwas sagen. Ich werde später den Hauptkommissar anrufen. Ich bin da auf etwas gestoßen, was er unbedingt wissen muss."

Sie erzählte Natalie von dem Verdacht, dass die Stuten penetriert wurden und sie einen Abstrich gemacht hatte und dass dieser Abstrich von Dr. Tom unterm Mikroskop untersucht wurde, da sie selbst keines hatte. Sie berichtete auch von dem schockierenden Ergebnis, das Dr. Tom ihr heute Morgen mitgeteilt hatte.

Natalie fehlten die Worte, sie war ganz still auf ihrem Pferd und als sie sich wieder gefasst hatte, sagte sie: „Das ist ja so etwas von krank! Aber das ist ein ganz neuer Aspekt - Zoophilie!"

„Zoophilie", Anna wiederholte das Wort. „Ja, aber wie passt das alles zusammen?

Das muss der Hauptkommissar unbedingt wissen. Ja, Natalie wenn wir zurückkommen, ist er bestimmt in seinem Büro erreichbar."

Als sie wieder auf dem Trampelpfad Richtung Stall ritten, kam ihnen ein Nachbar mit seinem Dackel entgegen. Es war ein etwa 50-jähriger Mann, den sie bereits vom Sehen kannten. Er war groß und schlank, hatte hellbraune lockige Haare, die modisch geschnitten waren und einen auffallend dunkelbraunen gepflegten Bart, der fast die ganze untere Gesichtshälfte bedeckte. Anna dachte daran, wie sie ihn vor einigen Wochen zum ersten Mal wahrgenommen hatte, da er bestimmt Stammkunde in einem Barbershop sei. Sie kannte aus den Vereinigten Arabischen Emiraten die Bedeutung der Barbershops, die auch hier in Deutschland plötzlich wie Pilze aus dem Boden schossen.

Kulturell bedingt, trugen die arabischen Männer in den Emiraten fast alle einen Bart. Sie legten sehr großen Wert auf ein gepflegtes Äußeres und so gingen dort fast alle Männer regelmäßig zweimal die Woche zur Behandlung in einen Barbershop.

Die Barber arbeiteten sehr geschickt mit einem scharfen Rasiermesser. Daher sahen die Bärte so akkurat aus als seien sie mit dem Lineal gezogen. Das hatte sie beim Anblick des Nachbarn gedacht. Deshalb erinnerte sie sich wieder an den Nachbarn, wegen seines gepflegten Barts. Komisch dachte sie, auf was man alles so achtet.

Heute war der Nachbar wieder adrett und modisch in der neuen Boss Herren Kollektion gekleidet. Er trug ein beiges Langarmhemd im

Safaristyle und darüber eine khakifarbene Weste mit vielen kleinen Taschen, dazu eine olivfarbene Chino Hose, sowie hellbraune Camel - Boots.

Er wurde begleitet von Hubert seinem Rauhaardackelrüden, der ohne Leine neben ihm herlief und überall aufgeregt schnupperte. Der Name Hubert war ihr aufgefallen, da er ihn mehrfach zu sich rief.

„Guten Morgen, die Damen!" grüßte er freundlich lächelnd, „ist heute nicht ein wundervoller Tag? Wie kann man den besser beginnen als auf dem Rücken der Pferde?", sagte er und blieb stehen, um sie vorbei zu lassen. Er hob dabei grüßend seinen bayerischen Trachtenhut.

„Ja, auch Ihnen einen guten Morgen, vielen Dank", antworteten sie und parierten ihre Pferde mit einem tiefen langgezogen Whoaa durch, um stehen zu bleiben, damit der freundliche Mann nebst Hund vorbeikonnte.

Nachdem sie den beiden Stuten die Paraden zum Go gegeben hatten, ritten sie langsam in Richtung Stall.

„Wer ist das eigentlich?", fragte Anna, den habe ich schon öfters bei den Stallungen gesehen." „Ich kenne ihn auch nicht, aber er geht hier regelmäßig spazieren und mir ist nur bekannt, dass er drüben im Dorf wohnt. Er soll Oberstudienrat am Gymnasium sein und er soll sehr beliebt sein. Anscheinend ist er auch Jäger, denn ich habe ihn schon einmal abends auf dem Ansitz mit einem Gewehr gesehen."

„Aha", antwortete Anna.

Als sie in den Stall zurückkehrten, sattelten beide ihre Pferde ab. Da es bereits warm war, entschieden sie sich die beiden Pferde abzuduschen und mit dem Schweifmesser abzuziehen. Danach bekamen die Pferde jeweils noch einige Karotten mit einem Spritzer Leinöl dazu, damit das fettlösliche Vitamin A im Darm resorbiert werden konnte. Sie stellten danach beide Stuten in die Herde, die bereits draußen auf den Weiden war.

Nachdem beide sich im Reiterstübchen einen Milchkaffee aus der Kaffeemaschine herausgelassen hatten, setzten sie sich unter einen Sonnenschirm vor das Stüberl ins Freie und Anna packte die mitgebrachten Croissants aus.

Sie plauderten noch dies und das bevor sie sich verabschiedeten und sich gleich für nächste Woche wieder zum Ausreiten verabredeten.

Als Anna im Auto saß, wählte sie die Nummer von Hauptkommissar Roland Wagner.

Nach dem zweiten Klingelton war er bereits am Apparat und konnte sich erstaunlicherweise sofort an sie erinnern.

Nachdem sie ihm alles erzählt hatte, bedankte er sich und sagte, dass ihre Nachricht sehr hilfreich sei.

Wie Tom bereits vermutet hatte, musste die Rechtsmedizin die Proben offiziell untersuchen. Hauptkommissar Roland Wagner veranlasste, dass die Proben von Tom zur Gerichtsmedizin gebracht werden würden, um dort noch einmal offiziell untersucht zu werden.

„Frau Dr. Krämer können Sie bei uns im Büro vorbeikommen und das zu Protokoll geben?", frage der Kommissar.

„Selbstverständlich" antwortete sie, passt es heute um 17 Uhr?" „Ja, ich werde da sein". Nachdem es Mittagszeit war, fuhr Anna nach Hause und loggte sich gleich für eine Zoom - Sitzung mit ihrem Lebensgefährten nach Abu Dhabi ein. Zu den Emiraten waren es vier Stunden Zeitunterschied und nun war es dort 16 Uhr. Eine ungewöhnliche Zeit für eine Zoomsitzung, aber sie musste unbedingt mit Nigel sprechen.

Es dauerte nicht lange und die Verbindung war aufgebaut. Nigel grinste in die Cam und sagte, „Hi my Kalbi - my heart! I suppose you are going to miss me."

„Ja, Nigel du weißt doch, dass ich dich sehr vermisse. Aber ich benötige bitte deine fachliche Expertise." „Oh, my god, Miss Marple! Sag bloß du, bist immer noch mit dem Pferderipper beschäftigt? Kümmerst du dich denn überhaupt um den Verkauf der Immobilien?"

„Natürlich, das mache ich das auch noch.", erwiderte Anna.

Anna und Nigel kannten sich bereits seit 3 Jahren und sprachen in einem seltsamen Kauderwelsch von Englisch, Arabisch und Deutsch miteinander. Nigel war der Sohn eines Emiratis und einer Britin und sprach deshalb fließend Englisch und Arabisch. Er wuchs teilweise in England auf, besuchte dort die Schule und studierte Tiermedizin. Er spezialisierte sich auf Pferde. Er arbeitete einige Jahre in den USA und betreute dort in Kentucky die Rennpferde des Scheichs. Nun leitete er die Pferdeklinik in Abu Dhabi. Er war ein sehr gutaussehender 38 - jähriger Mann mit dunklen Haaren und grünen Augen. Im Rahmen der beruflichen Tätigkeiten lernten sie sich beide kennen. Sie waren seit einem Jahr verlobt und die Hochzeit sollte im nächsten Jahr stattfinden. Nigel hieß eigentlich Khalid, Mohammed, Tariq und hatte weitere 3 Vornamen. Der Vorname Nigel war ein zusätzlicher englischer Vorname.

Anna berichtete Nigel von den Neuigkeiten rund um Gut Krähenbühl und den Ergebnissen der Laboruntersuchung.

„Nigel sagt dir der Begriff Zoophilie etwas?"

„Mashallah! Anna, wie kommst du jetzt auf so etwas? Sind die Deutschen bei euch jetzt alle verrückt geworden? Sexuelle Handlungen an und mit Tieren!"

„Ja, ich hatte da einmal einen Fall, als ich noch in England gearbeitet habe. Es gibt Typen- meistens handelt es sich um Männer, aber es gibt auch Frauen die sich sexuell zu Tieren hingezogen fühlen. Sie benutzen Tiere zu sexuellen Handlungen oder richten Tiere ab, um sie für sexuelle Handlungen Dritten zur Verfügung zu stellen.

Es gibt tierpornographische Medien wie die Websites Horse Porn, Dog Porn, Snake Porn usw., aber auch Magazine und Filme.

Es gibt in einigen Ländern sogar Tierbordelle legal und illegal."

„Ich erinnere mich, als ich in England noch an der Universität war. Da kam ein Notfall herein. Es handelte sich um eine ca. 5-jährige Mischlingshündin, eine Mischung aus Labrador und Hütehund. Sie war schwer verletzt, sie hatte beide Hinterläufe gebrochen und war vaginal schwer verletzt. Der Typ, der sie brachte, ich erinnere mich noch gut daran, war so ein richtiger englischer Biedermann.

Der tat total besorgt. Aber das war bereits sein dritter Hund mit ähnlicher Verletzung. Mein Prof erinnerte sich sehr gut an ihn. Er behauptete immer, dass die Hunde von freilaufenden Rüden gedeckt worden wären. In diesem Fall hatte mein Prof die Eingebung, ihm mitzuteilen, dass die Hündin verstorben war. Wir haben sie dann gemeinsam aufgepäppelt und die Eltern einer meiner Kommilitonen haben ihr ein gutes Zuhause gegeben.

Die Universität hat dann gegen den Typen Strafanzeige erstattet. Er wurde lediglich zu einer Geldstrafe verurteilt und hat sich dann die nächste Hündin geholt.

Das ist zum Kotzen!

Das scheint auch bei euch in Krähenbühl so zu sein, halt nur mit Stuten. Ich kenne die deutschen Gesetze nicht, aber ich glaube, da wird juristisch bestimmt nichts dabei herauskommen, das kann ich dir gleich sagen.

Anna bitte überlasse die Nachforschungen der Polizei. Höre auf herumzuschnüffeln. Das kann sehr gefährlich werden. Du hast es mit einem Psychopathen zu tun."

„Jaaaa, Tamam! My dear! Mache dir keine Sorgen."

In diesem Moment gab ihr Mobiltelefon einen sonderbaren Ton von sich. Ach ja, sie erinnerte sich, das war die Webcam, die sie heimlich an Preppys Box angebracht hatte.

„Nigel Moment mal. Lass mich die Kamera checken."

Sie sah auf das Display und sah, wie ein Mann vor der Boxentüre stand und aufmerksam das Schild mit Preppys Daten las. Die Pferde waren immer noch auf der Weide, das beruhigte sie. Aber warum interessierte er sich so für ihr Pferd?

Hoppla, das war der nette Jäger und Studienrat aus dem Nachbarort. Was hatte er hier verloren?

Anna machte einen Screenshot und berichtete Nigel von dem Vorfall.

„Darling, wenn du später das Meeting bei der Polizei hast, dann zeige es denen gleich".

„Ja Khaled Nigel. Das verspreche ich dir." Sie verabschiedeten sich und Anna loggte sich aus.

Sie erledigte zunächst ihren Bürokram, telefonierte mit dem Immobilienbüro und schrieb an einem neuen Artikel für ein Pferdemagazin zum Thema Wurmkuren.

Pünktlich um 17 Uhr saß sie im Büro von Hauptkommissar Roland Wagner. Der hieß sie herzlich willkommen und stellte ihr noch einmal seinen Kollegen Bernd Bayer vor. Beide waren angesichts des heißen Sommers wieder leger und sportlich gekleidet, mit hellen Jeans und dunkelblauen und türkisfarben Poloshirts. Anna war erstaunt, denn so lässig hatte sie sich Polizeikommissare nicht vorgestellt. Im Fernsehen sahen diese immer ganz anders aus.

Nachdem Bernd Bayer alle Personen mit Gläsern und kalten Getränken versorgt hatte, begann Hauptkommissar Roland Wagner Anna zu befragen.

Anna hatte sich auf ihrem Tablet Notizen erstellt und scrollte nun die entsprechenden Textpassagen heran.

Anna erzählte aus fachlicher Sicht von den abgesengten Tasthaaren, dem abgeschnittenen Schweif und der Sabotage des Wassertränkers. Dann kam sie auf ihre Beobachtungen bei ihrer Stute Starlight Preppy zu sprechen, und auf die Idee einen Abstrich zu machen und Tom zu geben, da sie hier in Deutschland kein Labor und demzufolge kein eigenes Mikroskop zur Verfügung hatte.

Sie berichtete außerdem von den anderen Stuten, von denen sie ebenfalls unerklärliches Sekret entnommen und dem befreundeten Tierarzt übergeben hatte.

Sie war inzwischen von Nigel zum Thema Zoophilie gebrieft worden und noch etwas schockiert.

Sie teilte Hauptkommissar Roland auch ihren Verdacht dahingehend mit.

Er war keineswegs überrascht, denn nach dem Anruf von Anna am Morgen, hatte er mit der Profilerin Dr. Emma Kürzendörfer vom LKA München diesbezüglich telefoniert.

Diese schloss den Hintergrund der Zoophilie nicht aus.

Bernd Bayer gab kurz die Zusammenfassung der Profilerin weiter, damit Anna sich ein Bild machen konnte.

„Frau Dr. Kürzendörfer hat uns folgende Informationen gemailt:

Der Straftatbestand der Zoophilie ist bereits seit 1969 abgeschafft, aber seit 2013 ist es in Deutschland gemäß § 3 Tierschutzgesetz verboten, Tiere für sexuelle Handlungen zu nutzen oder dafür zu dressieren. Auch das zur Verfügung stellen der Tiere zu solchen artwidrigem erhalten ist strafbar. Hierbei handelt es sich um eine Ordnungswidrigkeit, die mit einem Bußgeld in Höhe von bis zu 25.000 € geahndet werden kann.

Leider ist es sehr schwer nachweisbar, dass die Tiere erhebliche und länger anhaltende Schmerzen und Leiden als Folgen sexueller Handlungen erleiden.

Das Verbreiten von tiertierpornographischer Medien § 184 b Abs. 3 StGB wird geahndet.

Hierbei handelt es sich um eine Straftat, die auch eine Freiheitsstrafe zur Folge haben kann. Das Speichern von Tierpornographie dagegen auf dem eigenen Rechner, ohne mit der Absicht diese zu verbreiten, ist nicht strafbar.

Ja, das sind keine guten Nachrichten. Denn wo keine Kläger- da kein Richter!

Zoophilie ist in der Öffentlichkeit nicht so aktuell. Dabei gibt es auch hier einen großen Markt. Der beginnt bei Tierpornos in denen Mädchen mit Pferden den Geschlechtsakt ausüben und die von Jugendlichen per Smartphone weitergereicht werden.

Aber es geht auch um Sextourismus in anderen Ländern. In zahlreichen EU-Ländern gibt es ein Verbot für Zoophilie. Aber dafür gibt es in Schweden, Großbritannien und Dänemark einen regelrechten Sextourismus. Abgebrühte und geldgeile Hunde- und Pferdehalter oder Landwirte verlangen bis zu 200 € von einem Freier für den Sex mit einem Pferd. Irritierenderweise sind auch Frauen unter den Sextouristen.

Nachgewiesen ist, dass bereits vor 15 Jahren 17 Prozent der dänischen Tierärzte sexuell ausgenutzte Tiere behandelt haben.

Seit 1. Juli 2015 werden in Dänemark sexuelle Handlungen mit Tieren per Gesetz mit Bußgeldern oder Haftstrafen geahndet. Dennoch gibt es einen riesigen Schwarzmarkt dafür.

Als Bernd geendet hatte, war ein großes Schweigen im Raum. Anna und Roland hatten nichts hinzuzufügen.

„Unsere Profilerin meinte noch, der Ripper könnte durchaus auch zu seinem eigenen Vergnügen Zoophilie praktizieren."

Roland sagte, „jetzt wird erst einmal das sichergestellte Sperma in der Rechtsmedizin untersucht. Danach haben wir eine wasserfeste DNA-Spur. Die lassen wir dann durch die Datenbanken laufen. Möglicherweise haben wir bald einen Treffer, denn solche schrägen Typen sind meist Wiederholungstäter. Das ist unsere Chance."

Schließlich verabschiedeten sie sich voneinander. Die beiden Kriminalbeamten fuhren noch gemeinsam zum Wöfleskeller, um ein verdientes Feierabendbier zu genießen.

Anna machte sich auf den Weg zu ihrer Schwester Bettina, um mit ihrer Familie zu grillen.

Freitag war sein Glückstag. Jeden Freitagnachmittag fühlte er sich frei und unbeobachtet. Pünktlich an jedem Freitag verließ sie um 13.30 Uhr das Haus. Sie brezelte sich dementsprechend auf und trug qualitativ gute feminine Kleidung. Sie legte Schmuck an und holte eine ihrer guten Lederhandtaschen hervor. Sie ging zum Friseur. Sie ließ sich die Haare schneiden und strähnen, manchmal nur waschen und föhnen. Sie ging natürlich schon jahrelang zu der Friseurin in den Nachbarort. Danach hatte sie noch einen Termin, entweder zur Fußpflege oder bei der Kosmetikerin. Wenn die Zeit reichte, erledigte sie noch Einkäufe. Sie kam immer zwischen 17 Uhr und 17.15 Uhr zurück, pünktlich zum Abendessen. Die knappen 3 Stunden nutzte er auf seine Art. Die ganze Woche freute er sich schon darauf.

SECHZEHN

Girls & More

Mittwoch 28. August

Es war inzwischen Nachmittag und wieder oder besser gesagt immer
noch sehr heiß. Auf Gut Krähenbühl ging derweil der Betrieb weiter. Es
wurden Heu und ein Container Sägespäne zum Einstreuen der Boxen
angeliefert.

Vicente und Frank überwachten dies, damit alles in die richtigen
Scheunen eingelagert wurde.

Zusätzlich wurden für das Reiterstübchen von einer ortsansässigen
Brauerei Wasser, Softdrinks und Bier geliefert. Der Fahrer schleppte
schweißüberströmt die Kästen ins Stübchen.

Bevor er mit dem LKW wieder losfuhr, trank er schließlich mit Radu
eine Cola und sie rauchten zusammen eine Zigarette.

Frank hatte noch Zeit, da um 18 Uhr seine erste Reitschülerin kam. Er
zog sich deshalb auf dem Gelände in seinen Wigwam zurück.

Seit einigen Tagen war er auffallend blass und hatte tiefe dunkle Schatten unterhalb der Augen. Er, der eitle Pfau, sah heute zum Kotzen aus. Er war für seine Verhältnisse außerdem relativ einsilbig.

Nun saß er in seinem Wigwam, die Haare trug er offen, dazu ein Stirnband aus Dachsfell. Er hatte wie meistens seine Wrangler Cowboy-Jeans und ein schwarzes Tanktop mit der goldenen Aufschrift `Schürzenjäger` an.

Er saß im Schneidersitz in der Mitte des Wigwams und trug oberhalb der beiden Jochbeine mit schwarzer Schminke aus der Dose jeweils einen breiten Strich auf.

Er war jetzt auf dem Kriegspfad. Er war ein Krieger.

Dann machte er sich einen Joint und paffte genussvoll mit kräftigen Lungenzügen die selbst gedrehte Tüte. Er stieß ein sattes Grunzen aus und verdrehte die Augen. Einfach geil dieser Stoff, den ihm Radu besorgt hatte, besser als jede Schlampe. Kurz darauf nahm er seine Klangschale und betätigte den Klöppel und fabrizierte psychedelische Fantasieklänge. Schnell war er in Trance und beamte sich aus der Gegenwart.

Später um 17.30 Uhr trat er etwas verschlafen und verknittert aus dem Zelt und ging in Richtung Stall, um alles für die gebuchte Unterrichtsstunde vorzubereiten.

Begeistert war er nicht, da heute Brigitte im Plan stand. Sie kam seit 4 Wochen und bekam das Schulpferd Chester, einen braven Paintwallach zum Reiten.

Brigitte war eine nette etwas naive 45 - jährige Hausfrau, ein heller sommersprossiger rotblonder Typ mit verwaschenen Gesichtszügen und das fiel sogar ihm auf- sehr schlechten gelb verfärbten Zähnen und ihre Unterkiefer - Frontzähne waren mit dickem Zahnstein bedeckt. Sie war total unsportlich und übergewichtig. Bereits das Aufsteigen aufs Pferd bereitete ihr große Mühe und sie war danach eine Zeitlang kurzatmig. Sie trug hautenge Reitleggings, die so eng waren, dass sie auf dem Pferd kaum die Beine abbiegen konnte. Sie sah darin aus wie eine geplatzte fränkische Bratwurst, so wie ein bösartiger Spruch aus Franken heißt und durch den dünnen Mikrofaserstoff waren tiefe Löcher ihrer Orangenhaut an Oberschenkel und Po zu sehen. Leider waren Leggings nun in Mode und fast alle Reiterinnen trugen nun diese Plastikleggings, ob sie passten oder nicht. Das war wahrlich kein schöner Anblick für einen Reitlehrer. Das Schlimmste überhaupt, Brigitte hatte einfach kein Gefühl fürs Reiten. Sie saß wie ein Betonklotz auf dem Pferd und fiel Chester dadurch ständig in den Rücken. Sie checkte den Rhythmus der Pferdebewegung nicht. Franks schmutzige Fantasie brachte ihn dazu, zu vermuten, dass sie auch andernorts kein Rhythmusgefühl habe.

Sie plapperte unentwegt, was ihm sowieso auf die Nerven ging. Er war zwar ein Womanizer, aber diese Frau interessierte ihn nicht die Bohne. Sie war nicht sein Typ.

Aber sie flirtete allen Ernstes mit ihm. Deshalb hatte er versucht, ihr ein eigenes Pferd schmackhaft zu machen. Er hätte da schon ein Pferd in Aussicht, das für die Tussi passte und er gut daran verdienen würde.

Er hatte sie bereits weichgeklopft, aber da stellte sich heraus, dass ihr Alter sie finanziell total an der Kandare hatte. Fuck!

Sie konnte nur mit seiner Genehmigung einen größeren Betrag von mehr als 500€ vom Konto abheben. Na Super!

Na ja, heute bei der Hitze würde sie eh nicht lange durchhalten. Wenn er regulären Unterricht mit ihr machte, würde sie wie eine tote Fliege vom Pferd fallen.

Deshalb würde er sie heute nur im Schritt einmal auf der rechten und auf der linken Hand in der Halle reiten und dabei plappern lassen. Er würde sie überschwänglich loben und sie würde auf jeden Fall nächste Woche wieder buchen. Ja, genau, er würde mit ihr regelrecht eine Therapiestunde abhalten, denn er brauchte ganz dringend die verdammte Kohle.

Reittechnisch war bei Brigitte Hopfen und Malz verloren, wie man so schön in Bayern zu sagen pflegte. Reiten war einfach nicht ihr Ding. Vielleicht sollte sie lieber in eine Nordic Walking Gruppe gehen.

Zudem gingen ihm die Tschechen echt langsam auf den Sack. Sie riefen ständig an und forderten das Geld zurück, das er beim Pokern verloren hatte. Sie hatten ihn auch schon gedroht, ihm die Beine zu brechen, wenn er nicht zahlte. Wenn er doch nur das Pferd von einer von dieser Stall-Tussis verkaufen könnte, dann wäre er aus dem Schneider.

Er könnte auch sein anderes erst kürzlich aufgetretenes Problem total easy lösen.

Die kleine Alina Bitch nervte ihn zusätzlich. Sie hatte ihn vor einigen Wochen unaufgefordert in seinem Wigwam aufgesucht. Er hatte sich zurückgezogen und eine Tüte geraucht und ein wenig getrommelt. Es half ihm, vom Unterrichtsstress herunterzukommen. Außerdem hatte er vor in Trance sein Unterbewusstsein öffnen, um seine positiven Energien zu kanalisieren, denn er musste sich in absehbarer Zeit etwas einfallen lassen. So konnte sein Leben nicht weiter gehen. Er war jetzt Ende 40 Jahre alt und er hatte bisher nichts richtig zu Ende gebracht. Er hatte schon lange keine feste Beziehung mehr. Er hatte weder eine eigene Immobilie, keine Lebensversicherung. Selbst einen Bausparvertrag hatte er nicht.

Der Zahn der Zeit nagte bereits auch an ihm. Sein langes Haar, auf das er so stolz war, wurde langsam dünn, schütter und grau. Seine Geheimratsecken sind ebenfalls die Stirne hoch gewandert. Sein kleiner Franky schwächelte auch von Zeit zu Zeit.

Diese andauernde Schuldenlast, das Leben von der Hand in den Mund, dazu das ständige Geplapper seiner weiblichen Kundinnen, das immerwährende Gejammer über dieses und jenes, nervten ihn extrem. Gerade seinem Klientel fehlte es doch zumeist an nichts. Das war jammern auf hohem Niveau. Täglich musste er sich dazu zwingen seinen ganzen Charme spielen lassen, um seine Schülerinnen bei Laune zu halten. Er fühlte sich oftmals wie ein Animateur in einem Ferienclub. Die eine oder andere Trulla aufzureißen, pushte zwar sein Ego. Aber in seinen stillen Stunden, wenn er in seinem Wigwam saß und rauchte, fühlte er sich als Mann regelrecht benutzt und ausgebeutet, wann immer über seine vertrackte Situation nachdachte.

Und jetzt hatte er noch das Problem mit Alina an der Backe. Sie kam jedenfalls vor Wochen unaufgefordert in sein Wigwam. Sie hatte sich einfach neben ihn gehockt und an seinem Joint gezogen. Danach wurde sie geil und hatte sich auf ihn gesetzt, nachdem sie ihm vorher seine Hose heruntergezerrt hatte. Er hatte natürlich nicht nein gesagt. So ein junges „Wendy Girl" war ein Glücksfall.

Die Kleine, die aussah wie ein Engel hatte, ihn geritten wie einen Zirkusgaul. Später war er mit heruntergelassener Hose aufgewacht und im letzten Augenblick zum Unterricht gekommen.

Vorige Woche hatte sie ihm ein Foto gemailt, das er ohne seine Brille erst für ein abstraktes Schwarz-Weiß-Gemälde gehalten hatte, dabei war es eine Ultraschallaufnahme.

Die kleine Schnalle war jetzt schwanger, angeblich von ihm.

Sie will, dass er die Abtreibung bezahlt und danach 10 000 € als „Wiedergutmachung". Als Kompensation würde sie auch seinen teuren Quarter Hengst „Billy the Kid" akzeptieren. Ansonsten würde sie ihrem Daddy alles erzählen, auch dass sie „nein" gesagt hätte. Der Vater war blöderweise Rechtsanwalt.

Sie hatte ihn jetzt echt an den Eiern, da sie ihn angelogen hatte, als sie ihm glaubhaft versicherte, dass sie schon 18 Jahre alt wäre. Das abgebrühte Miststück war erst 16 Jahre jung. – also noch minderjährig.

Er hatte schon überlegt, ob er Irina anpumpen solle, sie könnte ihm locker das Geld leihen. Die braucht nur mit ihrer Platinkreditkarte zum Bankautomat gehen und der spukt aus, was ihr Alter ihr aufs Konto bucht.

Das Problem war aber nur, dass osteuropäische Frauen oftmals ein Herz aus Stahl hatten. Die lassen sich nicht linken. Schon gar nicht von einem Mann. Die wollen nur ihren Spaß und saugen die Männer aus, um sie danach wie eine lästige Zecke zu zerquetschen. Bei Irina hatte er nun den Status einer Zecke.

Frank bemitleidete sich noch eine Weile selbst und zur Beruhigung und zum Trost rollte er sich noch einmal einen Joint. Einen stärkeren.

Dass er aber bald ein noch viel größeres Problem haben würde, war ihm da noch nicht bewusst.

Der Abend verlief auf Gut Krähenbühl geradezu idyllisch. Die Reitstunden waren absolviert, die Pferde waren gefüttert und versorgt worden. Die Lichter waren aus und die Pferde waren in der Nacht immer noch wegen des Pferderippers in den Ställen statt auf den Weiden untergebracht.

Anna, Natalie, Claudia und Petra saßen mit Vicente vor dem Reiterstübchen an einem Tisch zusammen und tranken je ein kühles Glas trocknen Weißwein. Sie unterhielten sich zwanglos und angeregt über Pferde, Pferde und wieder Pferde. Die schrecklichen Vorkommnisse hatten sie an diesem Tag ausgeblendet. Es war heute Urlaubsfeeling pur und sie genossen den schönen Sommerabend in Franken.

Hamed und Radu saßen zusammen auf ihrer Terrasse, rauchten und tranken jeweils eine Flasche Bier und spielten Backgammon. Zweimal klingelte das Handy von Radu und er bellte irgendetwas Wütendes in rumänischer Sprache ins Telefon, bevor er das Gespräch wegdrückte. Es war wirklich ein herrlicher Sommerabend. Es zirpten die Grillen und ab und zu hörte man außen das Schnauben der Pferde in ihren Boxen. Sie sahen, wie der nette Studienrat mit seinem Dackel Hubert zur Gassirunde am Stall entlang schlenderte.

Schon wieder. Wenn er in den Wald wollte, musste er nicht wirklich bei Ihnen vorbeilaufen.

Streng genommen war das Gelände Privatbesitz und es war nicht erwünscht, dass Fremde über den Hof trampelten. Claudia bemerkte, wie Anna den Nachbarn nachsah und sagte: „Gell des ist a komischer Vogel!

Der soll ein eingefleischter Junggeselle sein und mit seiner tyrannischen Mutter zusammenleben." Petra warf ein: „Weiß man, vielleicht geht er ja heimlich zu einer Domina." Sie kicherte. „Das könnte er bei uns auch haben. Wir haben hier jede Menge Gerten und Peitschen und könnten ihn sogar die Kandare anlegen. Gell, Mädels!"

Dabei schaut der gar nicht mal schlecht aus. Na, hat wahrscheinlich einen Schuss im Sender. Sie lachte und trank einen Schluck aus ihrem Glas.

Der Nachbar, passierte nun die Gruppe und grüßte mit „Guten Abend, die Damen und der Herr". Sie erwiderten seinen Gruß und Diesmal war Hubert nicht an der Leine und so rief Anna, ja da ist ja der Hubert, der sich das nicht zweimal sagen ließ und zwischen Annas Füssen herumwuselte. Sie hatte schnell unbemerkt ihre Reithandschuhe angezogen und gab ihm ein Leckerli. Während sie ihn gleichzeitig streichelte und kraulte, bemerkte sie, dass er offensichtlich an Haarausfall litt, dass erkannte sie mit geschultem Blick. Vielleicht Vitaminmangel oder auch eine Vergiftung argwöhnte sie. Schließlich pfiff sein Besitzer nach Hubert und er flitze ihm hinterher Richtung Trampelpfad in den Wald hinein. Rasch zog Anna die Handschuhe aus und verstaute sie in ihrer Handtasche. Sie grinste innerlich wie eine Katze die eine fette Maus erwischt hatte. Morgen würde sie die Handschuhe Hauptkommisar Wagner übergeben. Denn an dem Klettverschluss der Handschuhe waren 100% genügend Hundehaare haften geblieben die für eine forensische Untersuchung reichen würden. Sie hatte so ein Bauchgefühl. Typisch Miss Marple halt.

Frank war übrigens wie vom Erdboden verschluckt. Das war ungewöhnlich, denn normalerweise ließ er es sich nicht nehmen, bei den Mädels mit am Tisch zu sitzen und herum zu schleimen. Anna vermutete, dass es an ihrer Gegenwart liegen könnte. Nachdem sie ihn zurechtgewiesen hatte, hatte er vermutlich keine Lust auf eine erneute Konfrontation mit ihr und ging ihr aus dem Weg.

Ihr war dies nur recht.

Um 23.00 Uhr brachen die Reiterinnen auf und auch Vincente ging zurück in seine Wohnung. Er musste morgen früh wieder um fünf Uhr aufstehen.

Die vier Frauen winkten den beiden Pferdepflegern auf ihrer Terrasse zum Abschied zu, die immer noch konzentriert Backgammon spielten. Danach patrouillierten sie in den Ställen, um nach den Pferden zu sehen. Anschließen gingen sie gemeinsam zum Parkplatz und stiegen in ihre Autos und fuhren nach Hause.

Er hatte sogar einmal eine Domina besucht. Da fühlte er sich wieder quasi wie zuhause. Sie hatte ihn die ganze Zeit über nur beschimpft und beleidigt. Das kannte er schon von zuhause. Am Schluss hatte die Domina ihm eine Küchenschürze umgebunden und er wurde gezwungen, den Boden mit einem Wischmob sauber zu machen. Das hatte ihn nicht angemacht, denn das machte er nebst Abfall herausbringen, jeden Samstag zuhause. Was ihn ärgerte, war das viele Geld, das er bezahlen musste. Ohne Sex, das muss man sich einmal vorstellen. Er als Zahlenmensch achtete sehr auf sein Geld. Aber nicht der Geiz, sondern die Schuld und das schlechte Gewissen machten ihm sehr zu schaffen. Es fühlte sich einfach nicht richtig an. Sie würde, wenn sie es wüsste, bestimmt mit ihm schimpfen. Aber im Lügen war er bereits Meister, sie würde nichts merken, wenn er wieder zuhause war.

SIEBZEHN

Business as usual

Montag, 2. September

Anna und Bettina hatten heute ein Meeting mit dem Immobilienbüro, da weitere Interessenten in die engere Auswahl zum Kauf der elterlichen Immobilie infrage kamen. Danach hatten sie einen Termin bei der örtlichen Industrie - und Handelskammer, in der Abteilung für Existenzgründung.

Es gab dort einen Mitgliederservice - eine Börse für Unternehmen, die zu verkaufen waren, entweder weil die Inhaber zu alt waren und keine Nachfolger hatten oder die Firmeninhaber aus anderen Gründen aufgeben wollten.

Sie hatten das Familienunternehmen über die Börse ausgeschrieben und jetzt gab es ein ernst zu nehmendes Angebot.

Heute wurden die Karten aufgedeckt und der potenzielle Käufer und Verkäufer trafen sich zum ersten Mal in den Räumen der Kammer. Es war ein Rechtsanwalt und ein Wirtschaftsprüfer anwesend, um etwaige juristische oder steuerliche Fragen den Unternehmensverkauf betreffend zu besprechen.

Anna, die am heutigen Tag zum Businesslook passend ein dunkelblaues schlicht geschnittenes Kostüm von Miu Miu und ihre Lieblingspumps in der Nude Farbe von dem angesagten Designer Jimmy Choo trug, war erleichtert, dass sich in dieser Angelegenheit etwas bewegte und sie beide einen guten Abschluss finden würden. Seit sie in Deutschland war, trug sie keine formelle Kleidung, geschweige denn Business Look. Sie war meistens leger und sportlich gekleidet. In Abu Dhabi war das anders. Sie trug zwar ihre Dienstkleidung, aber bei Seminaren, Kongressen und Vorträgen, bei allen offiziellen Anlässen war es ein `Must` formal angezogen zu sein, Freizeitkleidung bei Geschäftsterminen war ein `No Go`. Privat gingen Nigel und sie oft aus oder wurden eingeladen. Dazu trug man qualitativ hochwertige Marken. Es machte dort Spaß sich chic zu machen, was dem guten Wetter geschuldet war. Seit Anna in den Vereinigten Arabischen Emiraten lebte, hatte sie erstaunlicherweise keine Figurprobleme mehr. Sie war 167cm groß und hatte eine sportliche, feminine Figur und trug Konfektionsgröße 38 bis 40. In Deutschland hatte sie immer einen Schlankheitswahn, jedes Gramm störte sie an ihrem Körper. In der arabischen Kultur hingegen war eine Frau nur attraktiv, wenn sie mehr Fleisch auf den Rippen hatte. Und das ging schnell, denn das Essen war köstlich. Und es gab immer einen Anlass gemeinsam zu essen und gleich mehrere Gänge. Deshalb war es ihr egal, wenn sie einige Polster hatte. Während der Endurance-Saison, wo sie regelmäßig 100 km oder 120 km Rennen ritt, hatte sie die überflüssigen Pfunde schnell wieder verloren. Sie fühlte sich in ihrer Haut wohl, solange ihr ihre Kleidungstücke passten.

Bettina traf sie wie verabredet vor dem Eingang der Industrie - und Handelskammer und sie war heute ebenfalls professionell gekleidet. Sie bevorzugte einen dunkelblauen Hosenanzug aus der neuen Boss Kollektion mit einer hellblauen Sommerbluse.

Es war kurz vor 9 Uhr morgens und das Meeting sollte gleich beginnen. Sie waren auf dem Weg in den ersten Stock und suchten gerade das Zimmer Nr. 10, als Annas Mobiltelefon den inzwischen vertrauten Ton der Cam aus der Pferdebox registrierte.

Schnell wischte sie über das Display, um zu sehen, wer vor der Box von Starlight Preppy stand. Die Cam funktionierte sehr gut und hatte seit der Installation verlässlich jeden gemeldet, der sich der Box näherte. Meistens waren es jedoch die Pferdepfleger Radu und Hamed, die zuverlässig ihren Dienst taten oder die Boxennachbarinnen, die ihre Pferde herein -und herausholten und dabei Preppy kurz streichelten, wenn sie den Kopf herausstreckte.

Doch was sie jetzt auf dem Display zu sehen bekam, irritierte sie sehr. Es war schon wieder der seltsame Nachbar mit seinem Dackel Hubert, der vor der Box von Preppy herumlungerte. Schnell machte sie erneut einen Screenshot davon, stellte das Mobil leise und betrat zusammen mit ihrer Schwester den Besprechungsraum.

Sie nahm sich vor den Screenshot gleich an Hauptkommissar Wagner weiter zu leiten und gegen Abend würde sie zu Starlight Preppy fahren.

Einige Straßen weiter in der Altstadt im Polizeipräsidium hatten sich die Beamten der Soko „Krähe" in Hauptkommissar Wagners Büro eingefunden.

Inzwischen waren die Flipcharts und Whiteboards fast vollgeschrieben und deshalb wurde von einem Kollegen ein weiteres Whiteboard ins Zimmer gebracht.

„Guten Morgen Kollegen", leitete Roland Wagner die Besprechung ein.

„Heute wollen wir unsere bisherigen Ermittlungsergebnisse abgleichen."

Wir haben eine gute und eine schlechte Entwicklung zu berichten.

Lassen sie uns bitte zuerst den Istzustand rekapitulieren.

Wir haben ein Mordopfer - Hildegard Knöfl.

Es gibt das Thema Tierquälerei.

Verstöße gegen das Tierschutzgesetz

 Vergiftungen von Pferden

Wir haben einen oder mehrere Pferderipper.

Es gibt außerdem den begründeten Verdacht auf Sodomie - Zoophilie.

Verbreitung von Tierpornografie

Vermutlich illegales Glücksspiel

Steuerhinterziehung

Schwarzarbeit

Möglicherweise BTM - Delikte

Die anwesenden Kollegen klopften grinsend mit den Fingerknöcheln auf die Tischplatte. Bernd Bayer sagte: „Allmächt! Da heißt, es immer auf dem Land gibt´s keine Sünd. Das ist ja Sodom und Gomorra da draußen auf dem Gut.“

„So viel Leut sind wir doch gar nicht, dass wir diese Fälle lösen können.“

„Roland, da brauchst ja a Spezialeinheit und nicht uns 4 Hanseln.“

Hauptkommissar Roland Wagner lächelte und sagte „Gell, Schadenfreude ist die schönste Freude," „Kommt beruhigt euch wieder, jetzt wisst ihr, dass Verbrechen nicht nur in Großstädten stattfindet. Sondern auch auf dem idyllischen Land. Bitte konzentriert euch, dann sind wir schneller fertig. Also zurück zur guten und zur schlechten Entwicklung der Fälle auf Gut Krähenbühl.

Die Hausdurchsuchung bei dem Opfer Hildegard B. hat ergeben, dass sie zweifelsfrei die Urheberin der Gemeinheiten gegen die Pferde gewesen ist. Wir konnten ihren Fingerabdruck an der Wassertränke identifizieren.

Wir entdeckten die fraglichen Substanzen, die die Vergiftungen verursacht hatten, alle bei ihr Zuhause, dazu fanden wir eine Anzahl von selbstgemachten Voodoo - Stoff Puppen, auf die sie die Fotos der Gesichter von fast allen weiblichen Reiterinnen auf- gespickt hatte.

Total schräg.

Das heißt im Klartext, es wären noch mehr Pferde zu Schaden gekommen.

Überdies hat das Opfer ein Tagebuch geführt - zwar ein wirres, aber doch so eindeutig nach Datum eingetragen, dass wir ihr die Taten zuordnen können.

Hildegard K. lebte komplett über ihre Verhältnisse und am Rande des Existenzminimums. Sie zockte ihre alte Mutter im Pflegeheim ab nach dem Motto," wie schnorre ich mich durchs Leben. „Sie trieb illegalen Handel mit Pferdezubehör auf Internet Verkaufsplattformen."

Das Ganze ist ihr über den Kopf gewachsen und deshalb vernachlässigte sie auch ihre Tiere und die Vermüllung lässt zudem darauf schließen, dass sie psychische Probleme hatte.

Ach ja, der abgeschnittene Pferdeschweif befand sich auch in ihrem Haus.

Die Motive waren Rache, Neid und Eifersucht! „

Roland Wagner hatte heute wieder die hocherfreute Natalie Schobert dazu eingeladen und wandte sich nun an sie. „Natalie, wir haben die Autokennzeichen, die du ermittelt hast, überprüft und haben die Identitäten der Fahrzeughalter".

Es handelt sich um folgende Personen:

Vlad Iancu	Rumäne, arbeitslos, Vorstrafe wegen Körperverletzung
Dumitru Popescu	Rumäne, Cousin von Radu Popescu, Schlosser

Leschek Hajek	Tscheche, Koch, Vorstrafe BTM
Malik Al Sady	Syrer, Bruder von Hamed Al Sady. Ausbildung zum Mechatroniker

„Das sind ja richtige Dream Boys, da draußen in deinem Stall!
Diese Infos haben uns ein Stück weitergebracht. Danke schön Natalie",
sagte Roland Wagner, anerkennend.

Vincente Lopez ist außer Verdacht, Hamed der Pferdepfleger auch, er
hat lediglich eine Vorstrafe wegen Sozialbetrugs und Schwarzarbeit, das
ist aber schon kalter Kaffee.

Bei Radu Popescu, dem Pferdepfleger, dauert die Überprüfung an. Der
Bernd hat dies auf dem Schirm.

Ein besonderes Früchtchen ist Frank Niedermayer, der Cowboy. Er ist
mehrfach vorbestraft. Wir graben noch tiefer.

Fazit:

Wir suchen also schließlich den Pferderipper und den Mörder von
Hildegard K.

Die Identifikation der DNA des gefundenen Spermas dauert noch an.
Vielleicht bekommen wir bald einen Treffer.

Dafür hat die Auswertung der Tierhaare an den Messerklingen ergeben, dass es sich um einen altdeutschen Dackel handelt. Das Tier konnte genetisch konkret eingegrenzt werden. Es handelt sich um einen Rauhaardackel in Saufarben.

Bernd lachte, „aha saufarben! Schaut er aus wie eine Wildsau?" Er schlug sich lachend auf den Oberschenkel.

Natalie Schobert sagte: „Ja, ganz genau. Er ist graubraun mit struppigem, rauem Fell. Man kann ihn im Wald farblich leicht mit einem Wildschwein verwechseln. Das ist übrigens bei Drückjagden schön öfter geschehen. Deshalb müssen auch die Hunde mit orangefarbenen Mänteln markiert werden, damit sie nicht versehentlich angeschossen werden."

„Aha", grinste Bernd „da habe ich wieder etwas gelernt."

Hauptkommissar Roland Wagner sagte: „Kollegen, da gibt´s noch Sache, was uns helfen wird. Der Hund hat eine spezifische chronische Erkrankung. Die Untersuchung hat ergeben, dass er an dem Cushing - Syndrom erkrankt ist. Cushing gibt´s nicht nur bei Menschen, sondern auch bei Pferden und Hunden.

In diesem Fall wird das Cortisol in den Nebennierenrinden als körpereigener Abwehrstoff gebildet. Diese pathologische Hormonüberproduktion bedingt verschiedene Symptome wie

Haarausfall, Hauterkrankungen, Energiemangel, so stark, dass sie oft nicht in der Lage sind, Gassi zu gehen, und oftmals fehlt ihnen sogar die Kraft, ins Auto zu springen.

Das ist natürlich Pech für den Dackel, aber Glück für uns, denn das grenzt die Suche erheblich ein.

Leute, wir suchen also einen saufarben Rauhaardackelrüden, der krank ist.

Vielleicht kommt doch ein Jäger als Pferderipper in Betracht?

Auch die Auswertung der Mobilfunkdaten bezüglich der Einlogg - Zeiten der Handys auf dem Gut, dauert noch an. Vermutlich werden wir morgen mehr wissen."

„Kollegen, wir brauchen noch die Auswertung des Tabaks, der nahe der Pferdetränke neben dem Mordopfer gefunden wurde. Wer ist von Euch da dran?", fragte Roland Wagner.

Mike Schöller, ein weiterer Kollege, hob die Hand.

„Alles klar, Mike dann gib mal Gas, wir treffen uns morgen um 11 Uhr wieder hier."

Es machte ein knackendes Geräusch wie, wenn ein Hühnerknochen bricht. Der beige raue Sack bewegte sich wild und die darin befindliche Katze, strampelte und kreischte gellend und fauchte. Sie versuchte, sich verzweifelt zu befreien. Der Schwanz der getigerten Nachbarskatze ragte ein Stück heraus. Als sie flüchten konnte, fiel der abgetrennte blutige Stumpf des Schwanzes der Katze zu Boden. Er hatte damals seine erste Ejakulation und es fühlte sich so befreiend an.

ACHTZEHN

Beim Manitu

Mittwoch, 4. September

Der nächste Morgen begann.

Hamed der zwar rauchte, am liebsten Marlboro wie ein echter Cowboy und auch gerne Bier trank, lies kein Gebet aus, so auch nicht das erste am Morgen. Dieses muss der Überlieferung des Propheten Mohamed zufolge dann erfolgen, wenn die Dunkelheit der Nacht sich langsam auflöst. Das ist dann so weit, wenn ein weißer Faden von einem schwarzen Faden in der Morgendämmerung zu unterscheiden ist. So steht es im Koran geschrieben.

Nun saß er auf seinem Gebetsteppich um Shuruq, das Gebet des Sonnenaufgangs, der an diesem Morgen circa um 5.43 Uhr erfolgen sollte, zu verrichten. Als die App auf seinem Handy das Signal für den Beginn des Shuruq gab, fing er voller Hingabe mit seiner Anrufung Allahs an.

Nachdem er geendet hatte, blieb er noch einige Minuten versunken inmitten der wundervollen Natur sitzen, bis er sich schließlich sammelte und aufstand. Er rollte seinen blau gemusterten

Gebetsteppich ordentlich zusammen und zog zur Fixierung ein Plastikband darüber. Sorgfältig steckte er seine Misbah, die Gebetskette mit den 33 Perlen, die dreimal also insgesamt 99x berührt werden mussten, da sie die 99 Namen Allahs darstellten, in die Brusttasche seines Hemdes. Er steckte außerdem seine weiße gehäkelte Takke - seine Gebetsmütze in die hintere Hosentasche seiner Jeans.

Er wollte zurück zum Stall, da er mit dem morgendlichen Füttern beginnen musste. Einer Eingebung folgend lief er in Richtung Wigwam, weil er neugierig war, was Frank da so alles darin trieb.

Es roch außergewöhnlich stark nach Kräutern und Rauch und Hamed nahm an, dass der Reitlehrer gestern wieder Dope geraucht hatte und auf indianischen Schamanen gemacht hatte.

Dieser Typ war schon außergewöhnlich, dachte Hamed. Was stimmte bloß nicht mit dem? Was war in seinem Leben schiefgelaufen? Oder war das normal bei deutschen Männern ab einem bestimmten Alter?

Er stand vor dem Zugang des Zeltes und zog mit beiden Händen den Einlass auf.

Der Geruch wurde nun noch viel intensiver. Frank saß im Schneidersitz in der Mitte des Wigwams, im Gesicht hatte er schwarze Streifen wie ein Mohikaner auf dem Kriegspfad, die Augen waren geschlossen. Er lehnte mit dem Rücken am dicken mit Stammeszeichen bemaltem Holzpfahl, der die Mitte des Zelts stabilisierte.

Hamed dachte sich noch, so ein durchgeknallter Typ. Dann sah er den kleinen dunkelroten Fleck auf seiner Stirn, genau zwischen den Augen.

Zuerst dachte er, dass es sich dabei ebenfalls um indianische Kriegsbemalung handeln würde.

Aber dann begriff er, dass Frank jetzt beim großen Manitu war.

Er wurde erschossen, genau zwischen seinen Augen. Wenn das jetzt keine Message war! Eine Hinrichtung!

„La! La! Nein! Nein! Mashallah!" Schrie Hamed und rannte wie der Blitz zu den Stallungen, um Vicente zu informieren.

Nach all den Jahren hatte er damals eine Erleuchtung erhalten. Es kam über ihn wie ein Blitz aus heiterem Himmel, ausgerechnet in der Nähe von Konnersreuth. Da wo einst die Maria von Konnersreuth blutige Tränen geweint hatte und danach vom Vatikan heiliggesprochen wurde. Er war mal wieder auf einer Tagung und diese fand in einem hübsch restaurierten Kloster inmitten des Bayerischen Waldes statt. Das Kloster lag idyllisch gelegen umgeben von grünen Wäldern und Wiesen. Auf den Koppeln grasten friedlich Rinder, Pferde und hunderte von Schafen. Der kleine Ort lag sehr nah an der tschechischen Grenze. Mit dem Auto waren es nur wenige Kilometer. Einige Seminarteilnehmer brüsteten sich bereits, dass sie am letzten Seminartag kurz rüberfahren wollten. Es gab dort preisgünstiges Benzin und es lohnte sich, den Tank vollzufüllen. Es gab auch billigen Markenkaffee und Alkohol. Auch Zocken war in den Casinos möglich. Er überlegte, ob er nicht abends nach dem Seminar über die Grenze fahren solle und sich eine der zahlreichen Prostituierten gönnen solle. Er hatte seine Kollegen schon munkeln hören, dass diese es ohne Kondom machen würden. Wer weiß, wann die Gelegenheit wieder so günstig sein würde. Aber dann fand er endlich die wahre Befreiung. Es war eine Erleuchtung und so konnten ihm alle Nutten dieser Welt gestohlen bleiben.

NEUNZEHN

Miss Marple

Donnerstag, 5. September

Bereits früh am Morgen fuhr Anna mit den Einmalhandschuhen und den darin befindlichen Hundehaaren, die sie in einem verschlossenen Tiefkühlbeutel aufbewahrt hatte, ins Polizeipräsidium. Sie gab den Beutel beim Pförtner ab und dieser versprach, ihn nach oben in den 4. Stock zu Hauptkommissar Roland Wagner bringen zu lassen. Sicherheitshalber schrieb sie eine E-Mail an den Kommissar, um die Lieferung anzukündigen.

Danach ging sie heute Morgen zu ihrem ersten Termin, zum Steuerberater, denn alle steuerlichen Aspekte mussten besprochen werden, da sie künftig ihren Hauptwohnsitz in den Emiraten haben würde.

Sie hatte wie gewöhnlich während des Termins ihr Mobiltelefon auf lautlos gestellt.

Als sie das Büro verließ und zu ihrem geparkten Auto lief, stellte sie es wieder auf normale Lautstärke. Augenblicklich wurde Anna von einer Vielzahl von SMS und Whats Up Nachrichten überflutet. Bettina rief auch schon zum vierten Mal an. Natalie sandte eine Nachricht, Claudia und Petra schickten E-Mails. Es war der Teufel los.

Frank wurde ermordet aufgefunden. Erschossen! Anna war total schockiert. So viele Gewaltverbrechen in so kurzer Zeit am gleichen Ort! Das war nun wirklich makaber. Irgendwer schien jetzt total durchzudrehen. War es der Pferderipper? Hatte Frank wie Hildegard womöglich etwas gewusst? Hatte sie etwas beobachtet, was nicht für ihre Augen bestimmt war? Welches Motiv hatte der Mörder? Oder waren es sogar zwei Mörder? Obwohl es bereits warm war, fröstelte sie.

Anna beschloss, deshalb erst am Abend in den Stall zu fahren, denn sie vermutete, dass jetzt die Kriminalpolizei mit ihrem ganzen Aufgebot vor Ort sein würde. Schon wieder!

Sie wollte nicht aufdringlich wirken oder als neugierige Gafferin negativ auffallen. Außerdem wollte sie den toten Pferdetrainer, wenn er abtransportiert werden würde, nicht sehen.

Langsam wurde alles für sie zu viel, deshalb wollte sie vermeiden auf der Reitanlage die anderen, vermutlich weinenden Pferde – Einstellerinnen anzutreffen.

Sie entschloss sich, sich auf ihren Job zu konzentrieren und einige Artikel für die Verlage fertigzustellen. Zwischenzeitlich versuchte sie, ihren Partner Nigel zu kontaktieren. Aber auf ihre

Zoomkontaktversuche reagierte er nicht. Vermutlich hatte er viel zu tun.

Tom, der Tierarzt rief sie ebenfalls an, um ihr vom Tod des Western - Trainers zu berichten und um sie heute Abend auf einen Keller einzuladen. Sie sagte zu, denn sie freute, sich ihren Studienkollegen wieder zu sehen. Die angenehme Ablenkung würde ihr sicherlich guttun.

Sie erreichte Gut Krähenbühl um 18 Uhr und hatte vor, ihr Auto auf dem Parkplatz abzustellen. Aber dieser war heute total überfüllt. Schließlich parkte sie auf einem kleinen Feldweg, der zu einer der Scheunen führte.

Als sie zu den Ställen lief, fiel ihr auf, dass heute ungewöhnlich viele Leute dort waren. Plötzlich kam ihr eine Frau mit Mikrofon und einem Kameramann entgegen und rief:

„Dr. Krämer, hi we are from CNN, please give us some answers. "

Anna war total erschrocken und geistesgegenwärtig sagte sie: „No comment."

Das CNN-Team lief ihr eine Weile hinterher, bis es auf Irina traf und stattdessen sie interviewen wollte, dummerweise scheiterte dieses Vorhaben, weil sie kein Wort englisch sprach.

Es waren auch noch andere TV-Sender und die Reporter hiesiger Zeitungen vor Ort. Die Presse hatte nun ein gefundenes Fressen. Pferderipper, Tierquälerei, gleich zwei Morde und das nur innerhalb von vier Wochen auf einem renommierten Gestüt. Der Presserummel hatte gerade noch gefehlt.

Unbehelligt erreichte sie den Stall, holte Starlight Preppy aus der Box und begann sie zu putzen. Schließlich sattelte sie die Stute und ritt mit ihr in den Forst.

Sie genoss die Luft, den Duft des Waldes, die Wärme des Tages und den Wandel zum Abend hin. Während sie Starlight Preppy durch die Waldwege leitete, bemerkte sie, wie die Wärme vom Erdboden aufstieg und plötzlich einige Meter weiter wieder eine angenehme Kühle.

Sie sah drei Rehe, die gelassen auf einer kleinen Wiese mitten im Wald ästen und sich nicht stören ließen. Preppy war ebenfalls tiefenentspannt und kaute mit Hingabe auf der Trense und ließ dabei total relaxed ihre Unterlippe hängen.

Nach einer Stunde waren sie zurück im Stall. Abermals duschte sie Starlight Preppy mit dem Wasserschlauch ab, denn es war immer noch angenehm warm und die Stute hatte geschwitzt und das Fell war dementsprechend verklebt.

Sie ließ sich Zeit mit der Pflege und mittlerweile war auch die aufdringliche Presse wieder abgeschwirrt.

Sie stellte Starlight Preppy in die Box und verabschiedete sich von den Stallmädels, die aufgeregt über Frankys Tod sprachen und unterschiedliche Hypothesen aufstellten.

Anna versuchte, nochmals auf dem Handy Nigel zu erreichen. Sie landete nur auf der Mailbox. Sie nahm sich vor, es heute Abend nochmals zu versuchen.

Anna fuhr direkt zum Schäfers Keller, der sich zwei Ortschaften weiter entfernt befand, da sie sich dort mit Tom verabredet hatte.

Dort angekommen, parkte sie den Mini Cooper, den sie heute mit offenem Verdeck fuhr, auf einer Wiese, auf der bereits andere Autos parkten.

Tom saß bereits auf einer der Bierbänke und hatte einen Platz für sie freigehalten.

Er hatte eine rotweiß karierte Tischdecke auf dem Tisch ausgebreitet und passende Stoffservietten und zwei Bestecke mit zünftigen Holzgriffen daraufgelegt.

Er begrüßte sie mit Küsschen auf beide Wangen.

„Anna schön, dass du da bist. Ich hole gleich etwas zu trinken, magst du auch ein Bier?"

„Ja, klar, eins geht. Wenn ich schon hier bin, muss ich unbedingt das Kellerbier trinken."

Tom stand auf, um sich am Bierausschank anzustellen, an dem sich eine kleine Schlange von durstigen Besuchern des Kellers gebildet hatte, die geduldig warteten, bis sie bedient wurden.

Tom kam mit zwei herrlich kalten Steinkrügen randvoll mit Kellerbier, von dem etwas Schaum am Krug entlanglief und drückte ihr eines in die Hand. Sie prosteten sich zu und genossen das edle Hopfengetränk.

Tom hatte gleichzeitig auf zwei Papptellern jeweils ein Emmentaler Brot und ein Brot mit „Ziebeleskäse", eine lokale Spezialität, vom Ausschank mitgebracht.

Er zog sein rotes Schweizer Taschenmesser aus der Hosentasche und schnitt beide Brote in kleine mundgerechte Stücke.

So saßen sie da, genossen den Abend und unterhielten sich angeregt.

Sie hatte Tom nach Abu Dhabi eingeladen, um ihm ihre neue Heimat zu zeigen. Besonders interessierte ihn die Pferdeklinik. Anna versprach, dass, er sofern Tom es wünschte, in seinem Urlaub gerne mitarbeiten könne. Auch würde er sie und Nigel zu den regelmäßig stattfindenden

Endurance Rennen begleiten können. Tom war von diesen Ideen Feuer und Flamme und seine Augen strahlten vor Freude.

Für eine Weile vergaß Anna ihre Ängste und Sorgen.

Langsam wurde es kühler und dunkel und um dreiundzwanzig Uhr musste leider der Keller schließen. Einige Leute blieben länger sitzen. Tom und Anna brachen auf, da sie am nächsten Morgen wieder früh aufstehen mussten. Sie verabschiedeten sich, mit einer herzlichen Umarmung und versprachen bald wieder miteinander zu telefonieren.

Tom ermahnte sie genau wie Nigel, dass sie auf sich aufpassen solle.

Verflixt sie hatte total vergessen, Nigel zu kontaktieren. Sie checkte ihr Handy, ob er in der Zwischenzeit angerufen hatte. Nein, leider nicht. Langsam wunderte sie sich. Vielleicht ist er nach Doha oder Muskat geflogen, um den Ankauf eines neuen Wunderhengstes zu beaufsichtigen oder die Besamung einer goldprämierten Stute in einem benachbarten Emirat zu überwachen. Dass er sich nicht meldete, kannte sie nicht von ihm. Hoffentlich war bei ihm alles in Ordnung.

Plötzlich sah sie, dass sich die Webcam gemeldet hatte. Sie erblickte Preppy in ihrer Box. Sie war unruhig und blickte immer auf die gegenüberliegende Pferdebox. Soviel sie wusste, stand ihr gegenüber Chica die spanische Apfelschimmelstute.

Hoffentlich hatte sie keine Kolik. Sie beschloss sicherheitshalber noch in den Stall zu fahren, um nach den Pferden zu sehen. Sie würde heute Nacht sonst kein Auge schließen können. Also fuhr sie zurück, denn der Stall war nur zwei Ortschaften entfernt.

Charlie war nachtaktiv. Immerzu raste er im Hamsterrad durch die Nacht. Am Tag schlief er meistens. Zwischendrin packte er sich mit den Körnern die Backen knallvoll und verzog sich wieder in sein Nest. Sie hatte ihm Charlie zum Geburtstag geschenkt. Sie meinte, es wäre so ein possierliches Tierchen und er würde mir bestimmt gefallen. Eines Tages war Charlie verschwunden. Sie konnte sich gar nicht beruhigen, er schon. Charlie hatte lichterloh gebrannt und weg war er.

ZWANZIG

Pferde in Gefahr

Donnerstag, 5. September 23.30 Uhr

Als Anna nun zum zweiten Mal an diesem Tag im Stall ankam, parkte sie und ging zum Westernstall, in dem Starlight Preppy und Chica untergebracht waren. Es war dunkel, denn in den Ställen waren bereits die Lichter gelöscht worden.

Bevor sie das Tor öffnen konnte, hörte sie das aufgeregte Schnauben und das hohe schrille Wiehern eines Pferdes. Das Wiehern hatte nichts Gutes zu bedeuten. Es war ein Hinweis entweder auf Schmerzen, konnte aber auch durch Panik ausgelöst worden sein.

„Oh Gott! Bitte keine Kolik!", dachte sie. Ihr Bauchgefühl sagte ihr jedoch etwas anderes. Sie fühlte sich unbehaglich. Drehte sie jetzt langsam durch? Spielten ihr die Nerven einen Streich? Sie fühlte eine reale Gefahr. Und vor allem die Pferde signalisierten ihr, dass etwas ganz und gar nicht in Ordnung war. Schnell wollte sie sicherheitshalber ihren Schlüsselbund als Waffe aus der Handtasche nehmen, suchte ihn aber vergeblich.

Deshalb nahm sie eines von mehreren alten Hufeisen, die in einem Eimer direkt vor der Stalltüre lagen.

Gleichzeitig aktivierte sie die Taschenlampenfunktion ihres Handys. Zunächst deckte sie das Licht aber mit der Hand ab. Geräuschlos öffnete sie das Tor und schlüpfte leise durch einen kleinen Spalt. Sie brauchte einige Momente, bis sich ihre Augen an die Dunkelheit gewöhnt hatten.

Im ersten Drittel der Stallgasse war ein großer Rundballen Heu gelagert.

Sie schlich leise dorthin, um dahinter in Deckung zu gehen. Sie wollte die Situation zuerst beobachten.

Da hörte sie es schon, das gestresste und schmerzerfüllte Wiehern von Chica und das heftige Atmen eines Menschen.

Sie schlich sich in geduckter Haltung näher an die Box von Chica heran und erblickte einen Mann, der eine schwarze Bankräuber - Maske trug und immer wieder auf das Pferd, welches sich in die Ecke der Box drängte, mit einem langen Holzstab, ähnlich einem Besenstiel einschlug.

Sie sah etwas helles metallisches Aufblitzen und realisierte zu ihrem Erschrecken, dass der Mann ein Messer dabeihatte. Jetzt war sie sicher, dass sie den Pferderipper vor sich hatte.

Sie war so aufgeregt, dass sie kaum atmen konnte. Ihre Gedanken rasten. Hilfe konnte sie nicht holen, sie würde entdeckt werden und der Ripper würde vermutlich die Flucht ergreifen. Es könnte auch sein, dass der Täter sie angreifen würde.

Sie öffnete leise die angelehnte Pferdebox, richtete den Lichtstrahl der Taschenlampe auf ihn und schlug ihm das Ende des eisernen Hufeisens mit voller Wucht auf die empfindliche Stelle zwischen Nase und Oberlippe, von der sie wusste, dass sich dort ein wichtiger und äußerst schmerzhafter Akupunkturpunkt befand.

Er war total überrascht, denn die Wucht des Schlages kam völlig unerwartet.

Anna hatte die Platzierung des Schlages nicht dem Zufall überlassen. Sie hatte den wichtigen Akupunkturpunkt wirklich exakt getroffen und dies konnte bis zur Bewusstlosigkeit führen.

Deshalb taumelte der maskierte Pferderipper, kippte nach hinten und fiel ins Stroh. Chica erschrak und stieg. Sie stand auf den Hinterbeinen und schlug mit den Vorderbeinen aus. Sie traf ihn mit dem Huf an der Stirne. Er blutete sehr stark und war ohne Bewusstsein.

„Chica brav, gut gemacht. Whoaa, Whoaa, ganz ruhig", besänftigte Anna die aufgeregte Stute. Danach zog sie den Ripper an den Füßen aus der Pferdebox.

Sie nahm etliche Führstricke der Pferde von den Trensen und Halftern und fesselte den Mistkerl. Als Erstes fesselte sie ihn an den Händen und danach an Füßen und Beinen. Zuletzt verknotete sie ihm die Beine mit den Händen und zwar am Rücken. Das hatte sie einmal in einem Western gesehen und das hatte sie sehr beeindruckt.

Danach riss sie ihm die Maske vom Gesicht.

Was für eine Überraschung! Es war „Herr Biedermann", der Mistkerl von Studienrat aus dem Nachbarort, der vor ihr bewusstlos am Boden in der Stallgasse lag.

Sie wählte mit bleichem Gesicht und zittrigen Fingern den Notruf und machte zusätzlich Fotos von ihm und schickte diese Hauptkommissar Wagner direkt auf sein Handy.

Plötzlich kam Tom aufgeregt durch die Stalltüre mit dem schockierten Vicente im Schlepptau, denn sie hatte inzwischen Licht angemacht. Der Stall war nun hell erleuchtet.

Sie erfassten mit einem Blick die prekäre Situation.

Tom kümmerte sich sofort um Chica und untersuchte sie. Sie hatte Prellungen und einige oberflächliche Wunden, die er aber glücklicherweise nicht nähen musste.

Chica hatte Glück im Unglück, denn dieses Mal hatte der Pferderipper die Stute in der Box angegriffen und das war für ihn schwierig und gefährlich. Aber vermutlich war dadurch der Thrill für den Pferderipper größer gewesen.

Anna hatte ihren Schlüsselbund mit dem Haustürschlüssel im Bierkeller liegen lassen, was sie noch nicht bemerkt hatte. Tom wollte ihr den Schlüsselbund bringen und fuhr deshalb auf seinem Heimweg am Stall vorbei, da dieser in der Nähe war. Er vermutete, dort Anna zu treffen, da sie bestimmt noch einmal nach den Pferden sehen würde.

Allmählich kam der Pferderipper wieder zur Besinnung. Er rührte sich und als er bemerkte, dass er sich nicht bewegen konnte, stöhnte er. Er blinzelte mit den Augen und zog eine weinerliche Miene. Blut lief ihm aus der Nase, Mund und aus der Kopfwunde die Chica ihm verpasst hatte. „Was machen Sie hier mit mir?", fragte er anklagend. „Das ist Freiheitsberaubung, ich werde Sie anzeigen.

Machen sie mich gefälligst los."

Tom, Vicente und Anna standen nur schweigend da. Sie waren so schockiert und geradezu angeekelt, dass ihnen die Worte fehlten.

Ihnen allen wurde die ganze Ungeheuerlichkeit der Taten des Pferderippers bewusst. Und sein arrogantes Verhalten widerte sie zusätzlich an.

Während sie auf die Polizei warteten, starrten sie ihn voller Verachtung an. Er machte weitere Anstalten, sich von den Fesseln zu befreien, aber Anna hatte ganze Arbeit geleistet.

Nachdem der Studienrat, dessen Namen sie immer noch nicht kannte, weiter anklagend Vorwürfe äußerte, sagte Anna nur: „Halt einfach die Fresse, sonst vergesse ich mich, du Verbrecher!"

Durch Annas dominante Art verunsichert, war er augenblicklich still. Donnerwetter! Die Analyse der Profilerin vom LKA und Nigels Einschätzung waren genau richtig. Der Pferderipper war ein Feigling und hatte Probleme mit Frauen, besonders mit selbstbewussten.

Es ist bekannt, dass Männer, die Gewalt an Pferden verüben, im Alltag normalerweise nicht aggressiv sind. Sie sind eher besonders gehemmt, unsicher und devot. Es handelt sich um meistens unscheinbare und eher ängstliche Typen. Sie lassen sich viel gefallen und begehren selten auf.

Im Alltag und im Umgang mit Menschen, besonders mit Frauen fühlen sie sich unterlegen.

Das Täterprofil beschreibt den Pferderipper als einen Single, der alleine lebt oder zusammen mit seiner dominanten Mutter.

Seine aufgestauten Aggressionen kann er im Alltag nicht ausleben.

Stattdessen überträgt dieser Psycho seine Wut und Aggression auf unschuldige und wehrlose Tiere. Er plant dabei seine Taten pedantisch und analytisch.

Die forensische Psychiatrie weiß über Pferderipper, dass diese auch an einer Psychose leiden können.

Tom brachte Chica wieder in ihre Box zurück, wo er bereits das zertrampelte Streu mit der Mistgabel verteilt, und zusätzliches frisches Einstreu dazugegeben hatte.

Inzwischen waren Radu und Hamed auf die Stimmen im Stall aufmerksam geworden und hereingekommen. Sie standen alle um den auf den Boden liegenden Nachbarn herum, dem immer noch das Blut aus der Nase lief. Diese war vermutlich durch Annas Hufeisenschlag gebrochen.

Als er die zwei Männer bemerkte, fing er wieder an zu jammern und zu lamentieren an.

Doch Hamed haute ihm mit einem Faustschlag ins Gesicht, woraufhin er aufheulte und ein weiterer Blutschwall aus dem Mund und der Nase lief. Das schockierte ihn so, dass er nun die Klappe hielt.

Es dauert noch zehn Minuten, bis Sirenengeheul die Nacht durchdrang. Die Polizei kam mit vier Einsatzwagen mit Blaulicht und Martinshorn.

Es kam ein Notarztfahrzeug und ein Sanitätsauto und das Zivilfahrzeug von Hauptkommissar Roland Wagner und Bernd Bayer, die beide in den Stall stürmten, im Schlepptau Natalie Schobert in ihrer Uniform.

Mit einem Blick erfassten sie die Situation, Bernd Bayer machte Fotos mit seinem Handy. Hauptkommissar Wagner zog seine weißen Einmalhandschuhe über und nahm die am Boden liegende schwarze Skimaske sowie das Messer und eine Lanze, die der Ripper getragen hatte, und tütete sie in mehrere Asservatenbeutel ein.

„Herr Zeitler! Sie sind festgenommen wegen des Verdachts der Tierquälerei." Er klärte ihn noch über seine Rechte auf und zusammen hievten sie ihn hoch, damit er stehen konnte.

Der Pferderipper war nun still und hatte einen entrückten Blick. Der Notarzt untersuchte ihn und schob ihm blutstillende Watte in beide Nasenlöcher.

Danach klickten die Handschellen und er wurde von den Polizeibeamten der Schutzpolizei abgeführt und ins Auto verfrachtet.

„Herr Zeitler, was war das eben?", fragte Anna und auch Tom und die anderen Männer schauten den Kommissar fragend an.

„Ja glaubt ihr, wir schlafen den ganzen Tag im Büro?

Wenn Sie, Frau Krämer nicht wieder auf Miss Marple gemacht hätten, dann hätten wir ihn morgen am Gymnasium verhaftet.

Danke übrigens für Ihre Handschuhe, Dr. Marple. Wir konnten feststellen, dass die saufarbenen Hundehaare mit einer feststellbaren Cushing Erkrankung, zweifelsfrei dem Dackel Hubert zugeordnet werden konnten."

Unsere geschätzte Kollegin Natalie Schobert hatte unterdessen die Bäckerin vom Dorf ausgequetscht und so den Nachnamen des Studienrates herausgefunden, der mit seiner tyrannischen Mutter, die eine richtige Hexe sein soll, in einem Haus lebt, herausgefunden.

„Ja, die Bäcker wissen halt alles!"

Nachdem sie alle trotz der späten Stunde aufgewühlt waren und Gesprächsbedarf hatten, beschlossen sie noch gemeinsam im Reiterstübchen Platz zu nehmen. Vicente offerierte Kaffee, Mineralwasser und für Radu und Hamed jeweils eine Flasche Bier.

Es dauerte noch eine Weile, bis Anna, Tom und die anderen das Geschehen zu Protokoll gegeben hatten.

Danach verabschiedeten sich die beiden Kriminalbeamten und fuhren nach Hause.

Vicente, Tom, Anna und die beiden Pferdepfleger saßen noch etwas zusammen und sprachen über die Ereignisse und waren sehr erleichtert, dass der Pferderipper gefasst werden konnte.

Nachdem Anna von Tom ihren Hausschlüssel ausgehändigt bekommen hatte, fuhr auch sie nach Hause. Sie war todmüde und beschloss, gleich zu Bett zu gehen. Nigel wollte sie nun nicht mehr kontaktieren, denn es war wegen der Zeitverschiebung in den Emiraten zu spät. Sie würde es gleich morgen wieder versuchen.

Sein Puls raste und sein Herz schlug bis zum Hals, als er sich heimlich anmeldete und nach einigem Zögern einloggte. Er nannte sich Heinz. Das war seiner Meinung nach, ein unverfänglicher Name. Er suchte sich aus einer Vielzahl von weiblichen Anbieterinnen eine aus, die etwa in seinem Alter war. Kein junges Ding, das keine Ahnung von seinen Wünschen und Träumen hatte. Er wählte eine Brünette, die keine Ähnlichkeit mit der Hexe hatte.

EINUNDZWANZIG

Der Pferderipper - ein Weichei

Freitag 4. September

Natalie Schobert konnte die ganze Nacht kein Auge zu tun. Sie war völlig überdreht von der Aktion im Stall und der Verhaftung des Pferderippers, an der sie durch ihre hartnäckige Untercoverermittlung einen nicht unerheblichen Anteil hatte.

Sie war grenzenlos erleichtert, dass der Pferderipper nun gefasst war und die Pferde in Sicherheit waren und hoffentlich bald Ruhe auf Gut Krähenbühl einkehren würde.

Sie war aber auch ziemlich enttäuscht, als sie herausgefunden hatte, wer der Täter war, der als Pferderipper sein Unwesen getrieben hatte. Den liebenswürdigen, immer gut gelaunten Nachbarn Zeitler, der mit seinem Dackel Hubert immer so lieb umging, hatte sie überhaupt nicht so eingeschätzt; denn er war immer so höflich und nett und grüßte auf oldschool Art, in dem er seinen Hut laut Knigge immer lüftete.

Leider war er ein Teufel im Biedermann - Kostüm. Wer hätte das gedacht?

Wem kann man schon ins Innerste blicken, um zu erkennen, wie er tickt? Das erschütterte sie sehr.

Roland Wagner hatte ihr am Abend noch gesagt, dass sie heute beim Verhör zusehen konnte. Deshalb war sie total aufgeregt und gleichzeitig happy und stolz.

Sie hoffte, vom Verhörspezialisten Wagner viel lernen zu können. Er hatte angedeutet, dass er sie vielleicht als Joker einsetzen würde, wenn der Täter beim Verhör nicht kooperativ sein würde.

Denn seinem Profil zufolge hatte eine selbstbewusste Frau mehr Chancen, etwas von ihm zu erfahren als ein Mann.

Natalie hielt es deshalb im Bett nicht mehr aus und sie setzte sich an ihren Schreibtisch. Gewissenhaft bereitete sie sich gedanklich auf das Verhör vor. Das wäre heute das erste Verhör ihres Lebens, falls der Hauptkommissar sie wirklich als Joker einsetzen würde. Sie formulierte wichtige offene Fragen, die sie dem vermeintlichen Täter stellen wollte. Es sollten offene Fragen sein, damit er nicht nur mit ja, nein oder vielleicht antworten konnte.

Sie war so aufgeregt, dass sie heute auf das Frühstück verzichtete, denn sie würde keinen Bissen herunterbringen.

Pünktlich kam sie im Präsidium an. Dem Anlass entsprechend trug sie heute einen schwarzen Hosenanzug und eine weiße Bluse und schwarze Pumps. Sie wusste, dass es besser ankam, wenn sie formell aussah, besonders da sie sonst in Jeans sehr jugendlich wirken würde. Sie vermutete, dass dieser erste Eindruck kontraproduktiv sein könnte, da der Pferderipper sie, falls er sie als so jung einschätzen würde, nicht ernst nehmen würde.

In der Abteilung angekommen grüßte Hauptkommissar Wagner sie freundlich und bat sie, im Raum hinter der verspiegelten Scheibe Platz zu nehmen und alles mit anzuhören und seine Reaktionen zu beobachten und zu analysieren. Endlich konnte sie leibhaftig erleben, wie ein Verhör funktionierte. Bisher kannte sie die verspiegelte Scheibe, die auch venezianischer Spiegel genannt wurde, nur aus Krimis.

Dr. Korbinian Zeitler, alias der Pferderipper hatte die Nacht in Gewahrsam verbracht.

Das hatte ihn schon total fertig gemacht. Bei einem Pferd, das über einen längeren Zeitraum hinweg schlecht behandelt wird, würde man den Begriff gebrochen benutzen. Bei dem Studienrat, (dem Weichei), hatte es dazu nur eine Nacht in einer Polizeizelle gebraucht.

Herr Zeitler hatte total verlegte Haare, eine große angeschwollene Nase, in der noch die blutstillende Watte steckte, und die deshalb so voluminös aussah, als hätte er eine Kartoffel im Gesicht.

Er war immer noch blutverschmiert, nur war das Blut inzwischen geronnen und verkrustet und hatte eine rotbraune Farbe. Auch sein Bart hatte einiges abbekommen, hier befand sich, ebenfalls ekelhaft anzusehen, rostfarbenes verkrustetes Blut. Unter dem linken Auge bildete sich sichtbar ein 2 Euro - Stück großes Veilchen aus, das sich gerade im Stadium einer Lilafärbung befand. Sein schwarzer Rollkragenpullover war mit einer Mischung aus Tierhaaren, Blut und Dreck vom Boden der Stallgasse beschmiert. Am Rücken klebten Reste grünlicher angetrockneter Pferdeäpfel. Der Anblick war nicht nur verstörend, sondern Herr Zeitler roch zu allem Überfluss auch streng nach Stall. Für die Ermittler war dies nicht angenehm.

Natalie war erstaunt, denn seine aufgesetzte Liebenswürdigkeit war wie weggewischt.

Der große, stattliche Mann hatte die Arme verschränkt und hatte einen trotzigen Ausdruck im Gesicht und leugnete alles ab, womit der Kommissar ihn konfrontierte.

Er wirkt wie ein unerzogenes Kind.

Schließlich bat der Kommissar Natalie Schobert in den Verhörraum.

Dass ihm ihre Anwesenheit überhaupt nicht gefiel, zeigte seine Mimik und seine Körpersprache. Er hielt die Arme weiterhin verschränkt und überkreuzte nun zusätzlich seine Beine. Zudem drehte er seinen Oberkörper seitlich von Natalie weg. Er vermied jeden Blickkontakt mit ihr.

Er wirkte gefasst, aber etwas unsicher. Geil, dachte Natalie, er hat sogar Angst vor mir.

Sie konfrontierte ihn mit einem Foto auf ihrem Handy, das sie geschossen hatte, als sie ihn und Hubert beim Ausritt mit Anna auf dem Trampelpfad in Richtung Wald getroffen hatte.

Das kaufte ihm den Schneid sichtbar ab. Er kannte Natalie vom Sehen aus dem Stall, aber dass sie als Polizistin arbeitete, war im nicht bekannt. Er war betroffen, denn dieses Foto, auch noch von einer Polizeibeamtin angefertigt, bewies dass er sich an dem besagten Abend in Stallnähe aufhielt. Die Handy - Standortanalyse würde dies noch bestätigen.

Ohne Zeitler eines Blickes zu würdigen, verlies Natalie den Verhörraum und überlies den beiden Kriminalbeamten wieder das Feld.

Nach 2 Stunden war der Fall gelöst. Länger hielt er nicht durch, dann war er mit seinen Nerven am Ende. Er verzichtete auf einen Rechtsbeistand und seine Mutter wollte er erst recht nicht informieren.

Die forensischen Beweise waren erdrückend und als der Pferderipper realisierte, dass er überführt worden war, brach er schluchzend wie ein kleiner Junge zusammen und gestand.

Es stellte sich noch heraus, dass er sein Unwesen auch in Ober - und Unterfranken und in Nieder- und Oberbayern getrieben hatte, als er an dortigen Gymnasien gelehrt oder Fortbildungen besucht hatte. Er konnte jeden einzelnen Stall benennen, in dem er seinem Trieb nachgegeben hatte.

Am nächsten Morgen rief Anna gleich nach dem Aufstehen ihre Schwester Bettina an, um ihr die Ereignisse des gestrigen Abends zu erzählen. Diese war sprachlos und gleichzeitig erleichtert, dass der Ripper nun hinter Schloss und Riegel saß.

Sie sagte zu Anna, dass sie am Vormittag sowieso zum Stall fahren wolle und fragte, ob sie sich dort treffen könnten.

Anna sagte zu, checkte ihre E-Mails und versuchte Nigel zu erreichen. Wieder ohne Erfolg, auch an sein Handy ging er nicht. Langsam machte sie sich tatsächlich Sorgen um ihn.

Sie beschloss, spätestens gegen Abend bei seinem Assistenzarzt Dr. Tarek anzurufen.

Die regelmäßigen, wenn auch heimlichen Gespräche und Chats halfen ihm. Er hatte sich eine ausgesucht, die nicht so eine kalte herrische Stimme hat wie die Hexe. Er spricht mit einer Babsi. Sie hat eine weich, warme Stimme und kann sehr gut zuhören. Der Name war bestimmt falsch, aber das war ihm egal. Babsi hatte ihm erklärt, dass der Saturn in Opposition zu seinem Aszendenten steht. Obwohl er zu Beginn skeptisch war, hatte sie ohne ihn zu kennen seine Persönlichkeit sehr treffend analysiert. Er überwies das Geld per Barzahlungsanweisung immer im Voraus. Damit sie nicht merkte, was er da heimlich trieb. Die Hexe schnüffelte auch in seinen Bankauszügen herum und stellte ihn bei bestimmten Ausgaben zur Rede. Sie verachte ihn, das spürte er genau. Sie schämte sich vor den andern Leuten wegen ihm. Sie hätte gerne einen Herrn Doktor im Haus. Da könnte sie dann richtig angeben.

ZWEIUNDZWANZIG

Der Biergarten ruft

Samstag, 6. September

Im Internet und in sämtlichen sozialen Medien überschlugen sich die Nachrichten den Pferderipper von Krähenbühl betreffend. Das Thema wurde richtig ausgeschlachtet und das Leid der Tiere in allen Variationen des Grauens beschrieben.

Es wurde sogar der volle Name des Pferderippers genannt und mehrere Fotos von ihm veröffentlicht. In Windeseile hatten die Boulevard-Zeitungen Bilder von ihm als Kind auf der Schaukel, als Jugendlichen bei der Pfadfinderfreizeit, als Student in der Uni - Bibliothek und als braver Sohn beim Rasenmähen, sowie als angesehener Studienrat im Kreise seiner Schüler ausgegraben und veröffentlicht.

Der Typ war nun erledigt. Er würde nie mehr Fuß fassen können und seinen Job als Pädagoge war er auch los, vermutlich auch seinen Beamtenstatus und seine Pension.

Er könnte höchstens auswandern. Recht so, dachte Anna, denn seine Strafe würde bestimmt nicht besonders hart sein, denn wie Irina und auch die Profilerin richtig erklärt hatten, wird ein Tier juristisch als Sache betrachtet. Also wird er wohl nur wegen Tierquälerei, Hausfriedensbruch und Sachbeschädigung verurteilt werden,

obwohl er nach Annas Meinung als Psychopath eine tickende Zeitbombe war.

Vermutlich wird er es wieder tun oder noch viel Schlimmeres.

Gegen 11 Uhr war Anna im Stall angekommen und sah am Parkplatz bereits den BMW ihrer Schwester.

Sie lief mit einem Korb frischer Karotten für Starlight Preppy direkt in den Stall, wo sie ihre Schwester beim Striegeln von ihrer Stute antraf.

„Na Miss Marple, da bist du ja!"

Inzwischen wusste ihre Schwester Bettina von Tom aus erster Hand, was sich in der Nacht zugetragen hatte.

„Mensch, du bist ja verrückt, was da alles hätte passieren können."

„Ja, ja Bettina, hätte- hätte- Fahrradkette!

Was hätte ich denn tun sollen? Bis die Polizei gekommen wäre, wäre Chica vielleicht schon tot gewesen.

Sei doch nicht immer so negativ. Es ist doch alles gut gegangen."

„Also was machen wir jetzt? Ich wollte in der Halle mit Preppy etwas Bodenarbeit machen. Kommst du mit?" „Ja klar ich bin dabei."

Plötzlich wurde Anna von hinten an der Schulter gestupst. Sie nahm, an es wäre ein Pferd gewesen, aber als sie sich umdrehte, wurde sie total überrascht, so dass sie einen Schrei ausstieß.

„Mashallah, Habibi! Allmächtiger!"

„Nigel, was macht du hier? Ich versuche, dich ständig zu erreichen. Ich habe mir schon Sorgen gemacht."

Nigel lachte und sagte zu ihr: „Was will ich da erst sagen? Sorgen habe ich mir deinetwegen auch gemacht, wenn du auf Detektivin machst und Psychopathen jagst.

Weißt du, dass du in Dubai sogar auf CNN und Al Jazeera TV warst"

Anna erinnerte sich an das TV-Team das ein Interview von ihr haben wollte.

„In Dubai wird Gut Krähenbühl ständig gezeigt, weil die Araber nicht verstehen können, dass so ein Pferderipper so schwer zu fassen ist und dass es so kranke Typen in Deutschland gibt.

Außerdem gibt's da noch eine Kleinigkeit; zwei Morde – schon vergessen? Glaubst, du da lass ich dich alleine?"

„Jetzt male doch nicht den Teufel an die Wand. Das hast du bestimmt mit Hilfe meiner Schwester ausgeheckt", erwiderte Anna grinsend.

„Jetzt bleibt mal locker ihr beiden!", rief Anna. „Los gehen wir in die Reithalle und schauen Bettina bei der Bodenarbeit zu. Danach Habibi, werde ich dir alle Pferde zeigen und die Anlage und auch Vincente vorstellen. Tamam? In Ordnung?"

Zu dritt mit Preppy in der Mitte schlenderten sie in die Reithalle, in der es bedeutend kühler war als außen und die von den Mitarbeitern vorher mit Wasser gesprengt worden war.

Sie verbrachten einen relaxten Nachmittag im Stall, versorgten Preppy, Nigel bekam seine Stallführung und mit Hamed unterhielt er sich eine Weile freundschaftlich in arabischer Sprache. Schließlich saßen sie alle zusammen mit Vincente unter dem Sonnenschirm und tranken Kaffee.

Von weitem sahen sie eine Staubwolke, die von einem schwarzen Auto, das rasant zum Parkplatz fuhr, verursacht wurde.

Gleich darauf kamen Hauptkommissar Wagner und sein Kollege Bernd Bayer um die Ecke gelaufen. Beide sahen heute wieder sehr gepflegt und chic aus. Roland trug eine beige Cargohose und ein weißes Halbarm - T-Shirt und passende rehbraune Leder Sneakers.

Bernd hatte eine weiße Jeans, ein olivfarbenes Polo - Shirt und olivfarbene Puma - Turnschuhe an.

„Hallo!", begrüßten sie sich freundlich. „Schon wieder im Stall Dr. Krämer? Wohnen Sie jetzt hier? Oder arbeiten Sie jetzt hier?", fragte Bernd Bayer lachend.

Anna sagte: „Meine Herren! Darf ich Ihnen meinen Verlobten Dr. Khaled Aziz vorstellen?"

Die Männer schüttelten sich die Hände, begrüßten sich freundlich und wechselten einige Worte in englischer Sprache.

„Na und, was machen Sie hier? Wollen sie Reitstunden nehmen?", fragte Anna? Sie können sich ja auch nicht mehr von der Reitanlage trennen, oder? „Die beiden Kommissare wechselten einen schnellen Blick miteinander.

„Na ja, Ihnen können wir es ja sagen, lassen sie uns bitte zuerst setzen, da spricht es sich besser". Gemeinsam begaben sie sich in das Reiterstübchen und nahmen am Tisch Platz. Hauptkommissar Roland Wagner sagte: „Es gibt Hinweise, dass Frank Niedermayer wahrscheinlich von einem Profikiller getötet wurde, vermutlich wegen seiner hohen Spielschulden. Außerdem hat er für die Tschechen, mit denen er im Casino zusammen gezockt hatte, gedealt. Er wurde mit einer halbautomatischen Waffe mit einem 9mm Geschoss getötet.

Unsere ballistischen Untersuchungen haben ergeben, dass die Waffe ursprünglich aus tschechischen Polizeibeständen stammt.

Wir haben nun die rumänischen und tschechischen Kollegen eingeschaltet und sind positiv gestimmt, dass wir den Täter gemeinsam finden werden, da wir an den Zigarettenresten Fremd-DNA sichern konnten. Es ist nur eine Frage der Zeit, bis wir den Täter finden.

Und eine gute Nachricht gibt es.

Der Fall Hildegard K. ist ebenfalls gelöst.

Es ist etwas komplex. Ihre Neugierde wurde ihr zum Verhängnis. Sie hatte denjenigen beobachtet, der sich an den Pferden verging. Er hatte das Ganze gefilmt und im Internet auf einschlägige Tier - Pornoseiten gestellt und verkauft. Vlad Iancu war der Täter, der die Pferde für sexuelle Handlungen zu seinem eigenen Vergnügen nutzte. Sein Kumpel Radu Popescu, der hier angestellte Pferdepfleger, wusste davon und drückte beide Augen zu und sorgte dafür, dass er sich bei den Pferden bedienen konnte. Oftmals band er die Pferde an, damit sie stillhielten, oder hielt sie selbst am Strick fest. Vlad Iancu hatte die Idee, alles zu filmen und ins Internet zu stellen. Radu Popescu kassierte dabei kräftig mit ab.

Natalie Schobert hatte mich und Bernd Bayer auf die Spur gebracht, da sie sich die widerlichen Videoclips im Internet angeschaut hatte. Sie erkannte die Pferde wieder, die missbraucht wurden und auch das Gesicht des Täters. Nachdem wir auch die Auswertung des Handys zum Zeitpunkt des Einloggens bekommen hatten, war es möglich, den Täter zu überführen. Er hatte das Opfer Hildegard K. ermordet, weil er befürchtete, dass sie ihn verraten bzw. erpressen würde. Wir haben ihn bereits verhaftet.

„Nun sind wir hier um den Drahtzieher, der damit abkassiert hat, festzunehmen."

Anna übersetzte schnell Nigel alle relevanten Details und dieser schüttelte nur fassungslos den Kopf und Bettina hatte eine grünliche Gesichtsfarbe und sah so aus, als würde sie sich gleich übergeben.

Es waren inzwischen noch vier Streifenwagen mit Polizisten gekommen. Die Kommissare gingen nun Richtung Futterkammer, wo Radu das Pferdefutter für die Abendfütterung portionierte.

„Radu Popescu"? „Ja", erwiderte der Rumäne.

„Sie sind verhaftet", sagte der Hauptkommissar, wegen Zoophilie gemäß § 3 des Tierschutzgesetzes und dem Verbreiten von tierpornographischen Medien, § 184 b Abs. 3 StGB, da die Anstiftung und Verbreitung von Tierpornographie in Deutschland strafbar ist.

„Umdrehen!" Radu glotzte blöd und verstand anscheinend nur Bahnhof, drehte sich aber um und schon klickten die Handschellen.

Inzwischen waren Vicente, Nigel, Anna und Bettina aufgestanden und sahen fassungslos zu, wie der Pferdepfleger abgeführt wurde und die Polizeibeamten ihn zum bereitstehenden Polizeiwagen bugsierten.

Bettina sprang heulend auf, weinte und lief auf Radu zu und schrie ihn an „Ich hoffe, du bekommst deine Strafe, du kranke Kreatur!" und gab ihm eine schallende Ohrfeige. Das war nun schon der zweite Mann, der auf Gut Krähenbühl in kurzer Zeit Nasenbluten hatte.

Radu schrie: „Habt ihr gesehen- die blöde Alte hat mich angegriffen!"

Niemand reagierte außer Bernd Bayer, der zu ihm sagte „Halt deine Klappe!" Und damit wurde Radu in den Streifenwagen gesetzt.

Anna sagte zu ihrer Schwester: „Komm Bettina, beruhige dich wieder. Das hast du super gemacht!" Lass uns zum Rössl Wirt fahren und etwas essen und so etwas Abstand von all den furchtbaren Ereignissen zu gewinnen. Tom, kommst du mit? Nigel, und du, ihr habt bestimmt wegen deiner bevorstehenden Reise nach Abu Dhabi viel zu besprechen."

ENDE

Autorin: Paulina M. Luna lebt überwiegend auf Ibiza und arbeitet als Autorin, Übersetzerin und Pferdetrainerin.

„Es wird die Zeit kommen, da das Verbrechen am Tier genauso geahndet wird, wie das Verbrechen am Menschen." (Leonardo da Vinci)

NACHWORT

Der Pferderipper von Krähenbühl

Liebe Leserinnen und liebe Leser, liebe Reitkolleginnen und liebe Reitkollegen!

Sie haben meinen Kriminalroman: Der Pferderipper von Krähenbühl tapfer Seite für Seite gelesen.

Dafür bedanke ich mich herzlich. Ich freue mich, wenn Ihnen der Krimi gefallen hat.

Da der Roman in der Reiterszene spielt, ist Ihnen sicherlich das ein oder andere Geschehen bekannt vorgekommen.

Auch die unterschiedlichen Protagonisten haben sie in ähnlichere Form vermutlich bereits in den Ställen erleben können. Die Protagonisten wurden natürlich absichtlich überspitzt dargestellt. Aber es gibt bestimmt in jeder reiterlichen Laufbahn Ähnlichkeiten mit den verschiedenen Charakteren.

Natürlich kennen Sie das Getratschte und Getuschel auf einer Reitanlage. Das beginnt mit dem Pferd, dessen Abstammung und Preis und wie das Pferd ausgebildet wurde. Was das Pferd alles kann.

Da sind alle Spezialisten und geben ihre Meinungen ab.

Was wird auch nicht über die unterschiedlichen Reitweisen, den korrekten Sitz den, den Ausbildungsstand des Reiters oder der Reiterin gefachsimpelt, obwohl so manch einer nicht einmal die Prüfung für den Pferdepass geschafft hat.

Die nächsten Kritikpunkte bewerten das Outfit des Reiters. Sofort wird festgestellt, wenn jemand neue Stiefel oder eine neue Winterjacke trägt. Es wird analysiert, von welchem Brand das Teil ist und nach dem Preis gegoogelt.

Das Gleiche spielt sich bei der Ausrüstung der Pferde ab. Da wird gespöttelt, wenn das Pferd eine falsche Trense trägt, oder der Sattel nicht passt, denn fast alle Reiter und Reiterinnen sind gleichzeitig Sachverständige zur Sattelanpassung.

Auch die Reitlehrerinnen und Trainer werden mit Argusaugen beobachtet.

Die Kommentare sind manchmal zum Haareraufen. Da werden Berufsreitlehrer und Profi Trainerinnen, die alle erforderlichen Prüfungen und Genehmigungen besitzen aufs Ärgste kritisiert. Nur kann fatalerweise von den Kritikern niemand besser reiten bzw. unterrichten.

Diese ganzen Kommentare setzen sich dann bei den Hufschmieden, Tierärzten, Osteopathen und anderen Dienstleistern fort.

Es wird vermutlich in anderen Sportvereinen bei anderen Sportarten ebenso sein.

Das ist menschlich.

Als wir 2024 die Fußballweltmeisterschaft hatten, sagte ein Kommentar im TV: „Wir haben 80 Millionen Bundestrainer in Deutschland. Alle wissen es besser wie unser Bundestrainer!"

Genauso ist es.

Mein Buch handelt von einem Reiterkrimi. Deshalb habe ich einige gängige Prozesse beim Ablauf im Umgang mit Pferden beschrieben. Für Nichtreiter kann dies entweder langweilig sein (Sorry) oder interessant und regt an demnächst eine Reitstunde zu buchen.

Nun fragen Sie sich bestimmt wie ich auf so ein grausames Thema für meinen Krimi wie den Pferderipper von Krähenbühl gekommen bin?

Es ist ein sehr ernstes Thema und aktuell.

Ich selbst reite bereits seit meiner Kindheit. Und das Thema Pferderipper war früher in Deutschland unbekannt. Bis jetzt! Und das macht vielen Reiter und Reiterinnen Angst.

Die erste Serie von Verstümmelungen von Pferden fand bereits um 1900 in England. Dort wurden immer wieder nachts mehrere Pferde, Kühe und Schafe angegriffen. Mit einer scharfen Waffe wurden den Tieren die Bauchdecken aufgeschlitzt. Sie waren so stark verletzt, dass sie entweder vor Ort verbluteten oder euthanisiert werden mussten. Die Täter wurden nie gefasst.

In Deutschland trieb in den 1990 iger Jahren ein Serientäter im norddeutschen – und ostdeutschen Raum sein Unwesen. Auch hier schlitzte der Pferderipper unter anderem den Pferden die Bäuche auf. In über 10 Jahren sollen über 100 Tiere getötet worden sein. Die Dunkelziffer ist höher. Hier wurde niemals ein Täter gefasst.

Inzwischen sind die Täter nicht nur in Nord - und Ostdeutschland aktiv. Sie sind nähergekommen. Nach Hessen, Baden-Württemberg und nach Bayern und auch nach Franken.

Es gibt inzwischen über 300 Fälle pro Jahr, die polizeilich gemeldet wurden. Die renommierte Tierschutzorganisation Peta weiß von zirka 900 Pferden, die an verschiedenen Tatorten in Deutschland 2024 verletzt wurden. Das ist ein krasser Anstieg der Taten.

Wenn Pferde vorsätzlich verletzt werden, der Schweif oder das Ohr abgeschnitten werden, kann es sich um einen Racheakt eines boshaften Menschen handeln.

Oder es kann sich um eine kranke Internetchallenge herausstellen.

In den meisten Fällen handelt es sich um aber um die Taten eines Pferderippers.

Warum habe ich im Buch das Thema Zoophilie thematisiert?

Ich habe für dieses Buch über 3 Jahre viel recherchiert und Interviews geführt. An dem Punkt warum Stuten von Pferderippern, bevorzugt werden, kristallisierte sich heraus, dass die sexuell motivierten Taten im Zusammenhang mit sadistischen Gewalt Fantasien stehen. Und so bin ich dann zwangsläufig bei den Themen Sodomie und Zoophilie gelandet. Beim Attackieren der Pferde geht es dabei um das Ausleben von Kontrolle und Macht über diese großen, aber wehrlosen Pferde. Ich habe mit befreundeten Tierärzten über das Thema Zoophilie gesprochen und erschreckende Details aus deren Klinik Alltag erfahren.

Deshalb habe ich im Buch die Themen Pferderipper und Zoophilie verknüpft, da es einen Zusammenhang bei der Motivation eines Pferderippers geben kann.

Wie können die Tiere geschützt werden? Das ist vermutlich die Frage aller Fragen.

Indem es einem potentiellen Pferderipper so schwer wie möglich gemacht wird!

Das bedeutet für uns alle im Alltag aufmerksamer zu sein. Wer sich in der Nähe von Weiden, Paddocks und Stallungen aufhält und nicht zum Umfeld des Stalls gehört, darf nicht ignoriert werden. Dazu gehören auch Autos von Fremden die in der Nähe parken.

Stallbetreiber sollten überlegen, ob es nicht sinnvoller und verantwortungsbewusster ist, Kameras anzubringen. Nicht jeder Spaziergänger und Pferdefreund, der näher an die Pferde an den Weiden herantritt, ist eine verdächtige Person. Aber Kontrolle ist besser.

Wenn Fremde zu lange oder zu oft an den Weiden oder Paddocks stehen und sogar die Pferde fotografieren, ist es hilfreich, sich eine Personenbeschreibung einzuprägen. Man kann auch auf die Person zugehen. Nach einer freundlichen Begrüßung kann man versuchen, ein Gespräch in Gang zu bringen. So kann man einiges über das Interesse der Besucher an den Pferden in Erfahrung bringen.

Wenn die Situation oder die Person suspekt ist, kann man sich sicherheitshalber das Autokennzeichen notieren.

Aufmerksamer sein, bedeutet dass die Nachbarn, die befreundeten Landwirte, die Förster und Jäger aus der Umgeben für diese Gefahren sensibilisiert werden.

Was vielen Reitern, Reiterinnen und Besuchern von Pferdehöfen oftmals nicht bewusst ist, dass sie durch ihre Posts, die sie vom Gelände, vom Reitplatz und von den Stallungen machen die Gefahr für die Pferde vergrößern.

Sie machen potentielle Täter erst auf einen idyllisch (einsam) gelegenen Stall mit weitläufigen Weideplätzen aufmerksam.

Und bringen diese damit auf die Idee, eine ideale Location für die nächste Tat gefunden zu haben - durch das Versenden von Stall - und Pferde Fotos mit Ortsangabe und Koordinaten auf Instagram, Whats App, Facebook& Co.

Wenn wir alle versuchen gemeinsam aufmerksamer werden, dann können in Zukunft mehr Pferde geschützt werden und auch die Täter nicht mehr so ohne Konsequenzen davonkommen.

Ich bedanke mich bei allen Menschen, die mich bei diesem Buchprojekt unterstützt haben. Ohne die Anregungen der Reiter und Reiterinnen, der Tierärzte, Tierärztinnen, Ermittlern und Freunden hätte ich dieses schwierige und emotionale Thema nicht alleine bewerkstelligen können. Dank auch an die Autoren Kolleginnen von den mörderischen Schwestern, die mir wertvolle Tipps gegeben haben.

Danke an Ursula G. und Liz H. und Dr. M. für die große Geduld und Sorgfalt beim Probelesen, korrigieren und lektorieren.

Die Figuren in meinem Buch sind frei erfunden. Ähnlichkeiten mit heute lebenden Personen sind ausgeschlossen. Auch der Ort Krähenbühl ist meiner Fantasie entsprungen.

Die schillernden Charaktere der Protagonisten haben nicht die Absicht Menschen, aufgrund ihrer Herkunft, Hautfarbe, Gender, Aussehen, Religion und Sexualität zu diskriminieren.

Herzlichst Paulina M. Luna

Ibiza 2024

Gesetz aus der Corporate

„Alles, was der Mensch den Tieren antut, kommt auf den Menschen zurück." (Pythagoras)